UN HAVRE POUR CLIFF

Copyright © Août 2012 by Talon P.S. Livre Électronique
Copyright © Février 2014 by Talon P.S. Livre Imprimé
Copyright © Février 2014 by Talon P.S. Édition Française
- Titre original : A Place for Cliff

2024 PUBLIÉ PAR TPS PUBLISHING ~ TROISIÈME ÉDITION FRANÇAISE ~
Ingram Sparks ~ Livre imprimé - ISBN-13: 979-8-3303-1468-3 (Talon ps)

Traduit de l'anglais par TPS Publishing
Relecture de l'anglais par Alison Greene and Tarian P.S.
Formatage des livres et des pages: TPS Publishing
Conception graphique: TPS Publishing

———•·————•·———•·————•·———

Avertissements de déclenchement

Ce livre contient des scènes sexuellement explicites de domination et de soumission. Il contient une relation MM dans l'intrigue principale, et un langage adulte, qui peut être déclencheur pour certains lecteurs. Il s'agit d'une œuvre de fiction destinée à la vente et au divertissement pour adultes UNIQUEMENT, conformément aux lois du pays dans lequel vous avez effectué votre achat. Veuillez conserver vos fichiers avec soin, dans un endroit inaccessible aux mineurs.

Cependant, à la lumière des récentes censures qui ne sont rien d'autre que des simulacres de brûlages de livres, il est devenu prudent de clarifier le niveau d'avertissement concernant le contenu de ce titre. Dans les définitions les plus récentes de ce qui est considéré comme un contenu offensif inacceptable, il est devenu prudent de clarifier le niveau d'avertissement concernant le contenu de ce titre. Ce livre ne contient PAS de viol, de post-viol ou de viol suggestif. Il ne contient PAS d'inceste, de bestialité, de jeux avec des mineurs ou de scènes sexuelles avec des personnes n'ayant pas atteint l'âge légal.

Langage / Contenu sexuel explicite / Bondage et thérapie de la douleur / Maladie de la leucémie (pas les personnages principaux) / Deuil

"Tombez amoureuse d'un homme qui, lorsque vos derniers fils se dénoueront, vous empêchera de tomber - et tombera amoureux de vous à nouveau,"

~ Pyotr Laszkovi

Un Havre pour Cliff

LA SÉRIE DES FRÈRES DU DOMINION : TOMES 3

TALON P.S.

~ BEST-SELLER DE LA ROMANCE ÉROTIQUE BDSM ~

~ LA SÉRIE ÉROTIQUE LA PLUS VENDUE ~

~ RAINBOW AWARDS 2ème PLACE POUR LE MEILLEUR
ROMAN MM EROTIQUE DE L'ANNEE ~

LA SERIE DES FRERES DU DOMINION
TALON P.S. & TARIAN P.S.

Cinq frères d'armes partagent un désir pour le contrôle et le bondage ; ils vivent maintenant ouvertement le style de vie BDSM et ils sont de véritables Maîtres qui peuvent procurer de la satisfaction dans un monde de tabous.

Beaucoup de gens aiment leur excentricité, mais lorsque les frères du Dominion arrivent à New York, ce mode de vie prend une nouvelle dimension avec non seulement une augmentation dans la stimulation, mais les membres de cette communauté obtiennent également un protecteur. Maintenant, les Frères ne reculeront devant rien afin de protéger leurs amis, leurs proches, et ceux qui se tournent vers eux pour une liberté sexuelle.

DEVENIR SON ESCLAVE (parties 1 & 2)

DOMINER l'HÉRITIÈRE

UN HAVRE POUR CLIFF

ATTIRANCE BRUTALE

PRENDRE LE CONTRÔLE DE TROFIM

RIGHT ONE 4 DIESEL

TOUCHER VIDA~VINCE

SÉDUISANT SES VOLEUR

UNE ÉPARGNE INATTENDUE

MASTERS' CÔTÉ OBSCUR DORÉ

Succombez au désir avec les Frères du Dominion et immergez-vous dans un monde de Dominance et de Plaisir, mais soyez prêt...

" Je suis sur le point de vous exciter "

~ Tahnya

Un Havre pour Cliff

Abandonné par ses parents et responsable de sa sœur malade depuis qu'il a dix-neuf ans, Cliff n'a pas fait grand-chose de son existence. Jusqu'à ce que le Patronus Diesel Gentry l'envoie rencontrer Pyotr Laszkovi. Un homme qui a presque deux fois son âge, mais dont l'apparence impeccable et la sexualité débonnaire font que Cliff va complètement craquer pour lui. Le problème, c'est que Cliff est à deux doigts de se perdre en tant qu'être humain.

Malgré cela, Pyotr voit en lui un irrésistible jeune homme qui satisfait ses besoins comme aucun autre, et il est prêt à être auprès de lui pour le rattraper quand il se débat, et à rester à ses côtés quand Cliff devra faire face au plus difficile de tous les adieux.

Romance Gay-MM / Romance érotique / Dominance/soumission / Thérapie de la douleur / Écart d'âge / Rencontre mignonne / Drame familial / Liens familiaux / Voyeurisme / Régates sexy

DÉDICACE

A mon jumeau,

Je sais que tu ne voulais pas finir celle-ci avec moi, mais merci d'avoir été avec moi jusqu'à la fin.

~ Talon

MARQUES DÉPOSÉES

L'auteur reconnaît le statut de marque déposée et les propriétaires de marques déposées suivantes mentionnées dans cette œuvre de fiction :

Livres :
P. L. Kerr, J. J. Muehlenkamp, and J. M. Turner
Nonsuicidal Self-Injury: A Review of Current Research for
    Family Medicine and Primary Care Physicians
P. A. Adler and P. Adler
The Demedicalization of Self-Injury: From Psychopathology
    to Sociological Deviance

Films:
Grumpy Old Men (Les Grincheux)

Véhicules :
Ford F-150 Raptor Pickup Truck
Berkly Ford Excursion
Audi Quattro

Alcools :
Tragos Silver Tequila
Gromoff Premium Vodka

Parfums :
Davidoff Fragrances For Men
L'eau De Tarocco By Diptyque
Aqva Pour Homme Marine Toniq
Nautica Oceans
Light Blue Living Stromboli by Dolce & Gabana
Light Blue pour Homme by Dolce & Gabbana

———•———•——◆——•———•———

TABLE DES MATIÈRES

CHAPITRE UN   001

CHAPITRE DEUX   047

CHAPITRE TROIS   056

CHAPITRE QUATRE   095

CHAPITRE CINQ   133

CHAPITRE SIX   152

CHAPITRE SEPT   160

CHAPITRE HUIT   172

CHAPITRE NEUF   196

CHAPITRE DIX   206

CHAPITRE ONZE   223

CHAPITRE DOUZE   244

CHAPITRE TREIZE   249

CHAPITRE QUATORZE   266

CHAPITRE QUINZE   269

EPILOGUE   273

À PROPOS DE L'AUTEUR   276

TEASER POUR LA SUITE   278

PLUS DE LIVRES À LIRE   287

Un Havre pour Cliff

LA SÉRIE DES FRÈRES DU DOMINION: TOMES 3
ÉCRIT PAR TALON P.S.

CHAPITRE UN

PREMIÈRE VISITE

Cliff regarda le morceau de papier qu'il tenait dans la main pour la centième fois tandis qu'il se tenait devant la pension, puis de nouveau la plaque de bronze sur le mur en briques près de la porte. Il était bien au bon endroit, mais il ne savait toujours pas pourquoi il était venu. Il était encore sous le choc que Diesel soit devenu l'Ange Gardien de Kimmi au centre de traitement, prenant en charge les factures médicales astronomiques, mais également sa nouvelle thérapie. Cliff lui en était extrêmement reconnaissant, mais il ne comprenait pas pourquoi Diesel voulait qu'il vienne ici. Il n'était pas un vétéran. Il n'avait même jamais eu l'occasion de s'engager lorsque ses parents avaient disparu, le laissant seul pour s'occuper de Kimmi. *J'espère qu'ils sont en train de pourrir en enfer*, pensa-t-il, l'angoisse refaisant surface dans sa tête.

Quand il avait revu Diesel au Club le weekend précédent, il l'avait poursuivi pour lui demander pourquoi...

~~ — Y es-tu allé ?

— C'est une pension pour les vétérans qui reviennent du Moyen-Orient. Que suis-je censé aller faire là-bas ?

— L'as-tu rencontré ?

— Non, je ne suis pas rentré.

Diesel l'avait juste regardé un long moment avant de finalement reprendre la parole.

— Vas-y, rencontre-le, je pense qu'il peut t'aider à trouver ce que tu cherches. ~~

Et sur ces paroles, l'homme qui était aussi connu sous le nom de Patronus s'était éloigné avant qu'il ne puisse lui poser d'autres questions.

Cliff jeta un autre coup d'œil au bâtiment, alors que différentes choses lui passaient par la tête. Qu'était-il censé trouver ici ?

Des pas sur le trottoir le tirèrent de ses pensées et il se retourna juste au moment où un homme grand, avec de larges épaules et une démarche décontractée, passa à côté de lui et entra dans le bâtiment en lui jetant à peine un regard. Pourtant, Cliff ne put s'empêcher de remarquer les yeux bleu clair surmontés de sourcils bruns. Bleu céruléen.

Il secoua la tête. Il n'était pas normal qu'il connaisse le nom de cette teinte particulière. Il le devait à sa sœur. Quand Kimmi ne se sentait pas trop mal, elle utilisait son talent pour la peinture. Des vitraux la plupart du temps, cependant elle s'était récemment mise à l'aquarelle, et il allait très fréquemment au magasin de fournitures d'art local pour acheter la couleur exacte qu'elle désirait. Après s'être trompé plusieurs fois, il avait appris à faire attention à la nuance spécifique qu'elle voulait et il avait accepté le fait qu'il y avait une différence entre le bleu méditerranéen, le turquoise, ou l'aigue-marine.

— Puis-je vous aider ?

Cliff cligna des yeux pour se trouver en face de l'homme qui venait d'arriver, debout devant la porte qu'il tenait ouverte. Il le regarda et en eut le souffle coupé. On pouvait dire que certains hommes étaient sexy et d'autres étaient séduisants, ou encore mignons. Cet homme était les trois à la fois et extrêmement beau. Des yeux bleus sur un visage de type européen chaleureux, des cheveux sombres et ondulés couleur café noir sans sucre, et une mâchoire carrée recouverte d'une barbe de trois jours. L'homme se déplaça et appuya son avant-bras contre la porte, comme s'il se préparait à attendre la réponse un certain temps. *Oh oui, c'est vrai, il lui avait posé une question.*

— Je suis bien au 1638 Old Country Road ?

L'homme tourna légèrement la tête pour regarder la plaque de bronze sur le mur du bâtiment, puis il reporta son attention sur lui, une lueur amusée dans les yeux.

— C'est bien ici.

Cliff fronça les sourcils. D'accord, c'était la question stupide numéro un. Il serait préférable qu'il les espace un peu.

— Savez-vous où je peux trouver Pyotr Laszkovi ?

Le sourire qui dansait dans les yeux de l'homme étira ses lèvres et éclaira son visage.

— Vous m'avez trouvé. Je suppose que vous êtes mon prochain rendez-vous ?

Cliff lui tendit la main, peut-être un peu trop vite, mais maintenant que c'était fait, il ne pouvait rien faire d'autre que de serrer la sienne.

— Je suis Cliff... Cliff Patterson.

Les yeux de l'homme regardèrent la main de Cliff, un peu comme s'il était surpris par le geste, puis il déplaça son bras et le tendit pour prendre dans la sienne la main que Cliff lui offrait, mais il ne la serra pas vraiment, se contentant de la tenir.

— Vous êtes prêt à rentrer ?

— Je... euh... balbutia Cliff en regardant autour de lui, se demandant encore une fois ce qu'il faisait là.

Il laissa retomber sa main et se retourna vers l'homme qui le regardait toujours depuis le seuil de la maison.

L'homme lui adressa un sourire amical.

— Entrez quand vous serez prêt. Premier couloir sur votre droite, deuxième bureau à droite. Je laisserai la porte ouverte.

Et juste comme ça, il disparut à l'intérieur, laissant Cliff debout sur le trottoir comme un imbécile. Ça aurait pu l'aider s'il avait su pourquoi il était là. Patronus n'avait même pas voulu lui donner un indice. Quel mal y aurait-il à aller à l'intérieur ? Au pire, l'homme pourrait lui expliquer pourquoi on l'avait envoyé ici, et sinon cela lui donnerait une autre occasion de regarder ses yeux.

Il suivit les directions simples, et comme l'homme l'avait dit, la porte était ouverte. Cliff se pencha dans l'embrasure pour jeter un coup d'œil dans la pièce, et il était là, assis derrière un bureau en bois, dans son fauteuil. Les pieds sur le bureau et les mains jointes sur ses genoux, attendant patiemment comme s'il avait toujours su que Cliff viendrait.

— Et bien, ça ne vous a pas pris trop de temps, dit l'homme en le regardant.

Il n'ajouta rien d'autre et attendit que Cliff fasse le reste du chemin.

Ce dernier s'arrêta à la porte pour observer son environnement. La pièce était trop petite pour caser tout ce qu'il y avait à l'intérieur, une modeste tentative pour avoir tout à portée de main dans une pièce de cette taille. Derrière lui, une grande bibliothèque était remplie à craquer de livres, de revues, de vieux journaux et diverses choses soigneusement empilées, et d'autres encore déposées un peu n'importe comment. Dans le coin opposé, une autre bibliothèque reflétait la première si ce n'était pour les revues médicales qui s'y trouvaient. Le reste de la pièce était envahi par deux chaises confortables et une petite chaise longue étroite, le genre que vous vous attendiez à trouver dans le cabinet d'un psychologue. Elles étaient placées si près que vous pouviez vous asseoir dans l'une et poser vos pieds sur l'autre. Un journal était posé sur une petite table à côté d'une des chaises. Il s'approcha et regarda les gros titres, mais ce n'était pas en anglais. Ce n'était même pas l'alphabet anglais.

— C'est en quelle langue ? demanda-t-il comme on parle du temps, pour briser la glace.

— Serbe.

— Un des hommes avec qui je travaille est de Serbie, mais je ne crois pas qu'il parle la langue, dit Cliff en continuant de regarder autour de lui, cherchant quelque chose d'autre à dire.

L'homme se contenta de le regarder et d'attendre patiemment.

— Dois-je fermer la porte ?

— Si vous préférez.

La réponse était dite d'une voix légère, mais ne donnait aucune indication pour savoir s'il devait la fermer ou non.

Cliff ne bougea pas, mais il baissa les yeux sur la chaise longue marron plutôt usée, poussée contre le mur. Elle prenait tout l'espace entre la porte et le coin de la pièce.

— Est-ce que je suis supposé m'asseoir là-dessus ?

Il se retourna pour regarder l'homme assis derrière son bureau dans la même position détendue que lorsqu'il était entré, et Cliff chercha une modification dans l'expression de son visage.

— Seulement si vous voulez vous allonger.

Cliff se retourna brusquement pour faire face à l'autre homme.

— Pourquoi suis-je ici ?

— Je n'en suis pas encore certain, répondit l'homme avec un léger geste de la main.

— Quoi ?

— J'ai dit que je n'en étais pas encore certain, répéta-t-il en secouant une seule fois la tête.

— Pourquoi dites-vous ça ?

— Parce que vous ne m'avez pas encore dit pourquoi vous avez besoin de moi. Quand vous me le direz, je le saurais.

Cliff se raidit. Il était à deux doigts de lui dire d'aller se faire voir et de partir d'ici, mais rien dans le ton de l'autre homme n'indiquait qu'il se moquait de lui ou qu'il jouait à un jeu. En fait, chaque fois qu'il parlait, c'était plus pour l'inviter à rester et à discuter. Même s'il n'engageait pas lui-même la conversation.

— Comment saviez-vous que j'allais venir ?

— Patronus m'a dit que vous aviez peut-être besoin de mon aide.

Patronus. Pyotr Laszkovi appelait Diesel par son titre, et pas n'importe quel titre, mais celui qu'on lui donnait dans la communauté D/s. Eh bien au moins, c'était révélateur, même s'il ne savait pas exactement ce que ça révélait.

— A-t-il dit de quel genre d'aide j'avais besoin ?

— Personne à part vous ne peut le savoir.

Cliff poussa un profond soupir et se laissa tomber sur la chaise la plus proche, la tête entre les mains. C'était tellement frustrant. Il ne comprenait pas pourquoi Diesel l'avait envoyé ici. Pourtant, il ne voulait pas partir, parce qu'en fait, il avait besoin d'aide. Il ne savait pas exactement de quel genre d'aide il avait besoin ou quel rôle cet homme était censé jouer là-dedans.

— Je ne sais pas ce dont j'ai besoin.

— Et pourtant, vous êtes ici. Alors peut-être que je peux faire quelque chose pour vous. Il nous suffit de découvrir ce que c'est.

Cliff le regarda à travers ses doigts.

— Comment ?

L'homme haussa doucement les épaules.

— Nous pouvons parler. Quelques fois, le fait de parler aide à comprendre, et alors vous saurez.

Ça lui semblait être le meilleur plan qu'il ait jamais entendu, bien qu'il ne comprenne pas pourquoi puisqu'il avait horreur de parler.

— Alors, comment suis-je censé vous appeler ?

Un sourire éclaira le visage de l'autre homme.

— Par mon prénom. Pyotr est presque comme Peter.

— Peter, mais avec un accent.

L'homme se mit à rire.

— Oui, avec un accent, et ça ne s'épelle pas de la même façon.

Cliff s'installa plus confortablement sur la chaise en appuyant sa tête sur le dossier et la tourna pour regarder Peter, mais pas épeler de la même façon.

— Alors, de quoi parlons-nous ?

— De tout ce que vous voulez, dit Pyotr en reposant ses pieds sur le sol.

Il se leva et se dirigea vers la chaise en face de lui et s'assit.

— Du moment que nous parlons de vous, ajouta-t-il.

Cliff regarda ses mains posées sur ses genoux ; elles étaient encore abimées d'avoir porté des gants recouverts de nitrile toute la journée. Il ne savait pas vraiment par où commencer.

— Ma sœur...

— Comme je vous l'ai dit, l'interrompit doucement Pyotr, du moment que nous parlons de vous.

C'était simplement un rappel, ou peut-être, aussi bizarre que cela puisse paraître, une permission. La permission de penser à ses propres sentiments ou à ses propres pensées, et pas à tout ce qu'il devait traverser pour prendre soin de Kimmi.

— Je n'ai pas beaucoup de temps pour moi, commença-t-il.

C'était bizarre de devoir parler uniquement de lui, mais il voulait continuer.

— Mais quand j'en ai, j'aime aller dans ce club en ville...

Pyotr posa son coude sur l'accoudoir et se passa la main sur le menton. Ses doigts se déplaçaient comme un archet sur les cordes d'un violon alors qu'il écoutait le jeune homme. D'abord, seulement des histoires superficielles, celles que l'on raconte aux autres et à soi-même, tout ce que l'on veut qu'ils voient. Des mensonges, la plupart inoffensifs, on ne dit jamais vraiment la vérité. Une chose en entraînait une autre, et Pyotr restait silencieux, tandis que le jeune homme continuait. Alors que ses mots semblaient inconséquents, le corps du jeune homme commença à dire quelque chose de totalement différent. Il avait du mal à se contenir. Il se révélait un peu plus chaque minute, comme des points de couture qu'on déferait au fur et à mesure. Le gamin n'allait pas tarder à s'écrouler et il n'y avait rien que Pyotr puisse faire. Il était impossible de recoudre ce qui avait été défait. Ensuite, il faudrait prendre son temps pour faire le tri de tout ce qui avait été dit, garder ce dont on avait besoin et jeter tout le reste. Alors seulement, on pourrait le recoudre, avec un fil plus robuste. C'était pour ça que le jeune homme était en face de lui, comprit-il, pour qu'il l'attrape quand il s'effondrerait.

Apparemment, quelque chose s'était passé et Patronus y avait vu un signe, et Cliff étant un membre actif de la communauté BDSM, c'était mieux de l'envoyer auprès de quelqu'un qui faisait partie de ce monde. Parce que quelque part, dans cette conversation, le sexe allait faire surface, et peut-être même un changement d'identité. N'importe quel autre docteur lui aurait sorti une absurdité freudienne et l'aurait renvoyé sans vraiment l'aider. C'était pour ça que Diesel s'était servi de son titre quand il l'avait appelé. Cela impliquait que Cliff avait peut-être également besoin d'une thérapie plus ciblée, en rapport avec la scène BDSM.

Écoutant toujours, à la fois avec ses oreilles et ses yeux, Pyotr commença son travail d'observation. Le jeune homme était grand et mince, et il pouvait voir des muscles sur ses bras, mais ne pouvait pas voir ce qu'il en était du reste de son corps, car il portait un tee-shirt large et un jean ample. Des yeux gris bleu comme un ciel d'orage, des cheveux blonds coupés plus courts au niveau des oreilles et du cou et plus longs sur le dessus, et qui pour le moment, rebiquaient vers le haut. C'était soit supposé être ainsi, comme certaines coiffures des jeunes d'aujourd'hui, soit le jeune homme avait passé sa main nerveusement plusieurs fois dans ses cheveux. Quelle qu'en soit la cause, ça lui donnait un air un peu débraillé, mais mignon, et Pyotr se surprit à l'apprécier presque immédiatement.

Au cou du jeune homme était attaché un simple collier heishi[1] marron avec, par intermittence, de petits coquillages blancs. Rien de spécial à première vue, le genre de colliers qu'on trouve habituellement dans les boutiques touristiques de la plage. Seulement, suspendue en son milieu, se trouvait une breloque en forme de ruban de conscience orange. Le seul autre bijou visible était un autre ruban de conscience orange partageant l'espace avec sa montre sur son poignet. Quelqu'un dans sa vie luttait contre la leucémie.

DEUXIÈME VISITE

Pyotr avait donné la direction de son domicile dans le quartier d'Astoria à Cliff pour cette deuxième séance. Il voulait voir Cliff en dehors de son bureau et loin de sa clinique, de façon à éliminer toute idée que ce qu'ils faisaient était strictement un arrangement entre un médecin et son patient. Au contraire, ils avaient été réunis pour partager une expérience. Il y avait également une question personnelle qu'il devait aborder ; il avait trouvé le jeune homme irrésistible dès leur première rencontre. Pyotr était en retard à son rendez-vous, et il avait appelé Cliff pour lui suggérer de l'attendre dans le parc à un pâté de maisons de chez lui.

---

[1] Heishi est le nom d'un collier composé de petits disques faits de coquillage, de corail, ou d'écorce de noix de coco, enfilés sur un fil.

Pyotr était impatient de le rencontrer à nouveau, et quand il arriva, il ne prit pas la peine de garer sa voiture dans la cour intérieure de sa maison. Reconnaissant que personne n'ait pris la place devant son domicile, il se gara le long du trottoir et se dirigea d'un pas léger vers le parc d'Astoria.

Il trouva Cliff assis sur un banc, sous un des grands érables. Son arrivée passa inaperçue et il en profita pour regarder le jeune homme, pour acquérir une certaine perspective. Il s'appuya contre un arbre et se contenta de regarder. Mais il réalisa très vite qu'il n'y avait pas grand-chose à voir, tout du moins en ce qui concernait la gestuelle, ce qui en soi le conduisait à une compréhension plus approfondie du jeune homme.

Un chien aboya dans la rue et Cliff se retourna pour regarder autour de lui, repérant Pyotr à quelques mètres de là. Il fronça légèrement les sourcils.

— Y a-t-il longtemps que vous êtes là ?

Pyotr s'éloigna de l'arbre et se dirigea vers lui.

— Non, pas longtemps.

Il s'arrêta près du banc et baissa les yeux sur Cliff, appréciant la façon dont le soleil filtrait à travers les feuilles pour illuminer son visage et ses cheveux. Il était également amusé de voir que, bien qu'il sache combien il pouvait être imposant en se tenant comme ça, au-dessus du jeune homme, ce dernier ne bougea pas un muscle.

— C'était très instructif de vous regarder, finit-il par dire.

Le froncement de sourcils de Cliff s'accentua.

— Comment ça ?

— J'ai remarqué que vous ne bougiez pas avec impatience. C'est très inhabituel chez la plupart des jeunes gens, dit Pyotr en glissant ses mains dans les poches de son pantalon pour adoucir sa position.

Les lignes du visage de Cliff s'estompèrent et son expression se fit neutre.

— Je passe beaucoup de temps dans les salles d'attente. Les visites chez le médecin, les scanners, les chirurgies – tout ça prend du temps.

Cliff essaya de ne parler que de lui, mais ce n'était pas vraiment le cas. C'était toujours à propos de Kimmi.

— Vous vous sentez en forme pour faire une promenade ? demanda Pyotr en désignant le sentier devant lui.

Cliff haussa les épaules en silence et se leva sans aucune autre sollicitation, puis il commença à marcher. Il avança d'une démarche rapide, comme s'il devait se rendre quelque part, mais se rendit vite compte que Pyotr, bien qu'ayant de longues jambes, avait un pas beaucoup plus lent. Il s'arrêta donc afin que l'homme plus âgé puisse rattraper son retard et ajusta son pas pour rester à ses côtés.

Ils marchèrent en silence pendant un long moment, Pyotr attendant simplement que le jeune homme commence comme il l'avait fait auparavant. Comme il fallait s'y attendre, tout comme il avait lui-même une grande capacité à attendre patiemment, Cliff était apparemment tout aussi capable de marcher silencieusement.

— Donc, vous avez une sœur.

C'était plus une observation qu'une question, mais aussi un moyen de faire parler Cliff. Ce dernier se contenta de hocher la tête.

— Et elle a une leucémie ?

Là encore, Cliff hocha la tête.

— Ce doit être difficile, vos parents ont toujours dû s'occuper plus d'elle. Vous deviez vous sentir à l'écart parfois.

Cette fois, il ne hocha pas la tête.

— Non, ils nous ont abandonnés depuis longtemps, murmura-t-il.

Pyotr s'arrêta brusquement en capturant le jeune homme sous son regard. En vingt-six ans de pratique, Pyotr avait tout entendu, et à chaque histoire triste qu'une personne lui avait racontée, il avait toujours été en mesure de cacher ses réactions. Mais celle-là le terrassait. Il avait élevé chacun de ses frères et sœurs tout seul, mais il y avait une très bonne raison pour cela. Mais comment un parent pouvait-il quitter un enfant malade ? Il ravala ses remontrances et recommença à marcher.

— Combien de temps cela fait-il ?

— Cinq ans. Je venais d'avoir dix-neuf ans. Je suis rentré à la maison après une visite préopératoire pour une greffe de moelle pour Kimmi et ils étaient partis. Leurs affaires, certains des meubles de la maison et leurs comptes bancaires – tous fermés. Pas même une putain de lettre, gronda Cliff, appuyant sur la dernière partie. Kimmi n'avait plus aucun droit à l'hospitalisation, alors quelqu'un à l'hôpital nous a aidés avec les trucs du tribunal pour faire de moi le tuteur de Kimmi, afin qu'ils puissent procéder à l'intervention chirurgicale et les traitements de moelle.

Ils continuèrent à marcher pendant que Cliff revenait sur les cinq dernières années en expliquant ce que c'était que de se retrouver à essayer de prendre soin de sa petite sœur qui souffrait d'une maladie grave et coûteuse. Pyotr garda le silence, n'ouvrant la bouche que pour lui rappeler qu'il devait parler de lui et de son point de vue, pas celui de sa sœur, tandis qu'ils marchaient le long de la piste pavée.

Alors qu'ils arrivaient au bout du parc où se trouvait la piste de course, ils montèrent sur les gradins et s'assirent pour regarder les athlètes du collège s'entraîner.

Cliff remarqua la façon dont les yeux de Pyotr suivaient quelques-uns des hommes qui couraient sur la piste, puis se déplaçaient vers le centre du terrain où un petit groupe se réchauffait. Il ressentit soudain le besoin d'attirer l'attention de l'autre homme, voulant qu'il se penche sur lui au lieu des autres.

— Vous êtes...

Il s'arrêta, pas certain que cette question soit autorisée, mais il voulait savoir. Ou plutôt, son corps voulait savoir.

— Êtes-vous gay ?

Pyotr se retourna et le regarda. Une lueur de satisfaction brilla dans ses yeux, et il ne sembla pas du tout offensé par la suggestion.

— En effet.

Cliff mâchouilla l'intérieur de sa lèvre un moment. Il avait vu un autre homme quitter la maison de Pyotr juste au moment où il passait devant un peu plus tôt. La maison était assez grande pour accueillir tout un tas d'amants.

— Votre amant ne va pas être contrarié que vous soyez ici ? Avec moi, je veux dire.

Pyotr ne détourna pas une seconde les yeux, maintenant que le sujet avait été abordé.

— D'abord, il faudrait que j'en aie un, et ensuite, il devrait comprendre ce que je fais pour gagner ma vie. Bien que je n'amène pas de clients dans ma maison comme je l'ai fait dans votre cas.

Bien que la conversation se soit détournée de Cliff pour se porter sur lui-même, Pyotr l'autorisa. Parfois, c'était un bon moyen d'obtenir des pensées plus profondes, et il était certain que le jeune homme avait épuisé tous les détails insignifiants.

(•ᴗ•)

Cliff regarda l'homme à côté de lui à plusieurs reprises, ses yeux errants sur les détails de son corps et ses yeux bleus dominateurs, étincelants dans la lumière du soleil. Ça n'avait pas de sens. Pyotr était incroyable à regarder. Cliff avait dû ramener un millier d'images mentales avec lui de cet homme la semaine dernière et il les regardait chaque fois qu'il avait le temps de fermer les yeux et de penser à lui.

— Pourquoi pas ?

Cliff s'agita pour la première fois. La question était trop personnelle, mais il l'avait posée, alors il pouvait tout aussi bien continuer.

— Je veux dire, vous êtes beau. Pourquoi n'auriez-vous pas quelqu'un ? Et l'homme que j'ai vu ?

Pyotr fit un léger bruit en gloussant, sans perdre l'expression amusée que Cliff aimait voir dans ses yeux.

— L'homme que vous avez vu était probablement Pavle, l'un de mes nombreux frères. Il a récemment divorcé et habite maintenant à la maison avec moi. Pour ce qui est du reste, je suis un homme très dominateur. J'ai tendance à être très autoritaire dans mes relations, mais le fait que je ne pratique pas le fétichisme peut être décevant pour la plupart des soumis.

(•ᴗ•)

Le regard de Cliff se détourna, peut-être un peu perplexe quant à la façon d'assimiler cette information.

— J'ai aussi tendance à avoir un appétit sexuel vorace et exigeant une fois que j'ai choisi de m'impliquer avec quelqu'un. Cela aussi peut être un problème pour mon amant.

Une nuance rubis envahit le haut des joues de Cliff et il détourna encore une fois le regard.

Pyotr aima cette couleur sur le jeune homme. En fait, il commençait à aimer un certain nombre de choses à son sujet, et il ne pouvait pas nier que si l'homme avait été sien, il l'aurait fait glisser sur ses genoux et serait en train de le baiser en ce moment même.

— Cela répond-il à votre question ? demanda-t-il en se concentrant à nouveau sur lui, ne serait-ce que pour retarder ce qu'il jugeait déjà inévitable entre eux.

Cliff haussa alors les épaules, ses yeux regardant dans le vide.

— Cela ne me dérangerait pas vraiment.

Les mots étaient presque murmurés, mais ses pensées étaient ailleurs.

— Qu'est-ce qui ne vous dérangerait pas vraiment ?

— Qu'il n'y ait pas de fétichisme. Cela ne me dérangerait pas.

Il ne pouvait pas parler du reste, comme du fait qu'il n'avait jamais été avec quelqu'un qui avait un appétit insatiable. Il n'avait jamais ressenti la béatitude d'être complètement épuisé. Il avait toujours eu l'impression qu'il pourrait recommencer encore une fois.

— Vous êtes donc un soumis.

C'était encore une fois plus une déclaration qu'une question.

— Quoi... ?

La bouche de Cliff s'ouvrit comme un poisson hors de l'eau puis se referma, et son front se plissa.

— Ah, non.

Il avait toujours cherché à être reconnu comme un Dom. Pourtant, cela ne le dérangeait pas totalement que l'autre homme laisse entendre le contraire.

(•ψ•)

Pyotr se mordilla la lèvre en réfléchissant. Que la perception que Cliff avait de lui-même soit complètement à côté de la plaque n'était pas une surprise – Cliff n'était pas le premier homme à renier sa nature docile –, mais qu'il n'ait pas tout de suite piqué une crise en était une.

— Alors, vous aimez dominer les femmes ou les hommes ?

Il posa cette question afin d'inciter le jeune homme à évaluer le rôle qu'il s'était octroyé.

(•ψ•)

Cliff baissa les yeux sur ses mains jointes au-dessus de l'espace entre ses jambes écartées, ses coudes sur les genoux. Sa réponse tarda. La vérité, c'était qu'il n'avait pas vraiment dominé qui que ce soit, pas dans le vrai sens du terme. Et alors qu'il avait seulement couché avec des femmes, il ne serait probablement pas contre le fait d'être avec un homme si l'occasion se présentait – il ne l'avait juste jamais envisagé auparavant.

(•ψ•)

— Il est utile d'exprimer toutes ces pensées à voix haute.

Pyotr attendit, mais Cliff ne reprit jamais la parole. Aucune réponse en était une en soi pour Pyotr, et il avait seulement besoin d'une autre réponse pour confirmer ses soupçons.

— Avez-vous déjà été avec un homme ?

Les yeux de Cliff papillonnèrent dans sa direction. Cette question ne le froissait pas non plus ; il savait que beaucoup de personnes dans le monde de la Domination et du Bondage jouaient des deux côtés.

— Une seule fois.

— Et comment était-ce pour vous ?

Cliff laissa son regard sur ses mains, gardant les yeux ouverts pour ne pas fantasmer au sujet de l'homme qui était assis à côté de lui. Sa réponse glissa comme une douce brise.

— J'ai aimé ça.

Et probablement plus qu'il ne le devrait, mais c'était là où résidait son secret. Il avait joué avec l'une des soumises du club pendant un certain temps. Elle avait un penchant pour les harnais avec godemiché et il avait découvert que non seulement il aimait être le receveur, mais qu'il préférait même ça. Et quand il avait perdu le match contre l'esclave sexy que Patronus formait, ça avait été un pur enchantement – de sentir la chaleur d'un sexe au fond de lui. Alors qu'il aurait dû se sentir humilié, il s'était envolé. Le fait qu'il préférait recevoir plutôt qu'avoir son propre sexe immergé dans le corps d'une autre personne le contrariait – c'était vraiment tordu. Quel type n'aimait pas baiser quelqu'un d'autre ?

Pyotr voyait bien que quelque chose le tracassait, mais il savait aussi que ce n'était pas une chose pour laquelle il devait le pousser. En fait, il était préférable qu'ils s'en tiennent là pour le moment. Il devait le laisser réfléchir sur cette dernière pensée, et le reste ferait surface bien assez tôt.

TROISIÈME VISITE

— Alors, comment vous sentez-vous au sujet de nos séances jusqu'ici, Cliff ?

Pyotr jeta un coup d'œil sur le jeune homme qui se tenait toujours à l'entrée de la pièce, préférant souffrir contre le mur plutôt que de prendre un siège pour être plus à l'aise.

Cliff avait l'air tendu, incertain à propos de quelque chose, mais il avait aussi un désir profond d'entrer qui le tenaillait. Cela se voyait dans ses yeux et dans la façon dont ses pieds pointaient en direction de la pièce.

Cliff baissa les yeux sur ses doigts joints devant lui.

— Je ne sais toujours pas pourquoi je suis ici.

— Vraiment ?

Pyotr se leva, traversa la pièce et passa devant Cliff. Il prit position contre le mur juste en face de lui. C'était une position délibérée – son langage corporel faisant clairement comprendre au jeune homme qu'il ne devait pas partir, qu'il allait rester et faire face à ses démons aujourd'hui.

Cliff suivit des yeux chaque pas de l'autre homme, sentant les portes se refermer sur lui tandis que Pyotr s'appuyait contre le mur. Il ne bloquait pas vraiment l'accès au couloir qui menait hors de la pièce, mais son attitude bloquait néanmoins le chemin.

(ᵕﻌᵕ)

Pyotr s'immobilisa et le regarda. Malgré l'absence de mouvement, il y avait une incroyable quantité de langage corporel. Et pour la première fois, le jeune homme parut contrarié, mais toujours réticent à faire un commentaire à ce sujet.

Pyotr croisa ses bras musclés sur son torse.

— Je crois que le but de votre présence ici est de vous mettre dans le rôle approprié que vous êtes censé jouer.

— Je vous ai déjà dit que j'étais un Dom.

Pyotr ne manqua pas de remarquer le ton d'enfant capricieux que Cliff avait pris.

— C'est ce que vous croyez parce que vous avez été contraint de prendre soin de votre sœur dans des conditions intenses et que vous avez dû prendre le rôle de la personne responsable dans votre maison. Vous avez mal placé vos besoins sexuels dans ce même rôle, c'est pourquoi vous n'avez jamais été en mesure de trouver satisfaction.

L'expression du visage de Cliff et son refus de regarder Pyotr dans les yeux parlaient d'eux-mêmes.

Pyotr s'éloigna du mur et posa une main sur l'épaule de Cliff pour le conduire vers le centre de la pièce, permettant au jeune homme de lui faire face quand ils s'arrêtèrent.

— Donnez-moi vos mains.

— Pourquoi ?

— Faites ce que je dis.

L'ordre n'était pas négociable.

Cliff tendit les bras et lorsque Pyotr s'empara de ses poignets, il sentit la panique le gagner. Comme si quelque chose tournerait mal s'il n'était pas en mesure de s'échapper.

Pyotr regarda le dilemme émotionnel traverser le visage du jeune homme, mais ce qu'il n'avait pas prévu, c'était la rapidité avec laquelle la panique devint physique.

Cliff se jeta en arrière de tout son poids, leur faisant tous les deux perdre l'équilibre. Pyotr avait deux choix – lâcher, ce qui aurait été contre-productif, ou tomber avec lui. Il choisit rapidement la deuxième option, tombant à genoux, les jambes écartées, sur le corps de Cliff. C'est alors qu'une autre tempête d'émotions entra en jeu.

Les bras de Cliff se démenèrent, mais Pyotr ne lâcha pas prise. Une étincelle apparut dans le regard du thérapeute et Cliff se retrouva les poignets solidement immobilisés sur le sol de chaque côté de sa tête.

Pyotr maintint Cliff sur le sol, à califourchon sur lui, ses poignets enserrés dans ses larges mains. Cliff lutta pour se dégager en contorsionnant son corps d'un air de défi, ce qui ne fit qu'exciter Pyotr. Mais ce n'était pas le moment pour des préliminaires sexuels. C'était à propos de Cliff renonçant à son contrôle ; l'attacher aurait sans doute été plus facile, mais Pyotr ne devait pas lui enlever son contrôle. Il devait l'abandonner de lui-même. Il n'y avait eu personne pour prendre la relève alors qu'il grandissait, personne pour prendre soin de lui ou de sa sœur, et tout cela pesait maintenant sur le jeune homme. C'était la partie qu'il devait abandonner, mais cette fois, quelqu'un serait là pour lui quand il le ferait.

— Personne ne vous a jamais dit que vous étiez un vrai *shejtan* ?

Pyotr continua à chevaucher le corps du jeune homme qui se tordait sous lui malgré l'érection qu'il développait.

Cliff se courba, testant l'emprise appliquée sur ses bras.

— Qu'est-ce que ça veut dire ?

— Gamin.

Pyotr s'appuya davantage sur lui, une lueur malicieuse éclairant ses yeux.

La lèvre de Cliff se tordit dans une grimace de défi.

— Une ou deux fois, peut-être.

Pyotr se mit à rire. Il était certain que quelqu'un l'avait fait ; mais cette personne avait-elle trouvé le jeune homme aussi sexy que lui ?

— Lâchez-moi.

Cliff recommença à se démener contre lui. Mais le poids imposant de l'autre homme ne se laissa pas désarçonner et il ne réussit qu'à frotter une fois de plus son érection croissante contre Pyotr. À chaque fois, ce contact envoyait des décharges de courants illicites à travers ses testicules et son sexe. Il continua à lutter et à bouger d'un mouvement paresseux, comme s'il voulait voler un autre contact avec le renflement de plus en plus dur du pantalon de Pyotr, mais sans risquer d'être libéré.

— Et voilà où ça nous mène, dit Pyotr, jugeant pertinent de souligner l'évidence.

— Ce n'est pas ce que je voulais.

Plus de tortillements, plus de frottages délibérément accidentels.

— Alors peut-être devriez-vous donner le contrôle à quelqu'un qui sait ce que vous voulez.

Il finit par se calmer, levant les yeux vers Pyotr.

— Qu'est-ce que ça veut dire ?

— Cela signifie que lorsque vous essayez de contrôler les choses, vous ne réussissez pas très bien à obtenir ce que vous dites vouloir, ou plutôt ce dont vous avez réellement besoin. Alors peut-être que vous devriez donner les commandes à quelqu'un qui peut vous y amener.

(•ᴗ•)

Les mouvements de Cliff refluèrent.

— Vous voulez dire quelqu'un comme vous ? demanda-t-il, se trouvant tout à coup à bout de souffle comme s'il venait de courir un marathon.

Il venait de poser la question qu'il se posait depuis les deux dernières semaines. Savoir qu'il allait enfin avoir une réponse, quelle qu'elle soit, l'effrayait plus que de mesure.

— Peut-être. Il vous suffit de dire que vous me voulez et je ferai le reste.

Pyotr s'assit sur ses talons en tirant les mains de Cliff et rassemblant ses poignets sur son propre ventre. Il les y maintint et attendit.

Cliff resta immobile à dévisager l'homme qui l'observait. Il devint de plus en plus conscient de ses mains, maintenues près de l'entrejambe de l'autre homme et de l'érection qui avait déclenché une exquise friction contre la sienne. Cela lui coupa le souffle. Il n'avait jamais ressenti un tel besoin de sa vie et cela avait été presque douloureux quand cela s'était arrêté. Un gamin avec une érection phénoménale et pas la moindre idée de ce qu'il devait en faire. Une chaleur envahit le bout de ses doigts, l'emplissant d'un désir de le toucher. Le sexe qui tendait manifestement le jean usé. Il lui suffirait d'étirer les doigts et il serait capable de toucher l'entrejambe de l'autre homme, savoir si le renflement qui tendait son jean était de la même nature que le sien.

Cliff jeta un coup d'œil à Pyotr, redoutant que ses pensées soient facilement lisibles.

ოდ

Pyotr resta assis sur le jeune homme, prenant plaisir à regarder les yeux de Cliff dériver le long de son corps pour s'en détourner rapidement à plusieurs reprises, comme un enfant essayant de voler un cookie sous des yeux attentifs. Cliff restait immobile maintenant – mais pas ses doigts. Ses doigts, c'était une autre histoire. Plutôt que d'essayer d'éviter tout contact apparemment embarrassant, ils tentaient délibérément de provoquer un contact accidentel.

— De quoi avez-vous besoin ? demanda Pyotr à l'homme immobile sous lui, ne retenant pas l'amusement qu'il ressentait.

L'attention de Cliff se stabilisa soudain, dirigée directement vers lui avec ses yeux bleu argenté emplis d'espoir.

— Puis-je revenir ? Je veux dire dans quelques jours au lieu d'attendre une semaine ?

Pyotr dut prendre une profonde inspiration juste pour s'empêcher de prendre sauvagement les lèvres du jeune homme à ce moment-là. Revenir ? En ce qui le concernait, Cliff pouvait revenir tous les jours ou encore mieux, ne plus partir. *Doucement,* se dit-il. Il prit une autre inspiration pour stabiliser l'excitation qu'il ressentait et qui menaçait de le jeter hors de son rythme alangui habituel. *Doucement.*

— Seulement si vous reconnaissez que ces visites vous sont bénéfiques.

❨☙❩

Cliff bégaya en essayant de trouver une réponse. Merde, il n'avait toujours pas compris pourquoi il était là et il n'était pas sûr du tout de pouvoir être qualifié de soumis. Alors, comment pouvait-il savoir si venir ici lui était bénéfique ? Tout ce qu'il savait, c'est qu'il ne voulait pas attendre sept jours pour revoir Pyotr.

— Admettre que *je veux* être ici, est-ce suffisamment bénéfique ?

Pyotr se remit sur ses pieds, permettant à dessein l'accident que les doigts de Cliff avaient recherché, appuyant son excitation croissante contre les paumes du jeune homme quelques secondes avant de relâcher ses poignets.

— Qu'avez-vous en tête ? demanda Pyotr en ouvrant la discussion.

Après tout, il avait dit à Cliff qu'il lui suffisait de dire qu'il le voulait et il ferait le reste. Cliff n'était pas seulement un *shejtan*, il était également malin. Pyotr sourit intérieurement.

Cliff se redressa en enroulant ses bras autour de ses genoux tandis qu'il regardait l'homme incroyablement séduisant se diriger vers le bureau au fond de la pièce et jeter un coup d'œil à son agenda. Cliff essaya de calculer ce qui serait considéré comme acceptable. Trois jours semblaient juste ; plus longtemps et il pourrait perdre la tête, plus tôt, et l'homme pourrait penser qu'il était juste un écolier malade d'amour.

— Trois jours, Monsieur.

Pyotr se figea et cligna des yeux, le mouvement tellement évident que c'était presque comme un accident de parcours dans ses mouvements souples, mais disparaissant tout aussi rapidement.

— Trois jours alors.

QUATRIÈME VISITE

Une fois de plus, Pyotr tenait Cliff par les poignets, et même s'il était debout, Cliff découvrit qu'il y avait peu de chance qu'il puisse se libérer des mains puissantes de l'homme plus âgé. Elles l'emprisonnaient dans un étau, mais ne lui faisaient pas mal.

— Vous utilisez les mots de passe universels du club ?

Cliff acquiesça.

— Vous savez mieux que cela. Un signe de tête n'est pas une réponse. Tu dois me les répéter", corrigea Pyotr.

Cliff prit une inspiration et déglutit difficilement, tout en testant la prise sur ses poignets, mais finit par répondre comme on le lui demandait.

— Rouge, jaune et vert.

Pyotr tenait les bras de Cliff tendus comme des ailes. Ses yeux s'envolèrent vers les entraves métalliques sur le mur et il décida à cet instant que c'était là qu'il voulait le jeune homme. Alors qu'il se pressait contre lui, Cliff ne bougea pas, faisant un contact solide du lien entre leur corps. Un autre pas vers lui et Pyotr poussa le corps du jeune homme vers l'arrière ; un pas après l'autre, jusqu'à ce que son dos rencontre le mur. Levant les bras de Cliff un peu plus haut, il appuya un poignet dans la pince en acier inoxydable, la pression de son propre poignet activant la plaque de verrouillage et les chaînes se refermèrent autour de son bras. Pyotr répéta la manipulation avec l'autre poignet de Cliff puis s'éloigna. Le fait que les hanches de Cliff se poussèrent en avant dans la tentative de rester près de lui ne passa pas inaperçu. Ou le fait que le sexe du jeune homme s'était durci contre lui comme une Porsche passant de 0 à 60 en trois secondes chrono.

Pyotr fit quelques pas en tournant le dos au jeune homme silencieux maintenant enchaîné et caressa sa propre érection à travers son pantalon, s'ajustant légèrement afin de retrouver un peu de confort dans cette région avant de se retourner pour faire à nouveau face à son prisonnier.

Depuis qu'ils avaient commencé leurs séances, Cliff l'avait regardé presque aussi intensément que Pyotr l'avait regardé lui-même, mais contrairement à lui, le jeune homme ne savait pas ce qu'il voulait faire à ce sujet. Pyotr savait exactement ce qu'il voulait lui faire, en temps voulu. Pour le moment, il décida qu'un petit spectacle pourrait l'aider.

Il se laissa tomber dans le fauteuil confortable en face de l'homme maintenu contre son mur et commença à appuyer nonchalamment le long de la crête de chair dure qui enflait sous son jean avec la paume de sa main. Il s'installa au bord du fauteuil, les jambes étendues, ses pieds bronzés apparaissant furtivement sous le denim délavé. Il laissa tomber sa tête contre le dossier du fauteuil, les yeux fixés sur son soumis réticent.

— Que faites-vous ?

— Je jouis de la vue.

Pyotr ouvrit lentement son pantalon, ses doigts glissant sous le tissu pour taquiner un peu plus son érection.

— Et vous allez le faire en face de moi ?

Cliff baissa les yeux, ne sachant pas s'il pouvait, ou devait regarder.

— Exactement.

— Pourquoi ?

— Parce que je ne veux pas que tu fasses quoi que ce soit, répondit Pyotr en passant au tutoiement. Je veux que tu abandonnes le contrôle pendant un moment. Que tu saches que je vais te protéger et prendre les bonnes décisions pour toi pendant que tu es sous ma garde.

Cliff se débattit contre les entraves, mais elles ne bougèrent pas.

— Et je dois être enchaîné au mur pour ça ?

Pyotr se leva de sa chaise en faisant glisser son slip vers le bas jusqu'à ce qu'il se niche sous ses testicules. Il s'approcha et se pencha en avant jusqu'à ce que ses lèvres soient à quelques souffles seulement de l'oreille de Cliff.

— Oui.

Il passa de l'autre côté pour faire la même chose à son autre oreille, se moquant de lui avec la chaleur de son souffle.

— Et pendant que tu me regarderas me donner du plaisir, tu vas me dire ce qui t'excite. Et ce que tu veux.

Cliff tourna la tête pour essayer de toucher Pyotr.

— Qu'est-ce que ça peut bien faire ce que je veux ?

Et voilà, un de ces nœuds qui devait être supprimé : la conviction de Cliff qu'il ne pouvait pas avoir ce qu'il voulait.

— Parce que c'est pour toi. Même quand...

Il s'arrêta un instant, puis décida de reformuler sa phrase.

— Surtout quand tu te livres à moi, c'est pour toi. Un maître obtient son plaisir en voyant le tien.

— Vous voulez dire que vous êtes mon maître ? demanda Cliff, ses yeux croisant les siens.

— En ce moment, alors que tu es attaché à mon mur ? Oui, absolument.

La main de Pyotr glissa doucement sur son sexe, sans vraiment l'agripper, mais pour tout simplement profiter du léger contact. Il était certain que la séance prendrait un certain temps, alors il était prêt à faire durer cet instant aussi longtemps qu'il le fallait.

— Que veux-tu le plus en ce moment ?

ʕ•ᴥ•ʔ

Cliff déglutit difficilement ; il pouvait sentir le martèlement de sa pomme d'Adam dans sa gorge. Ce qu'il voulait se tenait dangereusement près de lui en ce moment. Ce qu'il voulait, c'était d'être pressé contre lui et non contre le mur. Ce qu'il ne voulait pas, c'était être rejeté. Et pour l'instant, cette perspective pesait plus que ce qu'il voulait.

— Peut-être quelque chose de moins important, alors. Quelque chose de beaucoup plus facile à t'accorder, offrit Pyotr, se tenant toujours si près que Cliff pouvait sentir la chaleur de son corps rayonner contre lui.

Il secoua la tête en essayant d'interpréter ce que l'homme venait de lui dire, comme s'il était télépathe ou une chose dans le genre.

— Ce dont tu as besoin.

Cette fois, c'était un ordre plutôt qu'une requête et Cliff balbutia sa réponse.

— Un baiser.

Dès qu'il eut dit le mot, il détourna aussitôt les yeux, ne voulant pas voir l'air moqueur qui allait inévitablement apparaître sur le visage de l'autre homme, pour avoir suggéré que le beau et intelligent Pyotr Laszkovi pourrait l'embrasser.

Pyotr fut pris par surprise par la demande. C'était venu plus tôt que prévu, mais qui était-il pour lui refuser le luxe de goûter à ses lèvres ? Et Cliff avait assurément des lèvres qui appelaient les baisers. Il attrapa la mâchoire du jeune homme dans la paume de sa main, l'attira et fondit sur lui pour l'embrasser. Deux paires de lèvres souples et flexibles s'écrasèrent les unes contre les autres. Il pencha la tête, augmentant l'étreinte humide entre eux. Puis il ouvrit la bouche et suça les lèvres du jeune homme pour le persuader de lui céder.

Le temps se figea pour ce que Cliff aurait pu avoir en tête avant qu'il ne réalise que Pyotr l'embrassait vraiment, mais une fois que la réalité reprit ses droits, il ne put ignorer combien c'était merveilleux. La chaleur humide des lèvres de Pyotr suçant les siennes envoya un vague de frissons vers le bas de son corps et déclencha une traînée de feu dans son membre. Il pencha la tête pour s'offrir un peu plus à l'autre homme et avant qu'il ne s'en rende compte, il essayait d'introduire sa langue dans la bouche de Pyotr pour ne pas rater cette occasion de le goûter.

Pyotr répondit, mais pas pour se dégager. Le mâle Dominant en lui sentit ses besoins et prit immédiatement le dessus. La main de Pyotr glissa derrière la tête de Cliff, la soulevant un peu plus et sa langue plongea dans sa bouche.

Une faim dévastatrice déferla dans les veines de Cliff, le dévorant tout entier, et il se laissa porter par elle. Il laissa échapper un gémissement, puis un autre, sans comprendre ce qui se passait. Ce qu'il ressentait ne ressemblait à rien de ce qu'il avait connu auparavant et il espéra que cette sensation ne s'arrête jamais. Et tant pis s'il ne pouvait plus respirer. Même quand Pyotr lui permit de reprendre un peu d'air avec un soupir, ses lèvres revinrent pour le consumer. Ce que Pyotr lui donnait était tout sauf subtil ou graduel. Une fois qu'il l'eut demandé, il obtint la pleine saveur de sa demande et lorsque Pyotr libéra finalement sa bouche, tout son corps brûlait d'en avoir plus. Ses yeux tombèrent sur l'érection qui pointait vers lui, prenant conscience du liquide clair qui provenait de la fente.

— À quoi penses-tu ? demanda Pyotr.

Il sut, d'après le ton de Pyotr et sans avoir besoin de le regarder, qu'il voulait lui faire dire ce qu'il avait compris. Cliff esquiva la réponse que l'on attendait de lui.

— Comment savez-vous que c'est ce qui est bon pour moi ?

— Parce que tu prends cela assez bien. Tu es plutôt calme.

— Puis-je récupérer mes mains alors ?

— Pourquoi ? Tu veux me toucher ?

Cliff ne pouvait pas penser à autre chose qu'à ça. Mais c'était plus que toucher qu'il voulait. Il désirait en faire l'expérience.

— Je ne sais pas… oui… peut-être.

Il hésita. Il ne pouvait pas se laisser aller à admettre ce qu'il voulait. C'était encore trop nouveau.

— Tu dois être certain.

La main de Pyotr plana au-dessus du membre de chair gonflée qui se dressait dans son jean, l'effleurant avec sa paume. Laissant Cliff imaginer la suite. Le laissant se détendre devant la vue.

Cliff ferma les yeux, combattant ce qu'il voulait vraiment. Ce serait tellement plus facile s'il pouvait se perdre dans le feu de l'action. Une fois de l'autre côté, il pourrait être ce qu'il était.

— Pourquoi ne puis-je pas simplement laisser les choses arriver ?

— Parce que se contenter de laisser les choses arriver engendre généralement plus tard des pensées paniquées – comment ai-je pu laisser cela se produire ? – qui se transforment alors en regrets.

Pyotr pouvait voir le mouvement frémissant de la bouche du jeune homme alors que les engrenages dans sa tête essayaient de formuler une réponse qui pourrait lui faire obtenir ce qu'il voulait sans avoir vraiment à le formuler. Une chose que Pyotr n'avait aucune intention de lui permettre de faire. Il lui enleva ce choix.

— Ce soir, tu vas te contenter de regarder. Tu as eu ton baiser, le reste viendra plus tard.

Il prit la mâchoire de Cliff dans sa main et le tourna vers lui pour regarder son visage.

— Quand tu seras prêt.

CINQUIÈME VISITE

— Je ne sais pas si je peux supporter de n'être qu'un soumis.

Cliff secoua la tête alors qu'il oscillait à l'entrée de la pièce, le couloir juste derrière lui. Un endroit populaire pour le début de leurs séances ensemble ces derniers temps. Cette position, ni dedans ni dehors, disait à Pyotr qu'il était prêt à s'enfuir au premier signe de la création de son propre Big Bang.

— C'est seulement parce que tu n'as jamais eu quelqu'un qui était là pour toi. Pour l'instant, tu l'as. Et lorsque nous en aurons fini ici, ta force et ton contrôle te seront rendus. Lorsque tu partiras, tu continueras à être le maître de ta maison.

Les yeux de Cliff papillonnèrent vers lui sous des sourcils passifs. Pyotr pouvait la voir en lui, la crainte qu'une fois qu'il se serait soumis, il n'aurait jamais la force de se reprendre. Avoir le contrôle pour Kimmi ainsi que pour son auto dépravation était la seule chose qui l'empêchait de s'écrouler.

Pyotr retira un coussin du canapé et le laissa tomber sur le sol à ses pieds.

— Viens t'asseoir ici.

Cliff se déplaça lentement, mais docilement, s'agenouillant entre les jambes de Pyotr.

— Tu es prêt pour ça. Désormais, tu es avec moi. Je suis celui qui contrôle. Rien au monde n'est sous ta responsabilité en ce moment. Lorsque tu es avec moi, je contrôle.

En l'entendant dire ça, le jeune homme s'effondra presque. Toute sa tension et sa force lui furent enlevées alors que Cliff s'affaissait contre sa jambe, sa tête reposant confortablement sur la cuisse de Pyotr. Il laissa échapper un soupir de soulagement bruyant, comme s'il avait attendu toute sa vie afin que quelqu'un lui dise exactement ces choses.

Pyotr passa ses doigts dans les mèches épaisses de cheveux blonds. Il en aimait la texture sous ses doigts, épaisse et douce, mais pas soyeuse ou recouverte d'un gel quelconque. C'était également assez amusant de jouer avec eux, car ils étaient toujours dans un désordre échevelé qui était incroyablement adorable sur lui.

— Te souviens-tu de ce que nous avons fait lors de la dernière séance ?

Cliff hocha la tête.

— Y as-tu repensé après être parti ?

Les yeux bleu-gris se remirent à papillonner et Pyotr put voir qu'il n'avait probablement pensé à rien d'autre au cours des trois derniers jours, tout comme lui.

— Que veux-tu aujourd'hui ?

La lueur bleutée dans les yeux gris disparut.

— Pense encore une fois en termes d'étapes plutôt qu'à une vue d'ensemble. Il est plus facile de demander ce que nous voulons lorsque nous le découpons en plusieurs morceaux.

Pyotr le guida pour qu'il puisse explorer ce nouveau territoire : demander les plaisirs qu'il désirait. Simplement s'autoriser à les vouloir. Il pouvait encore sentir un peu de tension dans le jeune homme, mais il sentait également Cliff presser son visage contre sa cuisse, et l'espace d'un instant il pensa sentir ses lèvres qui déposaient un baiser sur la jambe de son pantalon.

— J'attends une réponse, Cliff, exigea Pyotr dans l'espoir d'en obtenir une alors qu'il était perdu dans l'instant.

— Je veux vous sentir pressé contre moi, osa-t-il finalement dire à haute voix, mais cela sortit quand même dans un murmure.

Pyotr se décala dans son fauteuil. Il voulait faire beaucoup plus que simplement se presser contre le jeune homme, mais comme Cliff, il se retrouvait sans cesse à devoir se rappeler qu'il devait faire de petits pas. Il devait juste s'assurer que son propre corps coopère. Il resta tranquillement assis, caressant toujours les cheveux du jeune homme en laissant Cliff simplement se détendre et en lui donnant le temps d'accepter ce qu'il avait osé demander avant qu'ils ne se lèvent et fassent quelque chose à ce sujet.

Cliff avait verbalisé ses besoins, donc Pyotr avait maintenant le contrôle et il allait faire ce qu'il jugerait pertinent pour son nouveau soumis.

Après quelques instants, il offrit du café à Cliff. Ce dernier hocha la tête avec hésitation.

— Arrête ça. Je ne te laisserai pas me cacher quoi que ce soit.

☙

— Je préfère le thé... balbutia Cliff avec honnêteté. C'est quelque chose de réconfortant pour moi.

Il n'osa pas dire pourquoi, mais il n'avait pas menti en disant qu'il préférait le thé. Cela n'avait pas toujours été le cas, mais ils avaient découvert très tôt que le thé calmait le ventre de Kimmi avant et après le repas, et qu'elle avait donc moins de risques d'être nauséeuse. Il commençait juste à préférer boire du thé à la place du café. De plus, le café le rendait nerveux et il n'avait pas besoin de l'être plus qu'il ne l'était déjà.

Pyotr sourit.

— Du thé, alors.

Après avoir mis l'eau à chauffer, il appela Cliff pour qu'il le rejoigne dans la cuisine, puis il s'appuya contre le comptoir et lui ordonna de se tenir en face de lui. Le tournant pour qu'il se trouve dos à lui, Pyotr appuya alors sur son dos pour qu'il se penche en avant et il commença à le toucher. Juste quelques caresses lentes de ses larges mains sur la poitrine et le ventre de Cliff. Ses mains glissèrent le long de ses cuisses, puis remontèrent.

— Ce soir, nous apprenons à nous connaître. Mais nous n'allons rien faire d'autre que nous toucher. Tu comprends ?

Cliff se tordit pour regarder par-dessus son épaule. Il ne pouvait pas l'expliquer, mais il n'avait pas besoin de tous ces préliminaires, il savait déjà qu'il voulait être son amant. Au premier contact, bien que doux et lent, son corps en réclama plus. Cela le fit s'agiter et se soumettre en même temps.

— Et si j'étais prêt ? Si je voulais que nous fassions plus que ça ?

Pyotr tourna un peu plus la tête de Cliff afin de bien voir le visage du jeune homme qui allait devenir son amant. Il y avait quelque chose dans ses yeux – oui, il avait l'air prêt, mais ça ne voulait pas dire qu'il n'aurait pas des regrets plus tard. Il lui sourit chaleureusement.

— C'est bien, mais j'ai le contrôle pour l'instant, et comme je te l'ai déjà dit, nous ne ferons rien de plus ce soir.

La déception dans les yeux de Cliff était trop évidente, et il ne pouvait pas le laisser comme ça. Son bras remonta le long de son dos jusqu'à ce qu'il atteigne son cou sur lequel il tira pour l'embrasser. Il l'embrassa comme il faisait tout le reste, lentement, sa langue s'enfonçant profondément jusqu'à ce qu'il trouve celle de son compagnon et elle s'enroula autour d'elle de la même façon que ses bras étaient enroulés autour du corps du jeune homme. Il sentit Cliff fondre sous son geste de possession.

La main libre de Pyotr se déplaça sur Cliff, profitant de la sensation de chaque courbe et ondulation de son corps, gravant la silhouette du jeune homme dans sa mémoire, faisant en sorte que même dans l'obscurité, il serait capable d'embrasser chaque partie de son corps de la bonne façon.

Pyotr tira sur ses hanches, écrasant les fesses de Cliff contre son érection et enfouissant le nez dans sa nuque. Il inspira profondément l'odeur du jeune homme. Il ne l'avait même pas encore pris et il savait déjà qu'il était accro, mais il y avait encore un sujet entre eux qui devait être traité. Il ne pouvait certainement pas s'attendre à une réponse honnête du jeune homme alors qu'il était en train d'empaumer son membre.

Il se pressa contre Cliff, mais la main qui le caressait s'immobilisa.

— Sais-tu quel âge j'ai, Cliff ?

Il ressentit tout de suite une pointe de regret, redoutant que le jeune homme qui avait pris la première place dans son esprit ne puisse le rejeter à cause de la considérable différence d'âge.

— N'y songez même pas, dit Cliff en lui lançant un regard brûlant par-dessus son épaule. Si vous êtes sur le point de soulever la question de la différence d'âge, je ne veux pas en entendre parler, parce que je m'en moque. Je vous veux, peu importe l'âge que vous avez, et je vous veux maintenant.

Il se recula un peu et se tourna vers lui pour l'affronter.

— Le fait que vous soyez comme n'importe quel autre docteur – à vouloir à tout prix me faire patienter – est déjà assez difficile, mais ne vous avisez pas d'essayer de me dire que je suis trop jeune pour avoir envie d'être dans votre lit. Vous devez me baiser et c'est tout !

Cliff termina sa proclamation avec un mouvement vigoureux de ses bras, les croisant sur sa poitrine, accentuant son personnage de sale gosse.

Pyotr rit contre sa nuque, se délectant de la chaleur et de la rébellion de celui qui serait bientôt son amant. Cela supprimait apparemment toutes les petites demandes qu'il avait mises en place.

— *Shejtan.*

☾☽

— Maintenant que j'y pense, si c'est ce qui nous retient, alors je pense que vous devriez juste l'ignorer et nous laisser dépasser tout ça, osa ajouter Cliff dans l'espoir qu'il pourrait effectivement aiguillonner suffisamment son compagnon pour qu'il accélère la cadence.

Son cœur rata quelques battements quand Pyotr enlaça ses hanches et le tira contre son corps.

— La seule chose que je vais te donner ce soir, ce sont quelques frottements, grogna Pyotr en l'embrassant et en se frottant contre lui. Mais ce sera sacrément bon.

Avant que Cliff ne puisse même penser à protester, sa bouche fut consumée par les lèvres exigeantes de Pyotr qui s'écrasèrent sur les siennes en les léchant pour qu'il les ouvre. Cliff était dans l'incapacité de refuser et s'exécuta pour le laisser entrer et prendre sa langue avec la sienne. La douce chaleur qui l'envahit était comme du sexe liquide dans sa bouche. Il était en train de fondre contre l'autre homme et il adora la sensation – un peu comme s'il était baigné dans un baiser étrangement rêveur teinté de profondes nuances d'un savoureux carnage.

Les poings de Pyotr se resserrèrent sur son jean et collèrent leur corps de manière si étanche que même respirer ajoutait de la friction entre leurs sexes. Mais il ne s'arrêta pas là. La cuisse de Pyotr força son chemin entre les jambes de Cliff, ses mains tirant sur les hanches du jeune homme, poussant instantanément ce dernier à se frotter contre les puissants muscles de sa jambe alors que le membre de Pyotr s'écrasait contre sa hanche. Les bras de Pyotr se déplacèrent, l'un descendant pour agripper ses fesses, l'autre caressant son dos ; une tourmente neurologique douce et brutale à la fois, les hanches de Pyotr ne cessant de se balancer contre lui.

Cliff laissa échapper un gémissement guttural qui fut avalé par le baiser de Pyotr. C'était incroyable, tout son corps fondait et dérivait dans une mer de sensations. Les lèvres de Pyotr se déplacèrent sur son cou en une combinaison de baisers et de coups de langue.

— Aïe !

Et de morsures.

— Ne fais pas d'histoires, grogna Pyotr contre son cou avant de reprendre ses baisers.

Il glissa une main autour de Cliff et ouvrit le bouton de son pantalon, suivi de la fermeture éclair, puis sortit son sexe afin de pouvoir cajoler la chair soyeuse.

La tête de Cliff bascula en arrière et il haleta sous la forte caresse de la main de Pyotr enroulée autour de son membre déjà rigide.

(•ധ•)

Pyotr regarda la longue verge de chair rose dans ses mains ; il ronronnait presque sous le contact velouté de la peau de Cliff contre sa paume. Son pouce passa sur la fente humide, étalant la goutte de liquide séminal sur le gland. Brusquement ennuyé que le jean du jeune homme soit sur le chemin, il le lâcha juste assez longtemps pour attraper le jean sur ses hanches et le faire descendre sous ses fesses, puis reprit rapidement là où il s'était arrêté, caressant l'érection engorgée.

Cliff était déjà tellement dur que son sexe se dressait jusqu'à son ventre. Pyotr dut l'éloigner de son corps pour pouvoir le caresser et s'amusa même de son état en le relâchant et en le regardant claquer contre son ventre à plusieurs reprises. Le visage de Cliff se colora d'une embarrassante rougeur.

— Tellement beau, laissa échapper Pyotr dans un murmure rauque et ce seul son rendit ses caresses un peu plus supportables. Mais je veux quand même que tu saches mon âge.

(ᵔᴥᵔ)

La rougeur de Cliff prit une teinte alarmante tandis que son cerveau luttait pour se libérer du brouillard qui l'envahissait, juste assez pour pouvoir maintenir sa position sur ce sujet.

— Je vous ai dit que je m'en moquais.

— J'ai quarante-six ans. C'est assez vieux pour être accusé de t'avoir pris au berceau.

— Non, ça ne l'est pas, et comme je l'ai déjà dit... ahhh...

Seigneur, il dut s'arrêter juste pour haleter parce que la main de Pyotr ne cessa jamais de le caresser.

— ... ahhh, je ne m'inquiète pas à ce sujet. Je ne m'inquiète que d'être avec vous.

Sa tête se redressa brusquement et leurs yeux se croisèrent. Il n'avait pas voulu être aussi ouvert si tôt. Cela lui donna l'impression d'être extrêmement jeune, ce qui n'allait pas aider son argumentation.

La main de Pyotr s'immobilisa ainsi que tout le reste, et il plongea son regard dans celui du jeune homme.

— En es-tu certain ?

Cliff rassembla chaque once d'énergie qu'il put, seulement pour endiguer le gémissement qui menaçait de s'échapper de ses lèvres quand il essaya de dire quelque chose d'autre. Un tel bruit n'aiderait pas non plus sa cause. *Bien sûr, il aurait pu ne pas s'en soucier du moment qu'il obtenait ce qu'il voulait.*

Mais Cliff ne voulait pas que Pyotr pense cela. Il voulait que cet homme sache qu'il était là parce qu'il n'avait jamais autant voulu être avec quelqu'un qu'avec lui.

— Absolument.

Et pour le prouver, il tendit le bras vers la bosse dans le jean de Pyotr et y appuya sa paume avant d'ouvrir le pantalon pour en libérer son sexe. La main de Pyotr reprit son mouvement et ils se caressèrent simultanément. Pyotr finit inévitablement par retirer la main de Cliff et recommença à se frotter contre lui.

Alors que Pyotr emmenait Cliff de plus en plus haut, son autre main se déplaça sous sa mâchoire et la souleva vers ses lèvres, l'embrassant avec une lente caresse langoureuse de sa langue, prenant le temps de savourer la texture et la saveur combinées de leurs langues. Et pendant tout ce temps, le sexe de Pyotr ne quitta pas un instant le contact contre son aine. Il suivit le rythme de tout ce que faisait l'autre homme. Merde, Pyotr était comme un chef d'orchestre pour le sexe et Cliff se languissait d'arriver à cette partie.

— J'adore tes lèvres, chuchota Pyotr. Je les imagine faisant bientôt tout un tas de choses.

Cliff gémit. Il ne pouvait plus arrêter ces sons ; il était si proche de la délivrance. Pyotr se déplaça, positionna leurs corps et recommença à frotter leurs sexes l'un contre l'autre. Sentir la chaleur et la sensation écrasante de la verge dure contre la sienne était incroyable. Leur baiser s'approfondit, devint plus affamé avec l'anticipation de l'orgasme, et quand la main de Pyotr se posa une fois de plus sur lui, il les caressa tous les deux ensemble cette fois, en harmonie avec le balancement de ses hanches.

Pyotr s'arracha de leur baiser et regarda vers le bas de leur corps comme si ce qu'il voyait le fascinait.

— Regarde Cliff. Regarde combien ton sexe est beau contre le mien.

Sa main se resserra, se relâcha et se serra encore, les caressant jusqu'à ce qu'il capture plus de liquide séminal qui s'échappait des deux érections, puis descendit à nouveau, ses doigts s'écartant pour chatouiller la peau douce au-dessus du scrotum de Cliff avant de répéter le procédé.

Cliff essaya de regarder, mais sa tête tournait et son corps commençait déjà à se convulser vers l'inévitable. On ne faisait que le masturber, et pourtant il avait la sensation que c'était beaucoup plus. Beaucoup plus intense.

Pyotr sentait bien que Cliff était proche et il répondit en les caressant plus vite, sa main montant et descendant sur les deux membres ensemble.

— Continue de regarder.

Cliff essaya, mais le peu de neurones qui n'étaient pas centrés sur son sexe se concentrait pour l'empêcher de tomber. Ses genoux étaient si faibles qu'il ne comprenait pas comment il pouvait rester sur ses pieds. La pièce semblait tanguer et rouler avec chaque gémissement qui sortait de sa bouche. Mais un autre son avait rejoint le sien, un souffle rauque. Dieu que c'était sexy. Cliff suivit le son sur les lèvres de Pyotr. Les yeux de ce dernier étaient à moitié fermés et son souffle sortait en de rapides staccatos. C'était insupportablement érotique.

— Jouis avec moi, *dragi*, réussit à haleter Pyotr avec un grondement rauque.

Cliff n'avait aucune idée qu'il en était déjà là, il avait été tellement fasciné par le son de la voix de l'autre homme. Lorsque Pyotr lui dit de jouir, son corps obéit. La tête de Cliff bascula sur son épaule et le gémissement qui s'échappa de sa bouche rempli la pièce et sa tête. Il fut suivi par un bruit semblable de Pyotr et cela résonna comme de la musique à ses oreilles. Son corps tout entier se tendit et il sentit ses genoux fléchir, mais Pyotr le tenait, son bras montrant sa force alors qu'il le soutenait contre son corps et qu'ils faisaient trembler la terre ensemble.

Cliff sentit le liquide chaud et crémeux jaillir à chaque impulsion de leur sexe, la veine du membre de son amant battant contre la sienne alors que plus de sperme recouvrait la main de Pyotr et éclaboussait leurs poitrines. Les caresses de Pyotr ne ralentirent pas, leur faisant chevaucher intensément chaque vague de leurs orgasmes.

Le temps eut l'air de s'être arrêté dans l'esprit de Cliff quand il sentit le corps de Pyotr frémir contre le sien. Il ne pouvait pas le décrire, mais il aima ce qu'il ressentit. Il adora le concert de respirations lourdes qu'il combattit pour se calmer.

Pyotr leva sa main recouverte de leur sperme. Il en lécha une délicieuse quantité puis en enduisit les lèvres de Cliff avant de plonger pour savourer ce festin dans un baiser.

Cliff n'avait jamais pensé se délecter de la preuve de sa jouissance. Il savait que certains n'aimaient pas ça du tout. Mais tandis que Pyotr l'embrassait, sa langue dansant avec la sienne, partageant le goût de leurs orgasmes il décida tout de suite que cela lui plaisait. Surtout si son compagnon en retirait autant de plaisir.

Pyotr et Cliff s'étaient depuis déplacés vers le canapé, se tenant dans les bras l'un de l'autre dans le noir et laissant leurs cœurs reprendre un rythme lent. Pyotr traçait d'une main paresseuse des cercles dans le liquide collant qui recouvrait toujours la poitrine de Cliff tout en déposant fréquemment des baisers sur sa tempe et sa nuque.

C'était la dernière chose à laquelle s'était attendu Cliff de la part de cet homme. Ce penchant pour les câlins. Une autre première dans sa vie.

— J'ai décidé que je ne voulais pas attendre trois jours. Puis-je revenir demain ?

Pyotr leva la tête pour le regarder par-dessus son épaule.

— Non. J'ai entraînement de godille demain.

— Godille ? Qu'est-ce que c'est ?

— Aviron. Je suis dans une équipe d'aviron.

Cliff fit courir ses mains sur les bras de Pyotr, ses doigts jalonnant les multiples ondulations de ses muscles. L'aviron. C'était donc ce qui avait sculpté ainsi son corps.

— Comme une équipe olympique ?

— Loin de là, répondit Pyotr en riant. Mais nous sommes en compétition dans le circuit régional. Nous nous appelons « Le Club des Rameurs des Reines de Greenwich ». Il y a « Le Club d'Aviron de Greenwich » qui est en concurrence avec nous dans la région, et évidemment, notre rencontre avec eux lors de notre première année fut amusante. Notre nom a été suffisant à lui seul pour les amener à accepter un défi lorsque nous nous sommes lancés dans cette aventure.

Cliff se redressa et Pyotr se mit rapidement sur le dos et l'invita à poser sa tête sur sa poitrine. Cliff s'installa entre ses jambes, ses coudes reposant sur son abdomen.

— Donc, j'en conclus que tout le monde dans votre équipe est gay ?

— C'est un peu le but, *dragi*.

La main de Pyotr passa dans les mèches épaisses des cheveux blonds de Cliff, s'amusant en réalisant que peu importe ce qu'il pouvait leur faire, ils n'auraient jamais l'air pire. Ni mieux, d'ailleurs.

Cliff déplaça son poids et s'allongea sur Pyotr en posant son menton sur son sternum, complètement inconscient du jeu de ce dernier.

— Qu'est-ce veut dire dra... ce que vous venez de dire ?

— *Dragi* – ça se prononce *dray-gah*. Ça veut dire *chéri* en Serbe.

— Comme bien-aimé ?

— Oui.

Cliff se baissa sur une joue, restant silencieux alors qu'il écoutait le souffle de son amant.

— *Dragi*..., murmura-t-il en testant son nouveau petit nom.

Mais il s'arrêta, des pensées incertaines traversant son esprit.

— Vous devez penser que je suis un véritable imbécile, complètement ignorant.

Il osa à peine lever les yeux sur le corps de Pyotr, mais il ne croisa pas son regard. Il ne voulait pas y voir de la déception.

Pyotr laissa échapper un petit rire doux, sa main se blottissant contre sa tête pour la tourner vers lui.

— Pas du tout. J'ai vingt-deux années d'avance sur toi. Et pour information, je ne sais absolument rien à propos de la médecine d'urgence à moins que ça n'ait quelque chose à voir avec des muscles froissés.

Ses bras se déplacèrent pour s'accrocher sous les épaules de Cliff et, comme s'il soulevait des poids, il tira le jeune homme jusqu'à sa poitrine, sa bouche se posant sur la sienne avec tendresse, l'incitant gentiment à accepter leurs différences qui ne pouvaient être basées sur leurs connaissances.

Avec une certaine réticence silencieuse des deux parties, Pyotr conduisit Cliff chez lui comme promis, pour passer plus de temps ensemble. Mais peu importait combien de respirations apaisantes Pyotr prenait, il ne pouvait pas ralentir la course de son cœur ou dans sa tête. Il voulait accélérer les choses pour établir un lien plus profond entre eux. Il pouvait même s'entendre demander à Cliff d'emménager avec lui. Trois semaines, et il voulait déjà ancrer solidement le jeune homme dans sa vie. *Tu parles de petits pas* ! Il fut reconnaissant quand Cliff commença à lui poser des questions alors qu'il conduisait. Des questions au sujet de son équipe d'aviron et où ils s'entraînaient, quand était la prochaine compétition – questions qui l'éloignèrent momentanément de ses pensées. Mais une fois qu'il eut déposé son « avenir », ses pensées revinrent rapidement en force.

CHAPITRE DEUX

— Oh, regarde ! Ils arrivent, s'écria Kimmi en pointant plusieurs bateaux longs et minces flottant sur la surface de l'eau comme s'ils survolaient la rivière. Lequel est le sien ? demanda-t-elle en attrapant le bras de Cliff et en sautant de joie.

— Je ne peux pas encore le dire. Calme-toi. Nous allons devoir attendre qu'ils se rapprochent.

Mais alors même que les trois bateaux s'approchaient, Cliff avait toujours du mal à le dire. Il y avait trois embarcations, dont deux avec huit rameurs, plus un autre assis au bout du canoë qui criait quelque chose qui semblait synchroniser les avirons des uns avec les autres. Le troisième bateau avait quatre rameurs, mais personne qui criait. Tous les hommes étaient de statures similaires et lui tournaient le dos – il ne pouvait réduire le champ des possibilités que par la couleur des cheveux.

— Eh bien ? demanda Kimmi en sautillant contre lui tandis que les bateaux passaient devant eux.

Ce fut à ce moment que Cliff le repéra. Deuxième embarcation. Troisième homme en place. Kimmi se rua de l'autre côté, et Cliff se précipita pour la rattraper. Il ne voulait pas manquer l'occasion de voir l'homme splendide en action.

Muscles fléchis et tendus contre les rames. Les bateaux glissaient simplement sous eux et il apparut.

— Cliff ? l'appela Kimmi en tirant sur son bras.

— Là, pointa-t-il du doigt. Troisième, dans le bateau du milieu.

À ce moment-là, l'homme leva les yeux et dans ce qui sembla n'être rien de plus qu'un clignement d'œil, Pyotr le vit et perdit complètement le rythme. Le choc des rames fut immédiatement accompagné de jurons et l'homme assis au bout du bateau se tordit pour voir ce qui avait provoqué la désynchronisation de ses coéquipiers.

— Je crois qu'il est amoureux de toi, dit Kimmi en le prenant par le bras.

Cliff tenta de s'éloigner, mais elle s'accrocha à lui comme elle l'avait toujours fait.

— Qu'est-ce qui te fait dire ça ?

— Son cœur a raté quelques battements quand il t'a vu.

— Kimmi, on appelle ça des avirons, pas un cœur.

— Mais il s'est arrêté de ramer parce que te voir a figé son cœur, lui dit-elle avec un sourire rayonnant.

— Tu lis trop d'histoires bizarres, répondit Cliff en rougissant. Où vas-tu chercher tout ça d'ailleurs ?

Kimmi haussa les épaules. Depuis qu'ils avaient internet, il y avait de ça quelques semaines, elle se couchait tard pratiquement tous les soirs. Elle faisait des recherches, lisait, et trouvait toutes sortes de choses.

— Viens. Il nous a fallu une éternité pour arriver jusqu'ici. Nous allons traverser Macomb Park et attrlkaper le bus 22 pour rentrer à la maison.

Son bras se posa sur ses épaules et il l'attira vers lui en marchant. C'était un long trajet où ils devaient prendre le bus, puis le train, puis un autre bus, mais cela avait valu le coup de voir Pyotr pendant ce bref instant. Même si Kimmi en faisait toute une histoire.

Pyotr se tenait dans la douche sous le jet d'eau chaude, la tête baissée tandis qu'il s'appuyait sur une main posée à plat contre le mur. Il ne s'était pas attendu à voir Cliff. Cela lui avait fait quelque chose de voir que le jeune homme était venu le regarder faire de l'aviron. Et il pouvait supposer sans risque de se tromper que c'était sa petite sœur avec lui. C'était une action très positive en sa faveur.

Il évoqua l'image de Cliff et de leurs baisers, imaginant le jeune homme se tenant là avec lui, ses lèvres l'attirant. Cliff avait vraiment des lèvres incroyables. Pleines, boudeuses. Comestibles. Pas une caractéristique typique pour un homme, cependant c'était un bonus incroyable. Il se mordit la lèvre juste pour savourer l'anticipation.

— Tu l'as dans la peau, hein ? demanda un homme en s'approchant du jet de douche à côté de lui et interrompant ses pensées.

Pyotr ouvrit les yeux pour voir son frère Pavle à côté de lui, réglant les robinets de la douche pour obtenir la bonne température.

Pyotr lui sourit. Il se sentait comme un enfant face à un béguin retrouvé et il n'en avait pas du tout honte.

— Oui, eh bien, la prochaine fois, essaie de ne pas briser le rythme des avirons dans le processus, veux-tu ? dit Pavle en se mettant sous le jet pour laisser l'eau rincer sa sueur.

Pyotr se tourna pour faire de même, et les douches résonnèrent instantanément avec des rires bruyants et des sifflets moqueurs. Il ouvrit les yeux une fois de plus pour trouver tous ses coéquipiers en train de se moquer de lui. Il jeta un coup d'œil à l'érection qu'il arborait et qui était l'objet de leur amusement – elle pointait vers le plafond.

— Vous croyez que c'est le petit minet blond qui a fait ça ? demanda l'un d'eux à personne en particulier.

— Ce n'est pas un minet. Tu sais que je ne suis pas attiré par ce genre d'hommes, répliqua Pyotr d'un ton sévère pour corriger l'accusation.

Il ferma les yeux et s'installa sous le jet, appréciant la sensation de l'eau cascadant sur sa peau tout en imaginant que c'était la langue de Cliff. Pyotr se sentait euphorique, son corps revigoré après cette séance d'entraînement, sentant le mélange enivrant d'adrénaline et de testostérone couler dans ses veines jusqu'à son érection. Il s'imagina léchant le membre de Cliff alors qu'il commençait à caresser le sien.

— Viens ici papa. Je vais me pencher pour toi et tu pourras enfoncer cette belle épée dans mon cul, ajouta un autre.

Pyotr regarda le Néo-zélandais.

— Garde tes réflexions pour toi, Hemi, de sorte à ne pas interrompre mon rêve érotique comme tu es sur le point de le faire.

C'était un avertissement.

— Quel gaspillage ! Une queue si magnifique, s'exclama un autre en se rapprochant avec l'espoir de le calmer un peu.

Pyotr entrouvrit un œil pour trouver Tim se tenant dangereusement proche de lui.

— Un spectacle est tout ce que tu vas obtenir de moi.

— Hé, un dîner et un film. Je suis partant, plaisanta un autre en faisant signe à Tim. Viens ici Tim, je vais te masturber pendant que tu regarderas.

Ils avaient une règle générale ; aucune relation entre amis, pourtant cela ne les empêchait pas de s'amuser un peu sous la douche de temps en temps. Bien sûr, aucun d'entre eux n'y penserait à deux fois s'ils avaient une opportunité avec Pyotr. Les règles pouvaient aller se faire foutre pour une chance de s'allonger à côté de son corps magnifique.

— Pavle est encore en train de rattraper le temps perdu. Je suis sûr qu'il serait plus qu'heureux de traîner avec vous. Et puis vous pourrez le ramener à la maison, dit Pyotr avant de retourner à son rêve humide.

En fait, il devait se dépêcher et juste se soulager un peu afin de pouvoir sortir d'ici et retrouver Cliff avant qu'il n'arrive à l'arrêt de bus.

— Ça ne te ressemble pas de faire autant d'efforts pour une passade, commenta Pavle tandis que Pyotr se masturbait.

— C'est parce que ce n'en est pas une.

— Ne le prends pas mal, frangin, mais il n'a pas l'air d'avoir beaucoup de kilomètres au compteur. Il est un peu jeune, non ?

— Ça ne le dérange pas…

Pyotr expira un long soupir saccadé. Sa main s'activait frénétiquement sur son membre maintenant tandis qu'il s'accrochait à la vision de son amant coincé sous lui.

— ... et il a le corps d'un homme. Ça me suffit.

Il poussa un long gémissement. Son corps se contracta, tous ses muscles se tendirent et il trembla dans sa main. Son sexe palpitant lâcha un flux constant de sperme sur le sol de la douche.

— Putain, quel gâchis, marmonna un des hommes en haletant tandis que plusieurs d'entre eux s'étaient mis à se masturber en regardant Pyotr.

Ce dernier se rinça rapidement et ferma le robinet. Il jeta un coup d'œil à son frère qui le regardait intensément.

— Découvre pourquoi Sasha et Darko ne sont pas venus à l'entraînement, tu veux bien ? Oh, et assure-toi qu'un de ces imbéciles te ramène à la maison.

— Oh, je suis certain que je trouverai quelque chose à piloter, dit Pavle avec un clin d'œil malicieux.

Cliff et Kimmi venaient juste d'atteindre l'autre bout du parc lorsqu'une Audi Quattro noire s'arrêta à côté d'eux. Cliff connaissait la voiture et s'attendait à ce que la fenêtre s'abaisse, mais Pyotr sortit et se dirigea vers eux. Il avait l'air en forme, propre et frais comme quelqu'un qui sortait de la douche. Ses mains étaient enfoncées dans les poches de son large pantalon Docker. Il avait l'impression que Pyotr se forçait à cacher quelque chose ; ses yeux brillaient à l'idée de quelques pensées heureuses et Cliff se demanda ce qu'elles pouvaient bien être. Il se sentit brusquement rougir à la pensée que cela avait peut-être quelque chose à voir avec lui.

— Il me semblait bien que je t'avais vu, dit Pyotr tout en regardant la jeune fille.

Sa tête était couverte d'un foulard coloré amusant, de courtes mèches de cheveux blonds de la même couleur que Cliff sortant sur le devant. Ils avaient également la même couleur d'yeux. Il lui sourit.

— Et vous devez être Kimmi, dit-il en retirant une main de sa poche et en la lui tendant.

Le sourire qu'elle lui offrit en lui serrant la main fut spontanément accueillant et contagieux. Avant même qu'ils n'échangent une parole, il savait qu'il l'aimait déjà. La main de Pyotr retourna dans sa cachette, mais son sourire ne le quitta pas.

— Je dîne habituellement dans l'un des restaurants locaux après l'entraînement. Ça vous dirait de vous joindre à moi ?

Cliff hésita, ne sachant pas à quoi s'attendre ni quoi faire à ce moment-là. Être invité à aller manger avec cet homme ne rentrait pas dans le cadre d'une scène, et en plus Kimmi était avec lui. Pyotr n'avait sûrement pas vraiment envie d'être avec lui quand qu'elle était présente. Aucune des personnes qu'il connaissait ne le voulait.

— S'il vous plaît. J'ai déjà laissé tomber les autres, dit Pyotr, considérant son hésitation comme une acceptation. Je connais un endroit formidable, la nourriture est très bonne...

— Kimmi a...

— ... même pour les estomacs les plus capricieux, l'interrompit Pyotr, bien décidé à ne pas accepter de refus.

Pyotr tint parole en choisissant un restaurant familial italien local qui servait non seulement la nourriture préférée de Kimmi, mais il veilla également à ce que leur pizza ait peu de basilic, beaucoup d'ail et de fromage.

Ils s'installèrent sur la terrasse surplombant la rivière, regardant plusieurs autres équipes d'aviron comme la sienne une bonne partie de la soirée, ainsi que des kayakistes et quelques bateaux de plaisance. Ils parlèrent de choses diverses – la région, la navigation de plaisance, l'amour de Kimmi pour la peinture sur verre et où Cliff était allé à l'école pour son diplôme d'ambulancier.

Pour le dessert, ils prirent des glaces. Bien sûr, quand Kimmi ne put décider quel parfum elle voulait, Pyotr commanda un plat avec une boule de chacun qu'ils partagèrent, notant celles qu'ils préféraient tout en continuant leur discussion. Et au premier signe de fatigue de Kimmi, Pyotr leur proposa de les ramener chez eux.

Pyotr s'arrêta devant la maison de plain-pied tout en longueur nichée sur son terrain, avec à peine assez d'espace entre elle et la suivante pour faire passer une tondeuse à gazon.

— Vous voulez entrer ? l'invita Kimmi alors qu'il faisait le tour pour lui ouvrir la porte. Je vais probablement aller directement au lit, mais vous pouvez toujours rester et passer du temps avec Cliff.

Son expression fatiguée ne cachait pas qu'elle avait une idée assez précise de ce qui se passait entre son frère et lui, même s'ils n'avaient pas osé se toucher une seule fois devant elle.

Cliff rougit immédiatement et détourna les yeux, bien conscient que son invitation les avait tous les deux ouvertement démasqués.

— J'aimerais beaucoup, répondit Pyotr en souriant.

La rougeur de Cliff s'accentua pour atteindre une teinte cramoisie ; bon, d'accord, lui seul avait été démasqué.

CHAPITRE TROIS

Pyotr suivit Cliff dans l'escalier qui descendait au sous-sol où il avait installé sa chambre. Ils étaient à mi-chemin lorsque Cliff s'arrêta et se tourna pour dire quelque chose ? mais se figea, se retrouvant en face de l'expression de convoitise qui ornait le visage de son compagnon. Quel que soit ce qu'il avait voulu dire, il l'avait oublié. Il déglutit nerveusement et sa bouche devint sèche. Il ne fit pas un mouvement, ne sachant plus comment bouger ou quoi dire, ni même s'il devait dire quoi que ce soit. Il ne pouvait qu'espérer que Pyotr compte prendre les choses en mains à partir de maintenant, parce qu'il ne pouvait pas concentrer une seule cellule de son cerveau pour amorcer quelque chose.

Pyotr se tenait droit et immobile devant Cliff, une expression presque illisible sur son visage. Presque, car Cliff pouvait encore voir un désir profond dans ses yeux, le transperçant. Puis Pyotr descendit les dernières marches qui les séparaient. Quand il s'arrêta, il était à peine à un souffle de lui. Toujours silencieux, Pyotr bougea ses mains et les glissa sous le tee-shirt de Cliff. Elles se déplaçaient comme une caresse liquide et étaient tout aussi fluides, remontant sur ses côtés pour se diriger vers sa poitrine et ses épaules. Un léger soupir s'échappa des lèvres de Cliff sous le contact et sa respiration s'accéléra. L'anxiété et l'anticipation firent irruption en lui et il sentit tout son corps décoller, s'envoler sans lui.

Les mains de Pyotr se déplacèrent plus haut dans un mouvement doux, le tee-shirt de Cliff s'enroulant autour de ses poignets alors qu'il progressait. Les bouts de ses doigts le chatouillèrent quand ils atteignirent ses aisselles.

— Lève les bras.

La commande fut chuchotée et haletante.

Les bras de Cliff obéirent de leur propre chef avant même que son cerveau ne leur donne le feu vert et Pyotr fit passer son tee-shirt par-dessus sa tête avant de le jeter sur le sol.

— Garde-les relevés, chuchota Pyotr tandis que ses mains glissaient le long de ses bras.

Ses lèvres suivirent, embrassant le long des muscles internes de son biceps tandis que ses mains couraient en une douce caresse jusqu'à se serrer autour des poignets du jeune homme, les guidant vers le bas pour les enrouler autour de son cou. Une fois que Pyotr eut positionné Cliff comme il le souhaitait, les mains inversèrent leur course, retrouvant leur chemin vers les muscles toniques tandis que ses lèvres rencontraient les siennes, effleurant sa langue pour le taquiner. Il se balançait en arrière chaque fois que Cliff essayait de lui rendre le baiser.

Après qu'il l'ait fait plusieurs fois, Cliff affermit sa prise autour du cou de Pyotr pour l'empêcher de le tourmenter, mais sans succès. Pyotr avait suffisamment de force pour le faire souffrir par ses taquineries.

— Est-ce que je te frustre ? le taquina-t-il avec des mots tandis que ses mains descendaient sur ses hanches.

— Et plus encore, murmura Cliff, ne tentant pas de retenir son opinion sur l'amusement dont il faisait l'objet.

Juste à ce moment-là, les mains de Pyotr glissèrent sous la courbe de ses fesses et l'attirèrent brusquement contre son corps, écrasant leurs érections grandissantes l'une contre l'autre. Cliff hoqueta et la langue de Pyotr en profita pour s'introduire, léchant l'intérieur de sa bouche en une douce possession et l'enroulant autour de la sienne pour lui faire goûter les saveurs persistantes d'ail et de vin rouge.

Cliff sentit un frisson brûlant pulser en bas de sa colonne vertébrale et partir dans toutes les directions. Il fondait et brûlait sous le contact attentionné de Pyotr. Les quelques filles avec qui Cliff avait eu des rapports sexuels auparavant avaient été tout sauf attentionnées ; c'était juste du sexe, un moyen de libérer une certaine frustration refoulée ou pour s'amuser. En ce moment, avec Pyotr, c'était comme redécouvrir le sexe tout en sautant à l'élastique. De douces mains explorèrent son dos, ses flancs, son ventre, pendant qu'une bouche se concentrait sur la sienne ou effleurait sa joue avec son souffle. Le désir qu'il éprouvait se manifesta par un gémissement à peine audible, mais Cliff n'aurait pas pu donner un nom à ce qu'il ressentait exactement.

— Combustion lente, murmura-t-il à haute voix tandis que sa tête retombait et que Pyotr se déplaçait vers le bas de son cou pour le lécher avant d'être arrêté par un petit rire.

— C'était quoi ça ? demanda Pyotr d'une voix rauque.

Cliff se redressa. Il regarda Pyotr qui attendait sa réponse, réalisant que son cerveau déraillait et qu'il avait murmuré quelque chose de complètement idiot à haute voix, ce qui le fit rougir.

— Ah... euh... rien.

La bouche de Pyotr esquissa un sourire malicieux, sachant très bien qu'il avait déjà transformé Cliff en une boule de désir. Il retourna sur le cou du jeune homme, faisant basculer sa tête en arrière sous la force de son baiser et suça sa peau. Ses mains explorèrent son corps, partant à la découverte de la courbure de ses fesses avec l'une tandis que l'autre empaumait la bosse dans son jean.

La respiration de Pyotr s'approfondit et il mourrait d'envie de se retrouver à l'intérieur du jeune homme.

— Que veux-tu ?

— Je veux plus... s'interrompit Cliff, incapable d'assimiler la notion de la parole à ce moment-là, mais certain que s'il ne répondait pas, Pyotr s'arrêterait.

Or, il ne pouvait pas laisser ça se produire, il ne pouvait pas laisser quoi que ce soit s'arrêter ou ralentir entre eux. Il voulait ce qui était en train d'arriver.

— Je ne veux plus de frottements. Je veux plus que ça.

Pyotr le poussa doucement et le tint un peu éloigné, ne gardant que quelques centimètres de distance entre eux. Mais c'était suffisant afin que Cliff perde le contact avec son corps. Les yeux de Pyotr plongèrent dans les siens avec sérieux.

— Tu comprends que si nous dépassons ce point, ce n'est plus une scène afin que tu te trouves toi-même. Si tu te donnes à moi, je ne reculerai plus. Je ne voudrais plus te lâcher.

Cliff avait l'impression qu'il allait ramper hors de son corps et prendre l'autre homme lui-même si Pyotr ne se décidait pas à le faire. Il n'avait pas besoin de plus de *scènes* pour savoir qui il était ou ce qu'il était censé faire. Il savait déjà qu'il était destiné à se soumettre à cet homme et il ne voulait rien d'autre que revendiquer activement ce droit maintenant. Il se pencha en avant dans les bras qui le tenaient à distance pour le lui faire comprendre.

La bouche de Pyotr vint s'écraser sur celle de Cliff, plongeant sa langue à travers ses lèvres. La tête de Cliff s'inclina vers l'arrière pour lui permettre d'approfondir le baiser. Pour se soumettre à lui. Pour laisser l'homme dominant prendre possession de la bouche de son nouveau soumis – et faire en sorte qu'il n'ait aucun doute sur le fait que ce soir n'était que le début de leur histoire.

Le corps de Cliff répondait déjà au sien, ses hanches se balançant pour rencontrer celles de Pyotr tandis que ce dernier ouvrait son jean et le descendait, ainsi que son boxer, sur ses hanches. L'air frais caressa ses testicules et son sexe libérés, mais ils furent rapidement enveloppés dans la main chaude de son amant qui se mit tout de suite au travail, montant et descendant le long de la hampe avec assurance, frottant le dessus puis le dessous, utilisant son pouce pour appuyer fermement le long de la veine principale sous la verge. Cliff laissa échapper un gémissement, ses doigts s'enfonçant dans le dos de Pyotr.

Pyotr rompit le baiser, sa main ne cessant jamais les allers-retours qu'elle administrait au sexe de Cliff.

— Préservatifs et lubrifiant.

— Tiroir du haut – *ahhh* – du bureau.

Pyotr jeta un coup d'œil au couchage, remarquant le tiroir dans le panneau de la tête de lit, puis ses yeux traversèrent la pièce pour se poser sur le bureau qui était le meuble le plus éloigné du lit.

— Pas dans le tiroir du lit ? demanda-t-il.

— Ça n'a jamais été nécessaire. Je ne pratique pas beaucoup le sport en chambre.

Pyotr se rapprocha, prit les hanches de Cliff dans ses mains, puis se servit de son corps pour le guider en commençant à marcher vers le bureau.

— Cela va changer.

Les mains de Pyotr n'étaient jamais immobiles bien longtemps, se déplaçant partout sur son corps. L'une agrippa ses cheveux avant de descendre le long de son dos, et l'autre caressa son flanc puis se posa sur ses fesses pour les presser. Un long doigt glissa malicieusement entre elles puis se retira. Cliff essaya de le suivre, mais il avait du mal à gérer toutes les sensations.

Pyotr rit entre deux coups de langue.

— Ne t'inquiète pas, tu vas trouver ta zone de confort bien assez tôt.

— Vous êtes quoi, un médium ?

— Un psychologue en fait, mais les deux ont tendance à se ressembler parfois, répondit Pyotr en souriant malicieusement.

C'était la première fois que Cliff voyait une telle expression espiègle chez cet homme et c'était quelque chose d'incroyablement sexy.

Après avoir fouillé quelques secondes dans le tiroir, Pyotr trouva finalement ce qu'il cherchait. Cliff se retrouva immédiatement à nouveau poussé à travers la chambre jusqu'à ce qu'ils atteignent le lit sur lequel Pyotr jeta la bouteille de lubrifiant et une poignée de préservatifs. Cliff regarda les quatre ou cinq petits carrés d'aluminium puis reporta son attention sur Pyotr qui avait toujours le sourire aux lèvres.

— Devrais-je avoir peur ? demanda-t-il.

— Probablement, répondit Pyotr en se penchant pour lécher les lèvres du jeune homme. Mais il est trop tard pour ça maintenant.

Ses mains reprirent leur errance et il l'attira contre lui pour lui donner un baiser profond, frottant son sexe encore confiné dans son pantalon contre le corps exposé de Cliff.

Ce dernier voulait désespérément que l'autre homme soit nu comme lui. Il était plutôt troublant que pour la deuxième nuit consécutive, Pyotr ait encore tous ses vêtements, mais après tout, il venait de jeter un certain nombre de préservatifs sur le lit qui représentait plus qu'une nuit normale. Cliff s'interrogea sur le but d'en avoir pris autant. Peut-être que sachant qu'il était le donneur de Kimmi, Pyotr comptait doubler la protection pour sa tranquillité d'esprit. Ce qui était plutôt inutile ; Pyotr était un médecin, ce qui voulait dire qu'il avait une bonne hygiène. Non pas que Cliff se risquerait à le faire « à cru » pour une première fois sans avoir un papier stipulant un engagement. *Un engagement.* Il allait vraiment un peu trop vite en besogne.

— Utilises-tu les mots de sécurité du club ?

Il y eut une pause durant laquelle Cliff rassembla ses pensées afin de pouvoir répondre.

— Oui. Rouge, jaune et vert.

— Très bien. Donne-m'en un.

— Vert lumineux.

Les mots étaient à peine sortis de sa bouche que Cliff se retrouva soudain en train de voler. L'arrière de ses genoux tapa le lit et il tomba à la renverse. Son dos rebondit plusieurs fois sur le matelas, puis il se redressa rapidement sur les coudes, un peu contrarié.

— Hé, ce n'est pas juste. Vous avez toujours tous vos vêtements.

— Chut, *shejtan*. Ils disparaîtront bien assez tôt.

— Maintenant serait préférable, dit Cliff en fronçant les sourcils.

Il s'assit et tendit le bras en direction de la braguette de Pyotr, mais ce dernier lui attrapa le poignet et repoussa sa main.

— Reste là où je te le dis et contente-toi de regarder, dit Pyotr.

Le froncement de sourcils de Cliff s'accentua dans une protestation silencieuse.

— Fais ce que je te dis, *dragi*, et allonge-toi, continua Pyotr en se tenant au pied du lit et en commençant à lentement déboutonner sa chemise, l'ouvrant pour dévoiler son torse. Je veux que tu voies ce que tu vas mettre dans ton lit.

— Si vous êtes encore sur le point de me faire un discours sur la différence d'âge, économisez votre salive.

Pyotr défit le reste de sa fermeture éclair et ouvrit les pans de son pantalon, exposant son membre gonflé qui luttait pour se frayer un chemin jusqu'à son nombril. Son soulagement un peu plus tôt dans la soirée sous la douche n'avait pas vraiment étouffé son excitation qui était maintenant de retour avec une force presque démoniaque. Le bout étranglé de sa verge pointait hors de son boxer. Il laissa son doigt glisser dessus et son sexe pulsa contre sa main.

— Non. Je veux seulement que tu sois absolument certain que c'est ce que tu veux. Afin que tu ne paniques pas lorsque je m'enfoncerai en toi. Tu es sur le point de te faire prendre par un homme, *dragi*. Je veux que tu sois complètement d'accord avec ça.

— Je le veux. Je vous veux. Allez-y, pour l'amour de Dieu, s'agita Cliff.

Il ne voulait pas avoir le temps d'avoir des doutes, ou pire encore, de se sentir indigne d'être avec cet homme.

Pyotr posa un genou sur le bord du lit entre les jambes de Cliff et se pencha instantanément sur lui en prenant appui sur ses bras, se positionnant au-dessus du jeune homme. Ses yeux l'observaient attentivement.

— Prouve-le.

— Comment ? demanda Cliff en se sentant soudain intimidé.

— Touche-moi. Partout.

Cliff souhaitait le faire depuis le début, il n'hésita donc pas à suivre ses ordres. Ses mains allèrent immédiatement se poser sur son pantalon et le descendirent jusqu'à ce qu'il passe ses hanches, en prenant soin d'entraîner son boxer avec lui. Ses doigts glissèrent sur le long membre qui tressauta à plusieurs reprises, pointant son imposant chapeau rouge violacé dans sa direction, son œil unique étincelant déjà avec des gouttelettes de liquide clair. Les doigts de Cliff s'enroulèrent autour du sexe dur et commencèrent à aller et venir lentement sur lui, légèrement au début, tout simplement pour profiter de la peau douce et veloutée.

La bouche de Pyotr s'ouvrit, laissant échapper un petit cri, et il ferma les yeux, appréciant le contact. Cliff se déplaça sur toute la longueur, son doigt s'étirant pour saisir son scrotum, attrapant ses testicules dans sa paume et les massant doucement puis repartant sur la longueur de la hampe de Pyotr.

— Tu as deux mains. Utilise-les, lui ordonna ce dernier avec un soupir de plaisir.

Cliff leva les yeux vers lui et vit le désir dans ceux de Pyotr. Pour un homme qui préconisait de « petits pas », son corps ne pouvait apparemment pas prendre les choses lentement ce soir. La main libre de Cliff se faufila sur la nuque de son amant pour l'attirer vers lui afin de l'embrasser, mais Pyotr lui tira la tête en arrière.

— Un baiser est une distraction, susurra-t-il.

Le visage de Cliff se plissa en une grimace.

— Vous êtes impossible.

— C'est toi qui le dis, *shejtan*, rétorqua Pyotr en lui souriant, mais il ne fit aucun mouvement.

Il voulait que Cliff explore son corps entièrement jusqu'à ce qu'à la fois son cerveau et son corps acceptent le fait qu'il était sur le point de se faire prendre par un homme.

— Je sentirai à nouveau tes lèvres bien assez tôt. Pour le moment, utilise tes mains.

Cliff laissa une main traîner le long du corps somptueux, apprenant à connaître du bout des doigts son torse et son abdomen, puis la fit redescendre pour empoigner son sexe tandis que l'autre effleurait son dos pour trouver ses fesses. Il fit glisser ses mains sur tout son corps, comme Pyotr le lui avait demandé, jusqu'à ce qu'il n'en puisse plus, sa propre verge se dressant et palpitant chaque fois qu'elle effleurait celle de Pyotr qui planait au-dessus de lui. Cliff s'enroula autour des hanches de l'homme plus âgé et le força à descendre sur lui. Mais ce fut la supplique chuchotée qui lui fit gagner le baiser qu'il avait essayé d'obtenir plus tôt. Il fut récompensé par un frottement exquis qui le fit gémir dans la bouche de son amant avant que ce dernier rampe sur lui et roule sur le dos. Cliff suivit le mouvement, attrapant le pantalon de Pyotr pour le faire descendre complètement avant de le laisser tomber sur le sol, exposant de longues jambes bronzées.

(ɔ◡ɔ)

Libéré de son confinement d'étoffe, Pyotr remit Cliff sur son dos et grimpa sur lui, parsemant sa bouche de petits baisers chastes, traçant un chemin sur la peau fraîche et jeune, alternant baisers et coups de langue. Appréciant le goût du corps de Cliff, il trouva un mamelon et le lécha abondamment avant de l'aspirer dans sa bouche. Il entendit le halètement du jeune homme, un son doux et sexy. Le corps de Cliff était une bombe à retardement de sensations, désirant la félicité sexuelle que jamais une partenaire n'avait pris le temps de lui procurer. Enfin, jusqu'à aujourd'hui.

Pyotr se déplaça vers l'autre mamelon viril pour lui offrir une attention égale, puis il descendit lentement dans l'axe des abdominaux qui ondulaient, jusqu'à ce qu'il sente le sexe palpitant du jeune homme rebondir contre sa joue. Il frotta son visage contre lui, appréciant le fait que son jeune amant ait un outil aussi impressionnant avec lequel il allait pouvoir jouer.

Il embrassa le gland engorgé, prenant plaisir au tressautement involontaire de l'organe et plus encore à son goût propre et sain.

(ɔ◡ɔ)

L'esprit de Cliff était submergé par les sensations que lui procurait le contact de Pyotr. C'était tellement bon ! Mais quand il sentit la bouche de son amant se poser sur son membre, il sauta presque hors de sa peau.

— Aah... Que faites-vous ?

Il se redressa sur les coudes pour regarder Pyotr qui planait au-dessus de son sexe, ses yeux fixés sur lui tandis qu'un petit sourire amusé étirait ses lèvres. Ce qu'il faisait semblait assez évident.

Lorsque Cliff ne dit rien d'autre, apparemment fasciné par ce qu'il allait faire, Pyotr retourna à son festin.

— Non, attendez... haleta Cliff en prenant une profonde inspiration sous le contact instantané. Vous êtes un Dom, je veux dire un Maître... vous...

L'amusement de Pyotr sembla se renforcer.

— Es-tu en train de me dire que je ne peux pas faire ce dont j'ai envie avec le corps de mon amant ?

Le front de Cliff se plissa.

— Non. Oui. Je veux dire... bien sûr, vous êtes autorisé à faire ce que bon vous semble, dit-il en secouant la tête.

Il eut soudain l'air de réaliser ce que cela impliquait.

— Tant mieux, répondit Pyotr. Sinon nous aurions dû recommencer nos séances jusqu'à ce que tu aies bien compris nos rôles dans cette histoire.

— Mais...

— Pas de mais, ton corps est très appétissant. Et je compte justement le déguster.

Les mains de Pyotr caressèrent le corps du jeune homme, le forçant à se rallonger sur le lit, puis se dirigèrent vers les jambes de Cliff en les prenant l'une après l'autre pour les remonter sur son torse tandis qu'il retournait à l'impressionnant sexe qui, quant à lui, ne laissait planer aucun doute sur ce qu'il voulait. Pyotr baissa la tête et le prit entièrement dans sa bouche.

— Oh, mon Dieu, souffla Cliff alors que sa tête s'enfonçait dans l'oreiller, ses mains attrapant les épaules de l'autre homme et se cramponnant à lui.

Cet homme qui était à la fois la raison pour laquelle son corps était sur orbite, mais également son point d'ancrage.

❦

Pyotr fit rouler sa langue sur le sexe du jeune homme sur un rythme complètement différent de ce que le reste de sa bouche faisait. Ses lèvres passaient d'un enveloppement doux à une aspiration puissante.

Cliff était tout sauf silencieux. Un chœur de halètements et de gémissements résonna dans la pièce. Ses poings s'agitaient sur le matelas, se glissant la seconde suivante dans ses propres cheveux pour ensuite s'agripper à l'oreiller sous sa tête. Son corps tremblait et tressautait sous la tension euphorique qui l'habitait.

— Oh mon Dieu… je ne vais pas tenir, haleta-t-il tandis que son corps se contorsionnait sous l'exquise torture.

Pyotr libéra le sexe du jeune homme de sa bouche et sourit devant la jouissance qu'il éprouvait rien qu'à regarder son nouvel amant se tortiller. Il savait qu'il apprécierait également de le voir jouir, mais pas tout de suite. Il se souleva un peu au-dessus de Cliff et frotta son membre dur contre celui du jeune homme en faisant rouler ses hanches. Mais ce fut ce qui fit basculer son jeune amant. Cliff se redressa instantanément, se poussant contre lui en criant avant de se rallonger sur le matelas lorsque son corps pris de convulsions n'eut pas d'autre endroit où aller. Le gémissement rauque qui sortit de ses lèvres était le son le plus sexy que Pyotr ait jamais entendu venant d'un homme, et il absorba tous les détails des frissons violents qui secouaient Cliff tandis que son orgasme explosait. Un flux épais de semence blanche et nacrée jaillit sur la poitrine du jeune homme et Pyotr se frotta à nouveau contre le sexe de son amant, déclenchant une autre vague de jouissance. Les mains de Cliff saisirent la taille de Pyotr, l'attirant et le repoussant en même temps alors que son corps surfait sur les convulsions extatiques.

Alors que les frissons s'apaisaient en ce qui aurait dû être une béatitude tranquille pour Cliff, ce ne fut pas ce que Pyotr vit. Au contraire, le jeune fut immédiatement mortifié de ce qui s'était passé.

— Je suis désolé. Je... je suis désolé, bafouilla-t-il, pris de panique d'avoir joui si vite.

Pyotr ne l'était pas, et il s'abaissa sur son amant pour étaler le sperme sur leurs corps, ignorant la panique injustifiée.

— Je ne voulais pas. Je n'ai pas pu m'en empêcher. Je suis déso...

— Dis encore une fois que tu es désolé et il faudra que je trouve une punition pour toi, ce qui ne me plaira pas, car cela ne rentre pas vraiment dans les plans que j'avais pour ce soir, l'avertit Pyotr d'une voix ferme.

Il déplaça son poids sur un bras et passa ses doigts sur la poitrine de Cliff pour ramasser un peu de sperme dont il badigeonna les lèvres de son amant. Il se baissa sans ajouter un mot et attaqua de sa bouche le festin qu'il y avait déposé. Après la satisfaction d'avoir réduit son amant au silence, il rompit leur baiser et roula sur le côté.

Cliff était silencieux, presque trop silencieux. Pyotr souleva le menton du jeune homme pour croiser son regard et y lut de l'inquiétude. Il passa son pouce sur les lèvres de celui-ci, puis l'attira à lui pour l'embrasser encore une fois. Comme tous les baisers qu'ils avaient échangés auparavant, le contact de la langue de son *dragi* était doux et accueillant tandis qu'il léchait un chemin dans la bouche de Cliff.

Ce dernier recula et le regarda.

— Vous n'êtes pas fâché ?

L'amusement de Pyotr se traduisit par une question.

— Pourquoi devrais-je être fâché ? demanda-t-il en baissant les yeux sur le corps barbouillé de sperme par ses soins.

— Je ne suis pas censé jouir avant que vous ne m'en donniez la permission. C'est comme ça que ça devrait se passer.

— Je ne me rappelle pas t'avoir donné un tel ordre ce soir. Mon plaisir ne vient généralement pas de la retenue de ton orgasme, mais plutôt de te faire jouir plusieurs fois pour moi.

Pyotr passa sa main sur la poitrine de Cliff en étalant encore plus le sperme sur son corps, puis l'enroula autour du cou du jeune homme et l'attira à lui pour lui donner un baiser plus énergique. Il mordilla sa lèvre avant de la relâcher.

— En plus, le fait que tu aies répondu si intensément ne peut que promettre de douces tortures à l'avenir, ajouta-t-il en souriant.

— Je peux le faire maintenant ? demanda Cliff en levant brusquement la tête.

— Le faire ? dit Pyotr en riant.

— Vous sucer.

Malgré le vocabulaire employé, Pyotr ne perdit jamais son air amusé. Ce n'était pas exactement la façon la plus éloquente de le dire, mais son amant était jeune, et les jeunes étaient toujours pressés. Éloquence et étiquette ne faisaient pas partie de leur vocabulaire. Mais elles ne faisaient pas partie de ses perversions, non plus.

Pyotr roula sur le dos, sa main entraînant doucement Cliff avec lui pour qu'il prenne des libertés avec son corps. Il n'allait cependant pas le laisser le faire jouir, mais il le laisserait le savourer, l'autorisant à explorer le corps d'un homme comme il le désirait. Il y avait une différence fondamentale entre les hommes qui étaient gays dès le début et ceux qui y venaient sur le tard. Pyotr n'avait jamais été avec une femme, il n'avait même jamais désiré essayer, mais Cliff n'avait eu, pour la plupart, que des femmes. Ou plutôt des filles. Rien ne pouvait être comparé à la réalité de reposer à côté du corps d'un autre homme – le toucher, le sentir, le goûter. Et pour certains, la première fois pouvait être traumatisante, ne serait-ce qu'à cause des pensées négatives placées là par l'opinion des autres. Alors il était important de prendre son temps et d'apprécier le corps de l'autre plus que le sexe lui-même. Bien que cela allait être incroyable quand ils atteindraient ce point.

☙✺❧

Cliff enroula ses doigts autour du membre dur, profitant tout simplement de l'avoir dans sa main, les déplaçant de haut en bas avec de lents mouvements doux. Même en mettant ses deux poings l'un au-dessus de l'autre le long du sexe de Pyotr, il n'arriverait pas à le recouvrir complètement. Il aimait palper sous ses doigts la peau douce comme de la soie, tendue sur une barre de fer. Il pouvait sentir le pouls dans les veines épaisses qui couraient sur toute sa longueur comme des vignes sauvages. Une goutte claire de liquide séminal suintait de la pointe et il y fit passer le bout de son doigt avant de le porter à sa bouche. Riche et salée ne décrivait qu'à moitié la saveur qui éclata sur sa langue. Il n'aurait pu mettre des mots sur l'autre moitié même si sa vie en avait dépendu, mais il aima ce goût. En tout cas, cela ne l'effrayait pas. Il baissa la tête et lécha le méat à plusieurs reprises avant de l'aspirer dans sa bouche. Il fit glisser sa langue plusieurs fois sur le bout épais avant de l'enfoncer progressivement jusqu'à ce qu'il atteigne le fond de sa gorge et qu'il commence à s'étouffer. Il redressa brusquement la tête, paniqué, prenant de grandes bouffées d'air comme si son corps pensait qu'il avait avalé de l'eau.

La main de Pyotr fut instantanément sur lui, caressant sa joue avec la chaleur de sa paume.

— Doucement. Pas tout d'un coup.

Il leva les yeux pour croiser ceux d'un bleu céruléen qui le regardaient avec la même douceur qu'il mettait dans sa main. Pyotr s'assit légèrement, un bras replié derrière sa tête pour avoir le meilleur angle de vue possible. L'expression de son visage montrait qu'il prenait plus de plaisir à regarder son nouvel amant avec un pénis dans la bouche pour la première fois qu'au contact en lui-même.

Cliff se mordilla et se lécha pensivement les lèvres un instant. Il voulait que Pyotr ait plus qu'un simple spectacle. Il voulait lui faire ressentir ce que lui avait ressenti. Il se lécha les lèvres une fois de plus, ouvrit la bouche et recouvrit de nouveau le bout large en utilisant ses lèvres pour former un joint étanche. Il le suça, amenant un peu plus de liquide séminal à la surface, découvrant la saveur enivrante de musc et de sperme qui envahissait ses papilles. Il fit tourbillonner sa langue autour du méat en levant les yeux pour regarder l'expression de Pyotr. Il fit de son mieux pour ne pas agir comme un gamin inexpérimenté. Il voulait plus que tout plaire à Pyotr. Il voulait qu'il se sente aussi vivant que ce qu'il l'avait fait se sentir. Il n'arrivait pas à penser à un moment – sauf quand il était avec sa sœur – où il avait autant voulu aider et servir quelqu'un, sans aucune réserve. Il avait toujours dû lutter pour grappiller un peu de plaisir. Mais quelque chose à propos de Pyotr lui donnait l'impression que ce dernier avait déjà eu plus que sa part et en aurait encore souvent dans le futur, alors il voulait s'assurer qu'il pouvait lui rendre tout ce qu'il lui donnait afin de ne jamais le décevoir.

Il lécha chaque côté du membre de Pyotr avec le plat de sa langue pour en explorer le goût et l'odeur. Sous la saveur fraîche d'un gel douche citronné, il découvrit quelque chose qui ressemblait beaucoup – il prit une profonde inspiration – à de la muscade épicée. Mais aucune des deux senteurs ne masquait celle plus profonde et naturelle du musc viril. En fait, tandis que leurs corps s'échauffaient dans leur lente ferveur de plaisir, la saveur naturelle de Pyotr s'enrichissait. Le genre d'odeur que vous ne pouviez trouver que sur un homme. Et il gémit instantanément pour montrer son contentement. Il prit à nouveau une profonde inspiration alors qu'il laissait les poils à la base du sexe de Pyotr chatouiller son nez, puis il fit lentement le chemin inverse, léchant la fente à la recherche de plus de saveur. Il entendit son amant inspirer bruyamment. L'exaltation d'avoir trouvé le point sensible de Pyotr était trop grande pour l'ignorer et Cliff durcit le bout de sa langue et le plongea dans la petite ouverture.

Pyotr se plia pratiquement en deux sur le lit en marmonnant en serbe. Cliff ne comprit rien tandis que les mains de Pyotr s'emparaient de lui, l'éloignant de son sexe pour l'amener à ses lèvres. Il l'embrassa avec un grognement affamé, mais ne fit aucun commentaire, se contentant de lui montrer par l'expression de son visage qu'il ne devait pas tourmenter la « bête » comme ça à nouveau. Cliff ne put s'empêcher de sourire ; il avait surpris Pyotr !

L'emprise de ce dernier se relâcha et il se rallongea, sa main guidant à nouveau la bouche de Cliff vers son sexe, emmêlant les doigts dans ses cheveux – un rappel pour qu'il se comporte bien, à n'en pas douter.

Cliff lécha le gland, savourant la texture, s'émerveillant de voir combien il remplissait sa bouche et avec quelle facilité il pouvait utiliser sa langue pour obtenir une réaction frissonnante de la part de Pyotr ; que ce soit une inspiration brusque, une louange verbale, ou juste une contraction de ses cuisses. Et bien que ses tentatives soient – au mieux – maladroites, il ressentit un soupçon de confiance en lui dans le fait qu'il pouvait faire ressentir à son amant un peu de plaisir, en attendant qu'il maîtrise les compétences nécessaires pour le faire correctement.

Il enfonça un peu plus le membre dans sa bouche, faisant monter et descendre sa tête plusieurs fois, léchant la partie inférieure et faisant subir le même sort à ses testicules avant de recommencer encore et encore.

୧ఴ୨

Pyotr resta allongé, les yeux fermés, se prélassant dans la bouche de son nouvel amant qui mettait sa résistance à rude épreuve – beaucoup plus qu'il l'avait anticipé. Il se mordilla la lèvre entre deux soupirs occasionnels qui lui échappaient, non pas qu'il essayait de les retenir. Un peu de formation et Cliff se révélerait avoir la paire de lèvres la plus douce qui se serait jamais enroulée autour de sa verge. Des aperçus fugaces du sexe en érection de son jeune amant se frottant contre sa jambe tandis qu'il continuait à le sucer ajoutèrent à l'érotisme de la situation. Que celui-ci soit toujours aussi dur, même après un tel orgasme explosif, lui convenait tout à fait. Il allait vraiment apprécier de regarder le membre rouge et enflé rebondir de haut en bas quand il le prendrait. L'image qui traversa son esprit faillit le faire basculer, le menaçant d'une libération anticipée – libération qu'il ne voulait pas tout de suite.

Pyotr agrippa les cheveux de Cliff dans son poing et le releva doucement. Un léger « pop » se fit entendre de ses lèvres alors qu'il essayait de continuer d'appliquer une succion ferme sur le membre engorgé.

— Pourquoi m'avez-vous arrêté ? s'inquiéta le jeune homme.

— *Shejtan*, il y a d'autres façons de me plaire, d'autres moyens que d'essayer de me faire jouir à tout prix.

— Comme quoi ? demanda Cliff en le regardant, les lèvres gonflées de l'avoir si bien sucé.

Pyotr voulait que ces lèvres se posent sur les siennes.

— Embrasser. Je veux que tu lèches le long de mon corps.

(◕ܫ◕)

C'était encore une chose que Pyotr voulait qu'il fasse afin qu'il comprenne bien qu'il embrassait un homme. Cliff n'avait plus besoin de rappel à ce sujet. Il n'était pas dans un lit avec un homme, il était au lit avec Pyotr et il n'y avait rien de plus érotique, excitant et satisfaisant que cela.

— Et lorsque je serai arrivé à votre bouche, en aurons-nous fini avec les 101 trucs gays ?

— D'accord, dit Pyotr en éclatant de rire. Mais j'ai essayé de te le faire comprendre en douceur. Tu ne pourras pas dire que je ne t'ai pas prévenu.

Cliff redescendit, mais au lieu de reprendre le sexe de Pyotr, il suça un de ses testicules, faisant tourbillonner sa langue sur la boule fragile avant de faire la même chose avec l'autre. Il n'avait pas peur d'être avec un homme ou d'être gay. Cela ne lui importait pas. Être avec la première personne qui lui avait accordé son temps, voilà ce qui comptait. Et il était déterminé à montrer à Pyotr à quel point il était ouvert et prêt pour ça. Ses oreilles étaient remplies des petits bruits de son amant qui hoquetait – et c'était ce que Cliff avait voulu entendre depuis le début. Il prit une profonde inspiration et frotta son nez contre la peau douce entre les jambes et sur l'aine de Pyotr. Il le lécha plusieurs fois et commença à tracer une piste humide de son ventre jusqu'à sa poitrine, puis remonta le long de son cou avant de lui mordiller triomphalement la mâchoire.

Pyotr laissa échapper un gémissement sourd en attirant le jeune homme au-dessus de lui afin de frotter leurs sexes ensemble. Et il l'embrassa. Il fit glisser sa langue sur celle de Cliff. La lécha. L'enroula autour de la sienne. Mouilla ses lèvres d'une caresse de la langue.

Pyotr le repoussa à l'aide de son pied et les fit rouler tous les deux, mettant Cliff sur le dos et reprenant sa place au-dessus de lui. Il l'embrassa à plusieurs reprises avant de rompre ses baisers pour descendre sur le corps du jeune homme. Il fit planer sa langue au-dessus de son sexe avant de le lécher longuement, puis fit de même avec chacun de ses testicules. Il mordilla ensuite l'intérieur de sa cuisse. Il leva la jambe droite de Cliff pour glisser sa tête en dessous. Il continua de le mordiller pendant un moment puis le fit rouler sur le ventre et infligea le même traitement à son dos, mordant une fesse après l'autre, puis faisant glisser sa langue le long de sa colonne vertébrale. Il s'attarda sur sa nuque pour l'embrasser et le mordiller également à cet endroit.

Pyotr arrivait difficilement à maintenir une respiration régulière tandis que le besoin de continuer à explorer et apprécier le jeune homme sous lui l'envoyait dans un nouveau monde qui le consumait. Il tendit le bras et saisit la bouteille de lubrifiant, en déposa une quantité généreuse sur ses doigts et il commença à l'appliquer dans la raie des fesses de Cliff, badigeonnant les côtés des deux globes. Son doigt pressa entre eux, trouvant le petit trou plissé et y passa dessus. Il le massa doucement puis glissa sa main en dessous pour l'enrouler autour du sexe du jeune homme, le masturbant un instant avant de revenir vers son orifice.

Cliff poussa contre ses doigts, espérant accentuer la caresse. Son corps brûlait de désir. Et cela lui conviendrait très bien si Pyotr voulait bien passer aux choses sérieuses et commençait à le baiser dès maintenant. Plusieurs gémissements s'échappèrent de ses lèvres, la plupart dus au désespoir de ne pas obtenir une véritable pénétration.

Pyotr se mit à genoux pour ramper sur les jambes de Cliff et frotter son sexe entre les fesses du jeune homme, laissant son érection glisser contre la fente, juste pour lui donner un aperçu de la sensation d'un pénis frottant contre son corps. Et c'était tellement bon, encore plus quand Cliff se mit à se balancer vers lui. Il aimait les soumis actifs, bien qu'il n'en attende pas trop du jeune homme au début. Cela lui prendrait un certain temps pour trouver un rythme confortable, mais il n'empêche que glisser entre les fesses serrées, les regarder suivre le mouvement comme si elles le suppliaient de lui en donner plus, c'était déjà une sensation incroyable.

— De quoi as-tu besoin ? chuchota Pyotr en se frottant plus fortement contre lui.

Cliff se poussa davantage, et si Pyotr avait permis à son membre de s'aligner, il serait déjà enfoncé jusqu'à la garde.

— Je veux *ça* en moi, en train de me baiser, haleta le jeune homme.

— Donne-moi un mot de sécurité, dit Pyotr.

— Vert.

Pyotr recula un peu, attrapa un des oreillers qu'il plia en deux avant de soulever les hanches de Cliff et de le glisser sous lui, positionnant les fesses du jeune homme en l'air. Il déchira un des petits sachets en aluminium, sortit un préservatif et le déroula sur son membre. Il se masturba une ou deux fois avec du lubrifiant, puis saisissant son sexe à sa base, il l'aligna jusqu'à ce qu'il soit en face de l'entrée serrée de Cliff. Il s'introduisit lentement, le gland engorgé de son pénis faisant pression pour passer l'anneau de muscles étroit. Cliff haleta sous lui et il fit une pause, laissant un moment au corps de son amant pour s'adapter avant de s'enfoncer un peu plus. Le corps du jeune homme tout entier se crispa et Pyotr se retira.

— Non ! Ne vous arrêtez pas ! gémit Cliff.

— Cela ne sera bon pour aucun de nous si je te fais mal, l'informa Pyotr.

Mais sa main caressa bientôt l'orifice de Cliff, un doigt humide le taquinant pour qu'il se détende à nouveau, puis commença à s'enfoncer en lui. Cliff laissa échapper un gémissement sourd, appréciant le contact, puis se poussa un peu vers lui et Pyotr le récompensa avec une pénétration plus profonde jusqu'à ce que ses doigts se pressent contre les fesses de son amant. Il adopta un rythme lent en faisant entrer et sortir son doigt plusieurs fois avant d'en ajouter un deuxième et les écarta, l'ouvrant plus largement pour pouvoir le prendre plus facilement. Pyotr recroquevilla ses doigts à l'intérieur et toucha sa prostate. Cliff poussa cette fois un long gémissement et ses hanches tressautèrent.

(ᵔⱳᵔ)

La tête de Cliff tournait. Il avait l'impression d'être ivre ; il était tellement excité que sa libido lui criait qu'il voulait se faire baiser avec voracité. Le fait que Pyotr prenne son temps comme ça le rendait presque fou. Ses doigts... comment faisaient-ils pour savoir exactement où trouver son point sensible alors que Cliff ignorait même qu'il en avait un ? C'était tellement bon qu'il en voulait plus. Il se balança plus violemment sur les doigts de son amant, récoltant une pénétration plus profonde et avec un peu de chance, qui convaincrait Pyotr qu'il était vraiment prêt.

— Bon sang... haleta-t-il quand les doigts de l'autre homme touchèrent encore une fois sa prostate. S'il vous plaît...

Pyotr se releva et Cliff faillit paniquer.

— Lève-toi et tiens-toi entre le lit et l'armoire, lui ordonna fermement Pyotr en s'asseyant sur le bord du lit et en étendant légèrement ses jambes.

Cliff se dépêcha d'obéir, ne voulant pas perdre plus de temps que nécessaire. Il se tint à côté du lit et laissa Pyotr le guider jusqu'à ce qu'il se retrouve à califourchon sur ses jambes, face au miroir de l'armoire.

— Pose tes mains sur l'armoire.

Cliff fit ce qu'on lui dit, se penchant et faisant reposer son poids sur ses mains qui agrippaient le bord du meuble. Il fixa sa propre réflexion dans le miroir, puis celle de Pyotr qui s'inclinait de côté pour le voir lui aussi. Ce dernier était penché en arrière, en appui sur ses bras tendus, les jambes dépliées entre celles de Cliff. Et soudain, le jeune homme sentit le premier baiser du sexe de Pyotr contre son orifice.

Alignant son membre, Pyotr s'enfonça doucement, étirant lentement le canal de Cliff. L'anneau de muscles commença par résister, mais alors que le jeune homme se forçait à se détendre, son corps s'ajusta, permettant à son amant de s'y glisser de presque toute la longueur de sa verge. Oh putain ! La mâchoire de Cliff se serra pour étouffer un gémissement guttural et ses doigts agrippèrent plus fermement les bords de l'armoire jusqu'à ce que ses jointures blanchissent. Son orifice le brûla d'être étiré après une si longue période d'inaction et se réveilla avec une rafale de spasmes qu'il ne put contrôler, le faisant claquer des dents.

— Prends de grandes inspirations et détends-toi, le guida Pyotr en se retirant un petit peu.

Ce n'est qu'à ce moment-là que Cliff réalisa qu'il avait retenu sa respiration. Il ferma les yeux et obéit, inspirant et expirant profondément et lentement, et il sentit son amant s'enfoncer encore un peu plus, avec cette fois un peu moins de douleur et de résistance de la part de son corps.

— C'est ça. Détends-toi pour moi. Laisse-moi juste rester comme ça une minute.

Cliff prit une autre inspiration en baissant la tête, et juste comme ça, Pyotr le sentit se décontracter et le prendre plus profondément. Une cavité soyeuse caressait et enserrait son sexe.

Pyotr balança ses hanches de gauche à droite, laissant sa verge presser les parois du canal tandis qu'il s'enfonçait. Un bras posé derrière lui le maintenait en place tandis qu'il tendait l'autre pour le poser tendrement sur les hanches de Cliff, le tirant vers le bas, l'empalant un peu plus sur le membre engorgé.

๑๑๑

Un soudain pic de douleur fit presque claquer à nouveau des dents le jeune homme et il força encore une fois son corps à s'adapter. Pyotr se retira puis s'enfonça à nouveau, n'allant pas plus profondément qu'il ne l'avait déjà été, se balançant doucement pour que le plaisir remplace la douleur. La sensation était comme une drogue, et Cliff en voulait plus.

Centimètre par centimètre, il commença à s'empaler sur le membre de son amant, le prenant de plus en plus profondément à chaque mouvement et apprenant à se détendre progressivement en même temps. Les parois de son rectum frémirent, anticipant le moment où il sentirait Pyotr le pilonner brutalement. Il le voulait tellement que ça le dévorait.

Pyotr murmura son approbation derrière lui tandis que Cliff le prenait de plus en plus profondément. Le psychiatre le nourrissait de toute sa longueur, s'approchant lentement du moment où il serait pratiquement ancré à l'intérieur du jeune homme ; une dernière rotation de l'aine et Pyotr se retrouva au plus profond de lui.

Ils s'immobilisèrent, faisant une pause pour que cette sensation finale laisse une empreinte dans leurs corps. Chaque son de plaisir de l'autre homme encourageait Cliff ; c'était *lui* qui provoquait tous ces râles et ces gémissements. Au moment où le sexe de son nouvel amant fut enfoncé jusqu'à la garde dans son corps, les gémissements de Cliff rejoignirent ceux de Pyotr.

Ce dernier commença à bouger lentement. Même en étant assis sur le bord du lit, ses hanches trouvaient le mouvement adéquat, se retirant jusqu'à ce que seul le bout de son membre reste à l'intérieur de Cliff, puis se pressant à nouveau, glissant sa verge au plus profond de lui. Il ondulait, augmentant progressivement sa vitesse et la pression jusqu'à ce qu'ils poussent tous les deux des sons inarticulés. Il mit ses bras musclés en appui sur le lit et, alors que Cliff le chevauchait, il commença à pilonner le canal étroit de son jeune amant, les amenant au bord du précipice avant de s'arrêter brusquement pour repartir sur un rythme plus lent.

Cliff serra les dents et retira ses mains du bord de la commode pour les placer sur les cuisses de Pyotr, les agrippant pour garder son équilibre et peut-être également en espérant que ça permettrait à son esprit de rester lui aussi ancré dans la réalité. D'autres gémissements s'échappèrent de sa gorge. Le frottement contre sa prostate le faisait plonger dans des vagues de plaisir euphoriques en face desquelles il lui était impossible de rester silencieux. Il n'avait jamais ressenti une telle extase, il était submergé et consumé par elle. Il bascula sa tête en arrière en frissonnant et ferma à nouveau les yeux, se nourrissant de la sensation dévastatrice de la verge dure et soyeuse de Pyotr qui le remplissait et frottait sa prostate à chaque mouvement. Le claquement de son propre sexe contre son ventre en rythme avec les poussées de son amant ajouta à sa fièvre.

Pyotr déplaça ses hanches pour augmenter ses poussées, le pistonnant pour l'atteindre au plus profond de lui.

La pression du sexe de Pyotr conduisit Cliff vers sa libération. Une onde brûlante le traversa et ses testicules se contractèrent jusqu'à en être douloureuses. Il fondait et tremblait tandis que son pénis s'allongeait et durcissait d'une manière qu'il n'aurait jamais crue possible. Chaleur et désir rayonnèrent autour d'eux, parfumant la pièce de leurs fragrances purement masculines. C'était enivrant d'une façon qu'il n'avait jamais connue ni envisagée de connaître un jour.

Cliff n'était pas sûr de pouvoir tenir plus longtemps. Sa gorge le brûlait à cause de ses halètements incessants. Son corps entier le picotait comme un millier de disjoncteurs. La vague de plaisir le consumait telle une intense boule d'énergie, et il était certain qu'il ne resterait plus rien de lui quand elle exploserait. Ses gémissements étaient si forts et hors de contrôle qu'il aurait dû en être surpris, mais sentir Pyotr s'enfoncer en lui était si bon qu'il n'arrivait pas à se convaincre qu'il devrait se sentir autrement. C'était trop divin pour qu'il puisse se retenir.

— Ah oui... regarde la beauté de ta queue qui danse pour moi pendant que je te baise, grogna Pyotr.

— Oh mon Dieu ! cria Cliff.

Il était tellement proche de basculer.

Le sexe de Pyotr s'enfonça jusqu'à la garde avant de se retirer presque complètement jusqu'à ce que seul son gland reste à l'intérieur du canal étroit de Cliff. Puis il s'enfonça encore brutalement en lui. Et encore. Et encore. Le membre de Cliff se balança en rythme sous la force des coups de boutoir de Pyotr.

— Regarde, *dragi*, comme elle danse de haut en bas pour moi.

Les louanges de Pyotr s'arrêtèrent juste assez longtemps pour qu'il grogne dans son dos et lèche les muscles de son bras avant d'énoncer une évidence au sujet de la partie de son anatomie qui virevoltait sous chacune de ses poussées.

— Regarde comme tu es dur. J'aime la façon dont tu restes aussi dur pour moi pendant que je te baise.

Cliff essaya de rougir, mais il ne pouvait s'abandonner à son embarras pendant que Pyotr continuait à lui soulever les hanches afin d'enfoncer son membre au plus profond de lui. La friction contre les parois étroites de son canal balayait tout le reste. Et c'était apparemment une énorme cause d'excitation pour son amant.

Pyotr lécha son dos de haut en bas, appréciant le goût salé de sa sueur. Il mordit la chair tendre et grogna lorsqu'il sentit Cliff se resserrer autour de lui.

— Ahhh... gémit-il.

Il savait qu'il n'allait pas pouvoir tenir beaucoup plus longtemps avec des coups comme celui-là.

Pyotr plia ses jambes et les mit tous les deux sur leurs pieds, ses hanches balançant Cliff en avant. Il se pencha sur le jeune homme et lui lécha le cou et l'épaule, savourant son goût unique. Ses yeux s'emplirent de la vue du sexe de son jeune amant, complètement engorgé et d'une couleur pourpre. Il semblait être sur le point d'exploser. Il tendit le bras et saisit le membre douloureux dans sa main et le pressa tout en continuant ses coups de boutoir.

Cliff cria et ses jambes l'abandonnèrent, mais Pyotr le rattrapa et continua à le pistonner. Sa main droite masturbait toujours le sexe du jeune homme tandis qu'il remplissait son orifice. Il fit glisser sa main gauche sur la mâchoire de Cliff et la tourna légèrement pour pouvoir l'embrasser. Deux autres caresses de la main tout en s'enfonçant jusqu'à la garde avant de s'immobiliser, et tous les muscles de Cliff se contractèrent sous la force de son orgasme.

Avec un cri rauque et étranglé, Cliff se laissa aller, obéissant à la demande de la main de son amant. Son cœur battant la chamade, la respiration lourde, il sentit sa verge palpiter dans la grande main chaude tandis que son sperme se déversait, recouvrant la poigne de Pyotr ainsi que l'armoire d'une mare de semence blanche.

Pyotr utilisa sa main remplie de sperme pour appliquer une pression humide sur le gland de Cliff, le forçant à chevaucher cette jouissance douloureuse. Un autre cri s'échappa de la gorge du jeune homme tandis que son amant continuait à le masturber, sa main bougeant implacablement et avec expertise pour s'assurer que chaque jet brûlant était plus puissant et volumineux que le précédent.

Tout comme un marteau-piqueur, Pyotr continuait à le pilonner, encouragé par l'orgasme vocal. Ses muscles se tendirent de plus en plus jusqu'à ce qu'il s'abandonne. Des vagues euphoriques lui traversèrent le corps. Il surfa sur son orgasme, savourant chaque poussée de jets chauds qu'il expulsait. La sueur perlait sur son front, sa poitrine se soulevait rapidement et son corps le brûlait. Il plongea ses yeux dans ceux de Cliff à travers le miroir, vibrant à la vue de la lueur extatique qui brillait dans le regard qui le fixait.

❦

— Ahhh ! Oh putain ! cria Cliff, le corps prit de secousses dans les bras de son amant en se resserrant autour de lui comme un étau.

Le sexe de Pyotr s'enfonça encore une fois, profondément, palpitant violemment contre ses fesses et ses gémissements se joignirent à ceux de Cliff. Ce dernier regarda tout ça dans le miroir, incapable de détacher ses yeux de son amant tandis que son visage se crispait sous le douloureux plaisir. Ses yeux se mirent à papillonner, le menaçant de perdre de vue le spectacle qu'il était en train d'apprécier, alors que Pyotr le pénétrait plusieurs fois, forçant le reste de son membre engorgé au fond de lui, provoquant d'autres ondulations exquises à travers leurs corps.

Pyotr se pencha et lui mordilla l'épaule, puis l'embrassa et le lécha en remontant jusqu'à sa joue, son souffle chaud et haletant marquant sa peau.

— Si bon, *dragi*, chuchota Pyotr plusieurs fois à son oreille, les louanges résonnant aussi agréablement que l'état dans lequel se sentait tandis que son amant les soufflait sur son cou.

Et Cliff était encore hypnotisé. Il n'avait jamais vu un homme aussi sexy et séduisant que Pyotr. Il était comme un concentré d'extase pure. Le plaisir traversa le visage de l'homme plus âgé – le plaisir d'être avec lui. Et Cliff se sentit tomber un peu plus amoureux. Il savait qu'il n'avait plus beaucoup de marge, il n'avait plus beaucoup de hauteur de laquelle tomber.

Un souffle haché s'échappa des poumons de Pyotr alors que les derniers soubresauts secouaient son corps. Il se laissa volontairement tomber sur le matelas, entraînant Cliff avec lui, son sexe toujours profondément enfoui dans son amant. Ils roulèrent sur leurs flancs, le bras de Pyotr enroulé de manière possessive autour de sa taille, ajoutant même une jambe à l'étreinte qui avait cloué Cliff sur le lit tandis qu'il embrassait paresseusement sa nuque.

— Si bon, *dragi*, répéta-t-il encore une fois en caressant le sexe de Cliff recouvert de son propre sperme.

Cliff sentit l'épuisement les envahir, mais il se raidit en préparation du départ de son amant. Il allait s'endormir et se réveiller seul. Il écouta la respiration de Pyotr passer de hachée à un rythme plus lent et profond, et se blottit contre lui jusqu'à ce que leurs corps fusionnent en un enchevêtrement humide.

— Je n'ai jamais apprécié un homme aussi intensément la première fois, lui chuchota Pyotr à l'oreille.

Cliff tourna la tête, cette dernière étant la seule partie de son corps qu'il pouvait encore bouger.

— Jamais ?

Il pouvait à peine croire une telle déclaration avec l'expérience qu'avait Pyotr. Il avait plutôt craint d'être une déception pour lui.

Pyotr lécha et embrassa sa mâchoire.

— Jamais, confirma-t-il. Et j'ai l'intention de continuer à « t'apprécier » aussi longtemps que tu me le permettras.

La tête de Cliff retomba sur l'oreiller.

— Vous pouvez rester, si vous voulez, offrit-il avec plus d'espoir qu'il aurait dû en avoir.

Pyotr se souleva sur un coude et tira Cliff vers lui pour le regarder.

— Avais-tu prévu que je m'en aille ?

— Les gens s'en vont toujours.

— Je ne suis pas ce genre d'amant, *dragi*. Si je dois t'avoir, ce sera tout de toi, tout le temps. Pas de coups rapides.

Il se pencha sur Cliff, embrassant et mordillant ses lèvres pendant un moment.

— Mais tu dois aussi comprendre que je n'aurais personne d'autre que toi, alors tu devras faire face à mon appétit, probablement plus important que ce à quoi tu t'attendais. Es-tu prêt à te soumettre à un amant exigeant, *dragi* ?

Pyotr ne comptait pas rester juste pour la nuit, il lui offrait de rester aussi longtemps que cela durerait. C'était plus que ce qu'on avait donné ou promis à Cliff durant toute sa vie. Prêt ou non, il était hors de question qu'il refuse ce genre de chose. Il tendit le bras, ses doigts s'enfouissant dans les cheveux de son magnifique amant en l'attirant vers lui.

— Oui, souffla-t-il. Je suis prêt.

Il était tôt, et en dépit d'une nuit épuisante passée à faire l'amour, l'habitude de se réveiller de bonne heure était pour lui incontournable. Laissant son jeune amant dans les limbes, Pyotr se dirigea à l'étage pour se rendre dans la cuisine, trouvant Kimmi déjà installée et travaillant sur une série de projets d'artisanat étalés sur la table dans le coin-cuisine.

— Bonjour, Kimmi. Tu es aussi une lève-tôt ?

Cette dernière se tourna vers lui avec une expression de surprise sur le visage, rapidement remplacée par un sourire et un hochement de tête.

— Que préfères-tu, un petit-déjeuner ou du thé en premier ? demanda Pyotr tandis qu'il se mettait à explorer les placards en ouvrant plusieurs jusqu'à ce qu'il trouve ce qu'il cherchait, en l'occurrence une bouilloire électrique qu'il amena à l'évier pour la remplir.

— Oh, vous n'avez pas besoin de me préparer un petit-déjeuner, s'exclama Kimmi.

— J'ai l'intention de cuisiner de toute façon, il serait dommage que tu ne te joignes pas à moi.

Le visage de Kimmi se fendit d'un plus large sourire, et Pyotr avait une bonne idée d'où il provenait, mais il ne dit rien et attendit sa réponse.

— Alors du thé en premier, s'il vous plaît, dit-elle doucement.

Puis une pensée marqua son visage et elle s'empressa de clarifier.

— Non pas que je sois encore malade. C'est juste une habitude. Je promets de ne pas vomir sur la table.

Pyotr hocha la tête avec un petit rire, mais décida qu'il n'avait pas besoin de faire de commentaires, ne voulant pas qu'elle se sente obligée de se trouver des excuses. Elle était chez elle après tout. Il jeta un coup d'œil sur ce qui se trouvait dans le réfrigérateur puis conclut qu'il y avait suffisamment de choses pour ce qu'il voulait faire.

— Sais-tu découper ? demanda-t-il par-dessus son épaule.

— Pardon ?

La bouche de Kimmi forma un « O » parfait alors qu'elle le fixait de l'autre côté de la table.

Pyotr sortit quelques provisions du frigo et les posa sur le comptoir.

— Nous allons manger une omelette. J'ai besoin d'une assistante pour le découpage, répondit-il en lui faisant un clin d'œil.

Le visage de Kimmi s'éclaira instantanément et elle sauta de sa chaise pour s'asseoir sur l'un des tabourets de l'îlot central.

— Alors je suis votre homme, plaisanta-t-elle.

Pyotr lui envoya le même sourire qu'il avait reçu de la jeune fille. Ses soupçons se confirmaient. Quelles que soient les personnes que Cliff ramenait chez lui à l'occasion, non seulement elles ne restaient pas la nuit entière, mais elles ne mettaient pas non plus Kimmi sur leur liste de relations.

Alors qu'ils préparaient les ingrédients, le visage de Kimmi commença à rougir furieusement et ses lèvres esquissèrent un sourire.

— Qu'est-ce qui t'amuse autant ? lui demanda Pyotr en la tirant de ses pensées.

Un rire jaillit de sa gorge.

— Cliff était vraiment très bruyant cette nuit, dit-elle en gardant les yeux baissés tandis qu'elle coupait les champignons et les mettait dans un bol, avant d'en déposer d'autres sur sa planche à découper.

Pyotr éclata de rire et hocha la tête. En effet, son jeune amant était très vocal et Pyotr avait adoré en être la cause.

La bouilloire se mit à siffler et il remplit leurs tasses tandis que Kimmi ajoutait les sachets de thé. Elle trempa le sien à plusieurs reprises pour accélérer l'infusion.

— Alors, c'est vraiment si bon ? demanda-t-elle, les yeux remplis d'un étonnement innocent accentué par ses joues rougissantes.

Pyotr lui sourit en hochant la tête.

— Lorsque deux personnes tiennent suffisamment à l'autre pour s'assurer qu'il prenne du plaisir, alors oui, c'est vraiment bon.

— Ça n'a jamais été comme ça pour Cliff, auparavant, murmura-t-elle, un tendre remords pour la vie limitée qu'avait son frère se dessinant sur son visage.

Pyotr garda le silence. Ce n'était pas à lui de poser des questions. Pas à la sœur de Cliff, et certainement pas sans qu'il soit présent quand on parlait de lui.

Kimmi se tut, mais apparemment pas ses pensées, car le rouge de ses joues continua à s'accentuer jusqu'à ce qu'il atteigne son cou et le haut de sa poitrine visible sous le col déformé de son tee-shirt froissé. Ses lèvres se contractèrent alors qu'elle essayait de ne pas sourire.

— Vous devez beaucoup tenir à lui, alors.

Cette fois, ce fut Pyotr qui sentit ses joues se colorer et son sourire s'accentua tandis qu'il hochait doucement la tête.

(ᵔ.ᵔ)

Ils se dirigèrent dans le coin du petit déjeuner, Kimmi s'installant sur la banquette, près de la baie vitrée avec son thé tandis que Pyotr s'asseyait à la table. Alors qu'ils buvaient leur thé, la lumière du matin filtrait à travers les rideaux blancs en dentelle qui encadraient les vitres peintes dans un kaléidoscope de couleurs qui se répercutaient dans le reste de la pièce.

Pyotr avait parlé de son état avec Diesel, gardant ses conversations en dehors de ses séances avec Cliff. Elle allait bien depuis les six derniers mois – après une longue convalescence à la suite d'une greffe de cellules souches – et semblait être en rémission. Mais il remarqua que ses cheveux ne repoussaient pas.

— Combien de temps cela prend-il habituellement afin que tes cheveux repoussent après la chimio ?

— Oh, non, j'ai arrêté depuis longtemps de les laisser repousser, s'exclama-t-elle en tirant avec ses doigts sur les courtes mèches blondes. Je ne supportais plus de les voir tomber. Alors l'année dernière, quand j'ai dû recommencer le traitement, Cliff m'a apporté une paire de ciseaux et nous avons rasé ma tête.

Elle fit un bruit comme si elle essayait d'en rire.

— Comme je pleurais toujours, il a également rasé sa tête, pour moi.

Elle lui fit un sourire larmoyant puis tendit le bras en direction de l'appui de la fenêtre où elle gardait une boîte en bois sculpté. Elle l'ouvrit et en sortit un sac plastique zippé rempli d'un mélange de cheveux, puis le tendit à Pyotr pour qu'il l'inspecte. Ce dernier regarda les cheveux puis les autres articles qu'il apercevait dans la boîte. Il rapprocha sa chaise et sortit une photo de Cliff et Kimmi, bras dessus, bras dessous, leurs crânes fraîchement rasés. Sur la photo, Kimmi souriait malgré les cercles rouges autour de ses yeux, et le sourire de Cliff était doux et protecteur comme devrait l'être celui d'un frère. Il y avait également d'autres photos. L'une d'entre elles avait été prise sur un bateau, juste à côté d'une grosse baleine. Sa tête massive sortait de l'eau le long de la petite embarcation, examinant les gens à bord avec autant de curiosité qu'en avaient pour elle ceux sur le bateau ; avec des yeux écarquillés d'émerveillement.

— Quand cette photo a-t-elle été prise ? demanda Pyotr.

— Oh, c'était l'été dernier, juste avant que je doive retourner pour une autre séance de chimio. Le centre avait été sponsorisé pour nous emmener en mer. Une personne sur un autre bateau a pris quelques photos et me les a envoyées.

Elle tenait d'autres clichés de la même sortie, montrant un grand aileron blanc sortant de l'eau et Kimmi qui tendait le bras pour toucher le plus grand animal du monde.

— C'est une baleine à bosse.

Elle se mordit la lèvre, son esprit se remémorant la scène tandis qu'elle jetait un œil à la photo dans la main de Pyotr. Ce dernier fixait ses yeux. Ils étaient de la même couleur que ceux de Cliff sauf que ceux du jeune homme reflétaient souvent une tempête sur le point d'éclater, alors que ceux de Kimmi étaient d'un gris après la pluie, quand le ciel bleu était sur le point de réapparaître.

Pyotr replaça les cheveux et les photos dans la boîte, remarquant d'autres petites choses à l'intérieur. Elle n'avait que quelques souvenirs dans sa boîte à trésors, beaucoup moins que ce que vous vous attendiez à trouver chez une jeune femme. Mais il voulait savoir ce que représentait la fleur séchée. Il la pointa du doigt, l'invitant à raconter son histoire.

Kimmi pencha la tête de côté et une expression douce et tendre apparut sur son visage.

— Au centre de traitement de chimio, ils ont organisé un bal pour les patients ; un des hommes qui travaille avec Cliff avait un ami proche de mon âge. Il a été mon cavalier pour la soirée. Il s'était mis sur son trente et un. Je ne sais pas d'où est sortie ma robe, mais elle était très jolie. Je me suis sentie comme Cendrillon pendant un moment, dit-elle en souriant.

— Et ton rendez-vous ? T'a-t-il embrassé à la fin de la soirée ?

— Non, répondit-elle en secouant la tête alors qu'une légère rougeur apparaissait sur ses joues. Pas de baiser, ajouta-t-elle en rougissant de plus belle.

Pyotr pouvait voir qu'elle aurait accepté un baiser s'il lui en avait été offert un, mais il avait une idée assez précise de qui avait été son cavalier ce soir-là. Il n'avait pas besoin de beaucoup de détails afin que les pièces s'emboîtent, et non, il ne pouvait pas imaginer Issac ou Isaiah embrassant une fille. Mais ça avait été gentil de la part de Sasha d'arranger ça pour elle. Connaissant les jumeaux, il était fort probable que son cavalier ait été encore plus nerveux qu'elle.

Pyotr but plusieurs gorgées de thé avant de remarquer l'expression de Kimmi. Elle avait l'air de mourir d'envie de dire quelque chose.

— Dis-moi, ordonna-t-il avec un sourire.

— Il y a un garçon au centre. Il s'appelle Bryley. Il vient d'Australie. J'aime quand il flirte avec moi.

— Il t'a déjà embrassé ?

La rougeur réapparut, et elle secoua timidement la tête.

— Mais tu aimerais qu'il le fasse ?

Un sourire apparut sur le visage de la jeune fille et la rougeur se propagea jusque sur sa poitrine, comme tout à l'heure.

L'escalier qui menait à la chambre de Cliff se mit à grincer et elle pâlit.

— Ooooh, vous n'en parlerez pas à Cliff, pas vrai ?

Pyotr sourit derrière sa tasse de thé.

— Motus et bouche cousue.

Il se leva et se dirigea vers le coin-cuisine pour commencer à préparer le petit déjeuner.

Cliff apparut, se frottant les yeux et ayant l'air encore à moitié endormi, juste au moment où Pyotr finissait de tout installer à portée de main à côté de la cuisinière.

— *Dobro jutro, dremalo*, lui dit ce dernier par-dessus son épaule, un sourire aux lèvres.

Cliff le fixa avec un air interrogateur.

Le visage chaleureux de Pyotr s'illumina à la vue de son jeune amant.

— J'ai dit, bonjour la belle au bois dormant.

Il sentit un afflux soudain de désir en le voyant debout devant lui, dans son pantalon d'intérieur, torse nu et ayant l'air bien baisé. Il voulait l'embrasser là, tout de suite. Il hésita un moment ; Cliff n'avait pas officiellement fait son coming-out et il avait évité de le toucher la veille lorsqu'ils étaient en public et que sa sœur les regardait. Mais Kimmi était assez grande pour savoir ce qu'ils avaient fait la nuit précédente, alors il ne voyait pas la nécessité de se cacher à l'abri de leur maison. En un seul pas, Pyotr fondit sur Cliff, le prit dans ses bras, pressa leurs corps l'un contre l'autre, et avant que son jeune amant endormi ne puisse protester, il l'embrassa sur la bouche, d'un baiser chaste et affamé à la fois.

Ne voulant pas pousser trop loin, Pyotr rompit le baiser et relâcha Cliff, appréciant le spectacle de ses joues rougies.

Cliff porta ses doigts à ses lèvres, savourant le contact, bien qu'il sente également la chaleur se propager sur son visage. Il jeta un coup d'œil à sa sœur qui le regardait avec une expression lumineuse et sur le point d'éclater de rire comme si c'était la chose la plus naturelle qu'elle voyait son frère faire. Il reporta son regard sur Pyotr qui l'observait avec son amusement habituel.

— Comptez-vous le faire devant tout le monde ? demanda nerveusement Cliff.

— Éventuellement, lui dit Pyotr en souriant.

Il l'embrassa légèrement sur le front, soit pour confirmer son affirmation, soit pour apaiser son amant. Quelle qu'en soit la raison, Cliff était satisfait.

CHAPITRE QUATRE

Deux semaines s'étaient écoulées depuis leur première nuit ensemble et ils montraient peu de signes de ralentissement. Ce qui prouvait que Pyotr n'avait pas menti quand il avait parlé d'un appétit sexuel vorace. Tout comme l'était sa douce assertion selon laquelle il contrôlait leurs relations.

Cliff venait juste de terminer son travail, remplissant l'ambulance avant de pouvoir s'en aller, quand il leva les yeux et vit Pyotr se tenant juste à l'extérieur du garage. Il se figea, incertain de ce qui l'attendait ou de ce qu'on attendait de lui. Cela le déstabilisa un peu. Pyotr n'était jamais venu sur son lieu de travail auparavant.

Pyotr se tenait là, sa grande et belle silhouette se découpant dans l'éclairage du soleil qui filtrait de l'extérieur. Son amant était tellement raffiné, mais son attitude ne donnait aucune indication sur le motif de sa présence.

— Hé, Cliff ! l'interpela Ozzy, leur chauffeur, du siège avant de l'ambulance, attirant l'attention de Cliff loin de l'homme debout près du véhicule. N'oublie pas de prendre un kit de trachée et nous devons faire l'inventaire du stock aujourd'hui.

— Merde, d'accord. Je m'y mets dans une minute.

Il se tourna vers Pyotr, mais ce dernier avait disparu.

C'était comme s'il n'avait jamais été là. C'était bizarre que Pyotr n'ait pas mentionné qu'il pourrait venir le voir. C'était certainement une de ces choses dont il aurait discuté avec lui. Après tout, Cliff était au travail et il n'avait pas officiellement fait son coming-out. Pyotr ne l'avait jamais pressé de le faire non plus. Tout était fait à petits pas. Quelquefois, ces petits pas avaient l'air si lents que Cliff avait l'impression qu'un escargot pourrait facilement les doubler. Il secoua la tête à ses pensées. Pyotr devait certainement s'être retrouvé dans le quartier et lui avait juste fait savoir qu'il pourrait le ramener en voiture. Il devait être garé au coin de la rue pour l'attendre. Pas de quoi en faire tout un plat !

Cliff sauta de l'arrière de l'ambulance et se dirigea vers la salle de stockage pour remplacer le kit de trachée qu'ils avaient utilisé au début de leur service ainsi que quelques intraveineuses. Il poussa la porte du couloir, mais avant de tourner pour se rendre dans la pièce des fournitures, il entendit la voix de Pyotr – ainsi que celle de Sasha.

Cliff dépassa la porte qu'il aurait dû emprunter et se dirigea vers la pièce d'où provenaient les voix, ses pas s'accélérant jusqu'à ce qu'il rejoigne la salle de repos devant laquelle il s'arrêta. Ses yeux se fixèrent sur son amant qui se tenait en face de Sasha. Il sentit une douleur lui écraser la poitrine. La sensation devint encore plus intense lorsque Sasha se retourna pour le regarder. Cliff ne savait pas ce que ce regard voulait dire, mais il savait ce que son cœur lui criait ; il venait juste de perdre son amant au profit d'un autre avant même d'avoir eu la chance de réaliser tout ce qu'il ressentait.

— Tu as besoin de quelque chose, Cliff ? demanda Sasha.

Il donnait presque l'impression que Cliff les dérangeait.

Bâtard – Sasha avait déjà deux amants, il était même marié avec eux. Et maintenant, il voulait Pyotr en plus ?

Il commença à paniquer. Il se retourna rapidement, son esprit concentré sur ses pieds. Il fallait qu'il sorte d'ici – vite, mais sans courir ni trébucher dans sa hâte de s'enfuir. Il sortit du couloir; il pouvait sentir la panique faire rage en lui maintenant. Une tempête de sentiments déferlait sur lui. Il dépassa l'ambulance et la porte-rouleau du garage. La lumière vive du soleil le frappa de plein fouet et pendant un instant, il n'eut plus l'impression que le monde cédait sous ses pieds. Il s'arrêta, s'appuya sur le mur de briques du bâtiment, les yeux fermés aussi hermétiquement qu'il le put. Il leva la tête vers le soleil et essaya de reprendre sa respiration. Ses pensées et ses émotions étaient au-delà de tout contrôle. Cependant, il savait comment les faire taire après autant d'années à regarder sa petite sœur devenir de plus en plus malade et faible – la tête baissée dans le lit d'hôpital pendant que les docteurs perçaient sa hanche avec une aiguille spéciale pour en retirer le sang et les souches vitales pour elle. Il avait toujours été réveillé, sans anesthésie pour atténuer la douleur atroce – celle qu'il gardait en lui à cette époque-là. Le jour où il était rentré chez lui pour découvrir que ses parents avaient fait leurs valises et les avaient quittés – il avait survécu à tout ça – il pouvait encore le faire aujourd'hui.

— Cliff.

Il essaya de se raidir à l'appel de son nom, mais il ne put empêcher le frémissement qui fit trembler sa lèvre. Il refusa d'ouvrir les yeux. Cette fois, c'était différent. Il avait survécu à toutes ces choses parce qu'il devait être fort pour Kimmi. Mais ici, Pyotr était l'homme fort ; il lui avait promis que tant qu'ils seraient ensemble, il n'aurait pas à porter le monde sur ses épaules. Lorsqu'il était avec Pyotr, il était libre, et cette liberté lui avait permis de trouver l'amour. *Il n'allait pas survivre à ça facilement.*

— Cliff.

La voix de Pyotr venait directement d'en face de lui maintenant.

— Regarde-moi, Cliff.

L'ordre était tendre.

Cliff prit une profonde inspiration et expira de façon lente et régulière, puis il ouvrit les yeux pour voir Pyotr debout, à quelques pas de lui. Pas trop près pour être dans son espace personnel, mais suffisamment pour qu'il puisse voir l'inquiétude sur le visage de son amant. Et la question.

— Vous êtes venu ici pour voir Sasha ?

— Oui, en effet.

Cliff referma les yeux, mais il ne baissa pas la tête. La seule chose qui lui permettait de tenir, c'était la chaleur du soleil.

꩜

Pyotr le regarda attentivement, observant les petites secousses musculaires dans les épaules du jeune homme et ses bras raidis le long de son corps, les paumes à plat contre le mur derrière lui, comme s'il s'accrochait pour que la mer d'émotions qu'il ressentait ne l'emporte pas. Son visage, à part le tremblement de sa lèvre, était parfaitement immobile, figé dans la lumière du soleil. Les rayons lumineux qui étincelaient dans ses cheveux rendaient la couleur dorée d'autant plus brillante. Même dans sa tourmente émotionnelle, son jeune amant était beau, beaucoup plus que Cliff ne le pensait.

— Que ressens-tu en ce moment ? demanda Pyotr, puis il le vit.

Cliff n'avait pas besoin de répondre à cette question pour qu'il sache ce qu'il ressentait ; la douleur pouvait se lire sur son visage.

Mais Cliff répondit quand même.

— Ça fait mal.

— Quand tu m'as vu parler avec Sasha, ça t'a fait mal ?

L'interrogatoire était conçu pour aller à la racine du problème.

— Oui, répondit Cliff après avoir pris une profonde inspiration destinée à le stabiliser.

— Eh bien, au moins, c'est un sentiment sain, dit Pyotr en se balançant sur ses talons et en mettant les mains dans ses poches.

Les yeux de Cliff s'ouvrirent brusquement.

— Qu'y a-t-il de sain dans la douleur ?

— S'il y avait eu de la jalousie, nous aurions eu un problème, mais si tu as mal parce que tu m'as vu avec un autre homme, et que tu n'as pas compris, alors au moins, nous savons tous les deux que tu as des sentiments profonds pour moi – sentiments que je partage.

— Qui est Sasha pour vous ? demanda Cliff.

Il en avait assez d'exposer ses sentiments et voulait une véritable réponse. Mais avant que Pyotr ne puisse répondre à sa question, Sasha sortit et les découvrit.

— Pyotr ? Que se passe-t-il ?

Déterminé à ne pas perdre Pyotr sans se battre, Cliff saisit son amant par le col de sa chemise et le tira vers lui. Il passa son autre bras derrière la tête de Pyotr et fondit sur sa bouche, l'embrassant devant Sasha et le monde entier.

(◕ᴥ◕)

Pyotr sentit la langue de son jeune amant effleurer ses lèvres, exigeant l'accès à sa bouche. Une note d'amusement résonna dans sa tête. Il savait de quoi il s'agissait, et si c'était ce dont son amant avait besoin, alors il l'autoriserait. Même si c'était un effet gaspillé devant son petit frère. Pyotr sortit les mains de ses poches et les plaça sur la taille de Cliff puis les fit glisser sur ses hanches, tout en serrant le jeune homme contre son aine. Il tint leurs corps fermement pressés l'un contre l'autre, de leurs sexes à leurs lèvres. Pyotr était pour les petits pas, mais bon Dieu, quand le temps était venu, la subtilité et la demi-mesure n'étaient pas autorisées; en conséquence de quoi, il prit le contrôle du baiser. Il enfonça profondément sa langue dans la bouche de Cliff, l'enroulant autour de celle de son amant et la lécha, l'incitant à plonger lui aussi plus profondément dans la sienne. Leurs lèvres se séparèrent uniquement pour leur permettre de prendre une inspiration avant d'approfondir encore leur baiser. Pyotr ne lâcha jamais les hanches de son amant et Cliff ne le relâcha pas jusqu'à ce qu'ils soient tous les deux satisfaits que leur réclamation de l'autre ait été clairement proclamée.

Pyotr recula et sourit quand Cliff essaya de suivre ses lèvres.

— Et comment te sens-tu maintenant ?

Cliff laissa un peu sa tête tomber en arrière pour regarder le visage de son amant. Et il lui adressa un sourire chaleureux et accueillant.

— Confortable.

— C'est également un sentiment sain, *dragi*. Regarde autour de toi maintenant. Qu'est-ce que ça te fait d'avoir fait ton coming-out ?

Cliff regarda autour de lui et vit les voitures qui passaient et la femme qui marchait avec une poussette sur le trottoir, mais tout ce qu'il espérait penser ou ressentir devant ce nouveau pas qu'il venait de franchir disparut lorsqu'il vit Sasha bouche bée à côté d'eux. Cliff se tourna vers Pyotr, attendant une explication.

— Sasha est mon petit frère, dit Pyotr en souriant comme s'il venait de faire une bonne blague.

Cliff laissa sa tête retomber sur la poitrine de son amant en la secouant.

— Maintenant, je me sens stupide.

Pyotr leva le bras et attrapa les mèches de cheveux dorées, les caressant avant de lui relever la tête. Il toucha son visage puis glissa un doigt sous son menton.

— Mon cher *dragi,* stupide te va comme un gant en ce moment.

Et il termina son compliment avec un doux baiser.

— Dans combien de temps finis-tu ici ? demanda-t-il.

— Encore quelques trucs à ranger dans le camion et un peu de paperasse.

— Bien, dit-il en l'embrassant sur le front. Nous passerons la soirée chez toi. Je t'attendrai là-bas.

Il lui donna un autre baiser chaste avant de s'éloigner en passant devant son frère.

— Toi ? demanda Sasha à son équipier, toujours bouche bée.

Le sourire de Cliff se fit de guingois, puis il tourna les talons et retourna terminer son travail.

Sasha se précipita après son frère.

— Attends !

Il courut et rattrapa Pyotr au bout du bâtiment.

— Cliff est le mec avec qui tu couches ? Cliff Patterson ? Le Cliff Patterson qui clame partout qu'il va être le nouveau Dominus ?

Pyotr s'arrêta et se retourna pour regarder son frère alors qu'il s'approchait de lui.

— Tu n'es pas sérieux ! protesta Sasha.

Pyotr regarda l'endroit où son jeune amant l'avait embrassé devant tout le monde ; une réaction enfantine pour crier « il est à moi » – et cela le fit sourire. Un spectacle un peu ridicule et pourtant il l'avait énormément apprécié. En fait, son cœur était encore gonflé que son amant ait trouvé nécessaire de le revendiquer en public. Et peut-être cela lui avait-il fait autant de bien que cela avait été indispensable pour Cliff.

— Que s'est-il passé là-bas ? Et ne crois pas que je ne t'ai pas entendu l'appeler *chéri* – tu n'utilises jamais de petit nom en serbe pour un coup d'un soir.

La main de Pyotr jaillit – trop rapide afin que Sasha réagisse – et le poussa contre le mur de briques. Il écarta ses doigts, juste au-dessus du torse de son frère cadet, affirmant sa dominance et le forçant à rester là où il venait de le mettre.

— Ne tire pas trop sur la corde. Je suis peut-être facile à vivre, mais il y a certaines limites qu'il vaut mieux ne pas franchir, même toi.

— Tu ne peux pas vraiment être heureux avec Cliff ! s'exclama Sasha en restant immobile, mais ne voulant pas garder pour lui ses pensées ou son opinion sur le choix de l'amant de son frère.

— Au contraire, je suis très heureux avec lui. Pour une fois, je n'ai pas besoin de réparer la tête de quelqu'un pour qu'une relation entre nous soit possible. C'est un adulte cultivé et très capable. Et son corps correspond à mes désirs – mince, mais avec assez de muscles pour savoir que c'est bien un homme qui est sous moi.

— Un grand nombre de gens que nous ramassons sont plus grands que les civières dans lesquelles nous les transportons, ironisa Sasha comme s'il l'avait dit un millier de fois.

Mais il savait ce que son frère voulait dire ; Pyotr n'aurait jamais couché avec un homme qui aurait ressemblé à un adolescent.

Pyotr eut un rire forcé.

— Il m'a dit exactement la même chose.

— Mais Pyotr... le supplia Sasha. Il est plus jeune que moi.

Pyotr se balança sur ses talons. En effet. Cliff avait vingt-deux ans de moins que lui. Une grande différence d'âge pour des amants, et pourtant aucun des deux ne pensait que c'était important.

— Oui. Oui, il l'est, et nous en avons discuté, mais nous avons décidé que cela ne nous gênait pas. Peut-être que dans dix ans, nous penserons différemment, mais c'est une chose qui arrive dans toutes les relations ; à un moment donné, un ou les deux partenaires peuvent penser différemment à propos de l'autre. Nous nous en occuperons quand le moment sera venu.

— Mais, tu t'investis dans une relation qui, tu le sais, ne durera pas. Ne te fais pas ça, lui fit valoir Sasha, moitié en colère, moitié suppliant.

Pyotr avait un grand cœur ; il s'était débrouillé afin que sa famille reste ensemble au détriment de sa vie privée. Maintenant que tout le monde avait grandi, son frère méritait par-dessus tout un partenaire, mais un qu'il pourrait garder pour toujours. Sasha ne pourrait pas supporter de voir son frère ainé se laisser prendre dans la ronde tournante des amants.

— Si j'ai dix années de bonheur, ou même une seule, cela vaut le coup, parce que tout le reste est parfait. Ne dis-tu pas la même chose à propos de ton Isaiah ?

Sasha inspira profondément, osant presque se pencher vers son frère, mais se reprenant rapidement et se collant à nouveau contre le mur, ne laissant que son souffle s'échapper pour montrer sa colère. Il était très protecteur envers ses amants et il lui était donc difficile de ne pas réagir au commentaire de Pyotr. Mais Sasha le connaissait mieux que ça. Il savait que Pyotr n'avait pas dit ça comme une menace ou pour être désobligeant. Il voulait seulement souligner que certaines relations venaient avec des conditions, et aussi inquiétantes qu'elles puissent être, le résultat qui en découlait n'était pas toujours prédéterminé.

Pyotr était comme leur père à bien des égards, sauf un – il était aussi comme leur mère. Il était le meilleur des deux, le tout regroupé en un seul corps. Il avait une forte volonté et un corps solide. Il était celui qui avait toujours mis un terme aux disputes entre lui et le reste de leurs frères. Et il y en avait eu beaucoup. Pyotr était même connu pour avoir battu quelques voyous en son temps, les traînant au milieu de la rue par la peau des fesses et s'asseyant sur eux de la manière la plus humiliante qui soit jusqu'à ce qu'ils acceptent d'arrêter les ravages qu'ils causaient dans le quartier. La plus grande partie de cette force fut exercée sur les Irlandais du voisinage. Mais Pyotr savait également être doux comme leur mère et quand vous souffriez, il savait comment vous soigner comme s'il avait une boîte spéciale de pansements pour les cœurs brisés. Leurs sœurs lui avaient fourni beaucoup d'entraînements de ce côté-là.

Huit frères et deux sœurs mis à part, Pyotr n'avait jamais eu sa propre famille, et Sasha pouvait comprendre comment Cliff et Kimmi remplissaient ce besoin. Peut-être même trop bien, parce que c'était un arrangement qui était définitivement prédéterminé.

— Tu sais, peu importe les traitements que Kimmi suivra, elle ne va pas vivre beaucoup plus longtemps, dit Sasha dans une dernière tentative pour convaincre Pyotr que cette relation n'était pas la bonne.

Et le scintillement dans les yeux de son frère lui révéla tout ce qu'il voulait savoir. Il était déjà enfermé dans sa petite famille – *ajoutez Pyotr et mélangez* – et Pyotr savait pertinemment que cette histoire avait une date d'expiration.

Sasha ressentit une douleur fulgurante de culpabilité à ce moment-là. Pyotr méritait d'avoir le monde à ses pieds ; il était décourageant qu'il doive trouver quelque chose qui convenait à ses besoins pour que cela lui soit arraché trop tôt. Sasha ne voulait pas que cela se produise pour son frère, qui méritait beaucoup plus que ça. Il déglutit péniblement, souhaitant avoir appris à fermer sa bouche.

Sasha baissa la tête, et ses épaules suivirent le mouvement. Il fixa le sol et donna un coup de pied dans un caillou qui se trouvait sur le trottoir comme si ça allait le faire se sentir mieux. Ce ne fut pas le cas quand Pyotr s'éloigna sans un mot.

— Putain, murmura-t-il, restant immobile dans le silence pendant un instant.

Il s'éloigna du mur, les mains enfouies dans les poches de son pantalon d'uniforme. Il ne lui restait plus qu'une chose à faire.

Sasha retrouva Cliff à l'arrière de l'ambulance, mettant les derniers équipements en place. Il s'arrêta à quelques pas pour l'observer. Cliff lui tournait le dos, mais la tension dans ses épaules indiquait qu'il savait qu'il se trouvait derrière lui.

— Je ne suis vraiment pas prêt pour avoir une conversation sur tout ce que cela va changer entre nous, marmonna Cliff sans le regarder, ses mains comptant l'inventaire et écrivant sur le bloc-notes posé sur la civière déjà recouverte d'un drap propre ainsi que d'une couverture de laine repliée sur la partie supérieure, et prête pour la prochaine personne qui en aurait besoin.

Sasha garda ses mains enfouies dans ses poches, prit une profonde inspiration avant d'expirer, essayant de se débarrasser de la tension qu'il avait lui-même créée.

— Que sais-tu au sujet de mon frère ?

Cliff s'arrêta au milieu de son comptage, mais ses yeux restèrent baissés, ne croisant pas ceux de Sasha.

— Si tu es sur le point de me raconter une histoire qui est censée me donner envie de m'éloigner de lui, ce n'est pas la peine.

— Non. Ce n'est pas ce que je m'apprête à te dire. J'aime Pyotr. Il n'est pas seulement mon frère, mais également mon père.

Cliff se décala, le regardant maintenant droit dans les yeux.

— Ce que je veux dire, c'est qu'il a été plus un père que notre papa ne l'a jamais été. Alors si je te dis ça, c'est seulement parce que Pyotr mérite le meilleur amour, dit Sasha en prenant une dernière profonde inspiration avant de se lancer. Pyotr est l'ainé de onze enfants, neuf garçons et deux filles. Nous vivions à Belgrade, il allait à l'université là-bas, et il était le meilleur de sa classe. Il aurait pu être médecin ou professeur si nous étions restés, et il aurait travaillé pour le gouvernement. En Serbie, quand vous travaillez pour le gouvernement, vous êtes riche. Travaillez n'importe où ailleurs, et vous serez pauvre comme tout le monde.

Cliff s'assit sur la civière et écouta. Pyotr et lui avaient parlé de beaucoup de choses, mais son passé n'en avait jamais fait partie. En fait, Pyotr en avait très peu dit sur lui-même. Mais il était étrange que maintenant, alors qu'il écoutait Sasha qui n'avait jamais eu un fort accent auparavant, cela changeait – il s'accentuait et plus Sasha parlait, plus il commençait à ressembler à Pyotr.

— Pyotr avait le monde entier à ses pieds. Mais tout allait mal autour de nous. La Yougoslavie subissait un démantèlement à la suite du soulèvement de la Ligue des Communistes dirigée par Milošević, qui instaura en 1989 une réforme de la Constitution serbe, limitant le statut d'autonomie de plusieurs autres républiques, dont le Kosovo. En 1990, le gouvernement a déclaré un black-out médiatique. La liberté de parole fut limitée. Le Code pénal serbe a émis des condamnations contre quiconque ridiculiserait le gouvernement et ses dirigeants, ce qui entraîna l'arrestation de plusieurs personnes qui s'opposaient à Milošević et son gouvernement. Et ce n'est qu'une partie de ce qui se passait à ce moment-là. Il y avait aussi l'ALK...

— L'ALK ?

Sasha hocha la tête. Bien sûr, Cliff ne pouvait pas savoir ce que c'était.

— ALK, l'Armée de Libération du Kosovo. Il y avait deux forces qui se battaient pour le contrôle – il n'y avait pas de paix entre les deux. C'était la guerre civile dans notre pays, entre l'armée et la police, entre la Yougoslavie et le Kosovo. Deux conflits parallèles et simultanés, bien avant que l'OTAN ne soit impliquée et déclare la guerre. Des gens mouraient tous les jours. Parfois sans raison. Des gangs apparaissaient et ils créaient autant de problèmes que les autres.

Sasha se tut un moment. Il était si jeune alors, mais Pyotr avait fait en sorte qu'ils sachent ce qui s'était passé ensuite. Et pas seulement la version du monde extérieur. Pas l'histoire que les négationnistes racontaient. Pyotr s'était assuré qu'ils sachent ce qui s'était vraiment passé. Il prit une profonde inspiration, se tortilla puis s'appuya contre la porte du camion. Il n'avait que cinq ans à l'époque, mais il se souvenait du jour où des soldats avaient fait irruption dans leur maison au milieu de la nuit et avaient emmené son père. Quand ce dernier était revenu le lendemain, tout avait changé pour eux.

— Une nuit, la police est venue et a emmené mon père. Le lendemain, il était de retour, et lui et notre mère nous ont réunis et nous ont fait sortir de l'école. Ensuite, nous sommes allés à l'université et nous avons récupéré Pyotr. Nos parents lui ont donné tout l'argent qu'ils avaient pu obtenir de leurs comptes bancaires avec un sac de nourriture et quelques valises de vêtements. Ils nous ont conduits hors de la ville où nous y avons trouvé une foule et nous nous sommes installés à l'arrière d'un camion. Nous avons roulé pendant un jour et demi, jusqu'à ce que nous arrivions à un port sur les rives de la Grèce. On nous a entassés sur un cargo faisant route vers les États-Unis.

Sasha glissa le long de l'ambulance et s'assit sur la marche en regardant à l'extérieur du garage où le soleil se couchait dans le ciel et brillait avec des tons orangés brunis.

— Je ne sais pas comment ils se sont débrouillés, mais nous avons été autorisés à rester. Et Pyotr, à partir de ce moment-là, est devenu notre père et notre mère. Il s'est occupé de nous tous. Mais au prix d'un sacrifice. Il s'est avéré que Pyotr était gay, mais il ne pouvait pas avoir d'amants. En plus de l'immigration, les services de la famille et de l'enfance le surveillaient de près. Est-ce que tu imagines ce qu'ils auraient pensé – un homme adulte gay avec huit petits frères ? Soudain, nous donner un bain aurait été considéré comme un péché mortel. Ce n'est que lorsque nous avons tous grandis et quittés le nid qu'il a pu en toute sécurité s'autoriser à avoir une relation. Mais à ce moment-là, il était plus ou moins tombé dans une routine. Habitué à élever des enfants, il s'est souvent retrouvé à jouer le rôle du docteur plutôt que celui de l'amant avec des hommes qui avaient beaucoup trop de bagages émotionnels.

— Donc, ce que tu es en train de dire, c'est que pour lui, je suis juste un autre cas à materner ? demanda Cliff en se forçant à regarder ailleurs.

— Non, il n'y a rien en toi qu'il doive soigner. Il te voit juste comme lui. Quelqu'un qui a dû se sacrifier pour sa petite sœur, répondit Sasha en se contorsionnant pour le regarder franchement. Tu vois, la vie de Pyotr a été... mise en attente parce qu'il avait à s'occuper de dix Kimmi. Pyotr s'identifie à toi. Et le bonus qu'il reçoit en maternant Kimmi en même temps le fait se sentir bien. Non, ajouta-t-il en secouant la tête, ce n'était pas complètement vrai. Il se sent encore mieux que bien.

Sasha s'interrompit et essuya ses yeux d'un doigt. Cliff n'était pas sûr que ce soit juste à cause du soleil ou parce qu'il était au bord des larmes. Sasha se leva, tendit le bras et ouvrit un des tiroirs de l'ambulance pour en sortir un bandage.

— Tu veux bien me faire une faveur quand tu le verras ce soir ?

— Bien sûr, acquiesça Cliff en clignant des yeux.

— Je lui ai fait mal quand il était ici, dit Sasha en prenant une profonde inspiration avant de lui tendre le bandage. Tu veux bien lui donner ça ? Dis-lui que je suis désolé.

Il se retourna et s'éloigna.

— Qu'est-il advenu de tes parents ? demanda rapidement Cliff avant que Sasha disparaisse.

Il descendit lentement du camion, en faisant attention, comme si tout mouvement brusque pourrait faire fuir Sasha.

Ce dernier s'arrêta, la tête basse, les yeux fixés dans le vide sur le sol en béton.

— Le 14 mars 1999, l'OTAN a ordonné des frappes aériennes et a bombardé notre pays pendant quatre mois. Nous n'avons plus jamais entendu parler de notre famille, dit-il en regardant par-dessus son épaule. Vas-y. Va rejoindre Pyotr. Je vais m'occuper de la paperasse.

Puis il disparut dans le couloir.

Cliff ne pouvait pas rentrer à la maison assez rapidement, tout son corps frissonnait. Si Kimmi était assise à côté de lui en ce moment, elle aurait dit qu'il avait des fourmis dans son pantalon. Il sourit. L'homme assis en face de lui dans le bus lui jeta un regard mécontent. Peut-être qu'il souriait trop pour New York, mais il s'en fichait. Encore six arrêts et une course dans la 79ème et il serait dans les bras de Pyotr. Cliff jeta un coup d'œil à sa montre. Incroyable, un trajet de quinze minutes en voiture prenait une heure en bus. Peut-être était-il temps de commencer à chercher une voiture ou du moins une petite moto. Avant, ça ne l'avait jamais dérangé. Le retour à la maison était pour lui le temps nécessaire pour passer du travail à Kimmi, d'une personne blessée à sa sœur malade. Le long trajet en bus était le seul moment qu'il avait pour lui, en dehors de ses excursions au *Club Pain*[2].

Mais maintenant, son amant l'attendait. Son amant. Son sourire s'intensifia encore. Il n'avait jamais eu d'amant. Rien que des relations courtes occasionnelles, mais chaque fois qu'il rencontrait une fille, c'était toujours la même chose. Les gens ne supportaient tout simplement pas de ne pas être le centre de son monde, alors ils ne s'attardaient jamais. Pyotr était différent. Pour lui, la famille était censée être le noyau central de la vie d'une personne. Toute personne que vous y ajoutiez était un bonus au lieu d'être une diversion. Et Pyotr était un homme. Son sourire se fit un peu plus carnassier et il sentit la chaleur envahir son visage.

Oui, Pyotr était un homme – et quel homme ! Grand, solide, et débonnaire. Son homme. Cliff sentit sa respiration s'alourdir et son sexe gonfler dans son pantalon. Il était impatient d'arriver chez lui et de poser ses mains sur l'homme qui l'attendait.

Le bus ralentit, les pneus crissèrent avec un bruit mécanique jusqu'à ce qu'il s'arrête complètement. Oui ! La 79ème.

---

[2] Club de la Douleur

Cliff bondit de son siège, sauta de l'autobus, et se mit instantanément à courir. Un pâté de maisons et deux maisons de plus, c'était tout ce qui lui restait à parcourir.

Pyotr était dans le « boudoir » de la cuisine, assis sur la banquette avec Kimmi, quand Cliff arriva en coup de vent. Ils étaient en train de siroter un thé, ce qui signifiait qu'elle venait juste de finir de manger et que Pyotr lui avait préparé du thé pour aider à stabiliser son estomac afin qu'elle ne rende pas son repas.

Kimmi avait un magnifique sourire sur les lèvres. Elle aimait la compagnie de Pyotr. Toute personne qui acceptait de passer du temps avec elle était un héros à ses yeux. Mais quand Pyotr le regarda... la chaleur qui s'agitait dans les yeux de cet homme et la façon dont ils brillèrent en le voyant... Cliff sentit une vague d'émotions intenses l'envahir. Il se précipita pour tomber à genoux devant son amant, enroulant instantanément ses bras autour du cou de Pyotr avant de l'embrasser. Il fit glisser sa langue sur les lèvres de son homme jusqu'à ce qu'elles s'ouvrent pour le laisser entrer. Cliff plongea impatiemment dans la bouche de son amant jusqu'à ce qu'il trouve sa langue et gémisse devant sa découverte. Ce n'était pas assez, il poussa sur ses genoux pour se pencher en arrière, entraînant Pyotr avec lui. Ils s'écrasèrent sur le sol, Pyotr ayant à peine le temps de se retenir sur ses bras pour ne pas écraser Cliff sous son poids.

Pyotr rompit leur baiser, laissant échapper un petit rire.

— C'est en quel honneur, *dragi* ?

Cliff se contenta de sourire, accrochant une jambe autour de celle de Pyotr. Il pouvait entendre Kimmi se moquer d'eux, mais il ne s'en souciait pas tandis qu'il plongeait à nouveau sur les lèvres de son homme. Il laissa échapper un soupir de soulagement quand son amant céda à son besoin, avant que Pyotr prenne la direction de leur baiser, l'approfondissant. Ce dernier passa un bras autour du jeune homme pendant que l'autre lui caressait le flanc, remontant la jambe de Cliff jusqu'à ce qu'elle s'enroule autour de ses hanches. Il saisit ses fesses, rapprochant Cliff de lui et frottant son sexe contre lui. Le contact dur déclencha tellement de sensations que le jeune homme dut rompre le baiser pour laisser s'échapper un soupir haché.

Pyotr émit un léger grognement.

— Est-ce ce que tu cherchais, *dragi* ?

— Ou... iii... *Glavar*, bafouilla Cliff.

Pyotr fit rouler son bas-ventre contre son jeune amant, accentuant le contact. Oh, il aimait quand Cliff l'appelait comme ça. *Il aimait beaucoup ça.*

— Où as-tu appris à dire « Maître » dans ma langue ?

— J'ai fait des recherches.

Cliff réussit à jeter un coup d'œil par-dessus les larges épaules qui le cachaient presque complètement.

— Comment s'est passée ta journée, Kimmi ?

Cette dernière lui sourit gentiment quand elle aperçut le visage souriant de son frère qui l'observait sous son nouvel amant.

— Peut-être pas aussi bonne que la nuit que tu t'apprêtes à passer, mais je n'ai pas à me plaindre.

— Bien, dit-il en reportant son regard sur l'homme allongé sur lui. Parce que je risque d'être occupé pendant un moment.

Il l'entendit rire à nouveau et savait qu'elle était parfaitement d'accord avec tout ça. C'était une chose d'avoir quelqu'un avec qui il se sentait heureux pour une fois dans sa vie. Mais que sa petite sœur approuve était quelque chose d'encore plus prodigieux.

(◕ᴗ◕)

En bas, dans la chambre, Pyotr reprit là où Cliff les avait amenés. Mais il s'arrêta pendant un instant et sortit une feuille de papier jaune de la poche de sa chemise et la tendit à Cliff.

Les yeux de Cliff s'écarquillèrent. Il n'avait pas besoin de demander ce que c'était, il le savait.

— Je sais qu'il est important que tu sois en bonne santé. Je voulais te donner ça, que nous décidions ou pas de le faire peau contre peau, dit Pyotr en jetant le papier plié dans le tiroir de la tête de lit avant de se pencher à nouveau sur Cliff pour reprendre leur baiser.

Cliff se retrouva rapidement sur le dos, sous les attentions affamées de son amant. La main de Pyotr caressait son corps et forçait son passage dans son pantalon d'uniforme pour s'enrouler autour de son sexe afin de le masturber. Même ses baisers semblaient plus forts, plus énergiques que jamais, donnant à Cliff l'impression d'être dévoré. Il se creusa la tête pour trouver en quoi cette fois était différente.

— Tu es en train de penser, grogna Pyotr entre ses lèvres tout en les mordillant.

— C'est différent maintenant, pas vrai ? Je veux dire...

Il s'interrompit, cherchant ses mots dans ses pensées confuses tandis que Pyotr redoublait d'attentions.

Les lèvres de ce dernier firent une pause contre les siennes et il attendit.

— Dis le fond de ta pensée, exigea Pyotr comme Cliff n'ajoutait rien.

— Je veux dire, ce n'est pas une « scène », pas vrai ? Enfin, j'ai l'impression que c'est plus que ça...

— C'est beaucoup plus, Cliff, acquiesça Pyotr en se penchant pour lui donner un baiser rapide. Je t'avais prévenu dès le début que j'avais un appétit féroce. J'ai cependant voulu attendre que tu fasses ton coming-out.

Se redressant sur les genoux, Pyotr descendit la fermeture éclair du pantalon de Cliff et le baissa sous ses hanches avant de retourner le jeune homme pour pouvoir le lui enlever complètement.

Puis Cliff sentit la langue de Pyotr remonter le long de sa cuisse, le mordillant en chemin pour finalement enfoncer ses dents dans une de ses fesses, ce qui le fit sursauter de surprise.

Pyotr s'arrêta et releva la tête.

— Tu veux te rétracter ?

— Quelle est la différence ? demanda Cliff en regardant par-dessus son épaule l'homme pour lequel il donnerait tout pour pouvoir rester avec.

Il regarda Pyotr descendre sur lui, sentit ses mains lui écarter les fesses et la chaude caresse humide de sa langue taquiner sa petite entrée plissée.

— Pas de restriction.

Le murmure chaud provenait de derrière lui, puis la langue de son amant l'attaqua de nouveau. Cliff enfonça son visage dans l'oreiller pour piéger le gémissement qui menaçait. Bon Dieu, aussi pervers que ce soit, il adorait ça.

— Plus aucune contrainte, à part peut-être celles que je choisirai de t'imposer, murmura Pyotr tandis que sa main glissait sous le ventre de Cliff pour s'enrouler autour de son érection, la caressant tout en continuant de lécher ses fesses. J'ai passé la moitié de ma vie à cacher ma sexualité. Je refuse de continuer à le faire. À tel point que tu pourrais dire que je suis plutôt pervers quant à mon ouverture d'esprit. Je me suis abstenu de manifester mon « affection » pour toi pour ton bien.

Le pas qu'avait fait Cliff, si petit soit-il, avait également été très audacieux, et Pyotr s'était senti exceptionnel. C'était ce qu'il avait attendu depuis qu'ils avaient commencé à se fréquenter.

Il se déplaça sur le dos de Cliff, faisant reposer son poids sur lui, prenant maintenant le temps de frotter son érection le long de la raie de ses fesses, le taquinant avec de longues poussées pendant que sa main travaillait encore sur le sexe de son jeune amant.

— Je ne le ferai plus dorénavant, ajouta-t-il.

Cliff se poussa contre lui, soulevant ses fesses en une invitation silencieuse. Pyotr avait l'habitude de le rendre fou avec les préliminaires, mais pas cette fois. Il semblait que ce soir, il avait opté pour une approche plus directe qui impliquait un martèlement débridé et sans attendre. Et Pyotr savait que Cliff n'allait pas se plaindre de cette nouvelle avancée, préliminaires ou pas ; son jeune amant était toujours désireux de l'avoir en lui. Le sexe du jeune homme était déjà prêt à exploser, il y avait de fortes chances qu'il jouisse à la seconde où Pyotr se glisserait en lui.

Pyotr mordilla son épaule puis se releva sur les genoux, entraînant Cliff avec lui. Il fit glisser ses larges paumes sur les bras du jeune homme, lui prit les mains et les guida pour les poser sur la tête de lit. Il appuya son corps sur celui penché de Cliff, son membre pulsant contre ses fesses. Il se pressa un peu plus contre lui et leurs corps semblèrent se fondre l'un dans l'autre, lui donnant le vertige. Il caressa partout son jeune amant, son torse, ses hanches, ses côtes, ses épaules... devenant de plus en plus affamé.

— Attrape un préservatif. Je ne vais pas tenir beaucoup plus longtemps, grogna-t-il dans l'oreille de Cliff.

༼ຈຈ༽

Cliff se poussa contre lui afin que leurs corps restent parfaitement soudés. Il pencha la tête en arrière juste assez pour offrir sa bouche, sachant que Pyotr ne lui refuserait pas un baiser.

— Je ne veux rien entre nous, murmura-t-il.

Pyotr se figea.

— Tu es sûr ?

Cliff était absolument certain, parce qu'il savait qu'il n'en avait pas besoin s'il n'y avait qu'eux deux. Et Pyotr avait pris cet engagement dès le début.

— Oui, *Glavar*.

Le mot s'incrusta dans sa tête. Son *Glavar*.

Cliff lui tendit uniquement le lubrifiant. Son *Glavar* s'éloigna un peu de lui et il sentit le chatouillement de l'huile qui glissait dans sa raie, suivi par le bout d'un doigt qui titilla son orifice avant d'être remplacé par le bout du sexe de Pyotr qui glissa lentement contre son entrée, étalant le lubrifiant. Cliff se mordit la lèvre et se repoussa en arrière. Pyotr appuya son poids sur un bras tandis que l'autre guidait son membre à l'intérieur du canal étroit du corps de Cliff qui était à lui pour faire ce que bon lui semblait.

Les hanches de Pyotr se balancèrent, de douces poussées contre l'anneau serré de muscles. Sa main se décala sur le bas du dos de Cliff, le stabilisant pour l'empêcher de bouger alors qu'il regardait le gland rouge de son sexe glisser dedans et dehors.

C'était tout Pyotr ; il adorait regarder et absorber chaque détail de leur plaisir. Quelle que soit l'énergie tantrique que ce dernier en retirait, le corps de Cliff brûlait d'en avoir plus, et il s'empala sur l'érection de son amant jusqu'à la garde. Sa tête partit en arrière et un soupir s'échappa de ses lèvres tandis que Pyotr se mettait à le pilonner avec de longues poussées pour faire durer ces soupirs.

Le corps entier de Cliff tintait avec des vagues d'euphorie brûlante et il se balança en rythme, contrecarrant chacune des poussées de Pyotr jusqu'à ce que finalement il sente chaque centimètre du membre de son amant le remplir au plus profond de son être.

Les doigts de Cliff s'enroulèrent sur la tête de lit, s'accrochant désespérément parce qu'il avait l'impression que son corps était lancé du bord d'une falaise, flottant avant de tomber d'un coup. Chaque moment passé avec Pyotr était comme une nouvelle expérience. Un nouveau tremblement ou une nouvelle vague brûlante qui s'étendait sur son corps et son cœur. Il n'était plus question de tomber amoureux de cet homme. Il avait déjà dépassé ce stade et avait fait son coming-out pour être complètement à lui. Il n'avait jamais connu un tel bonheur, et pas seulement quand ils étaient au lit, mais partout ailleurs. Pyotr était toujours à l'écoute et quand Kimmi était avec lui, son attention et son respect étaient divisés de manière égale. Mais la meilleure partie était encore dans les moments comme celui-ci, quand Pyotr lui faisait l'amour, trouvant tous les points sensibles qui avaient besoin d'être touchés, enflammés, jusqu'à ce que Cliff ne puisse plus supporter cette divine torture.

Pyotr se plia sur lui, ses bras enveloppant le torse de Cliff, le tenant et le caressant tandis que son membre s'enfonçait en lui. Ses mouvements réguliers avaient un effet presque hypnotique, les entraînant tous les deux dans son rythme sensuel. Leurs corps emperlés de sueur ne faisaient qu'ajouter à leur parfaite connexion. La respiration de Pyotr était profonde et saccadée ; exactement le genre de chose que Cliff aimait entendre. Rien n'était plus sexy que ce son. À cela s'ajoutaient des petits baisers et des coups de langue sur le cou et les épaules de Cliff, alors qu'une chair dure frottait les murs de son canal hyper sensible. Cliff gravissait une pente régulière vers l'euphorie et il espérait ne jamais en redescendre.

Pyotr attrapa le menton de Cliff et le tira vers lui avant d'écraser ses lèvres sur les siennes. Leur baiser fut un mélange d'extase, de faim, de nostalgie et d'un engagement profond. Pyotr emplit ses poumons d'air et laissa échapper un grognement rauque tandis qu'il s'enfonçait plus loin et que Cliff se poussait contre lui, lui rendant tout le plaisir que son amant lui offrait. Cliff adopta le rythme lent et régulier que Pyotr avait initié, savourant la sensation d'être complètement rempli chaque fois que son *Glavar* enfouissait son membre épais en lui. Pyotr le poussa en peu en avant d'une main ferme sur son dos, changeant l'angle de pénétration, et Cliff sentit immédiatement le gland engorgé glisser sur sa prostate. Des décharges d'énergie le traversèrent comme une explosion cosmique ondulant dans tout son corps, et il se mit à pousser des gémissements.

Pyotr tendit le bras, enroulant ses doigts autour de la base du sexe de Cliff, le pinçant fermement tandis qu'il continuait à le chevaucher.

— Je veux te sentir jouir autour de moi, *dragi*.

L'ordre était brûlant et haletant. Cliff pouvait déjà sentir sa libération arriver, sa verge se désespérant d'être caressée – rien qu'une fois et il exploserait –, mais Pyotr ne fit rien de tel. Au lieu de ça, il maintint son emprise tout en continuant à frotter son membre contre la prostate de son jeune amant. Le sexe de Cliff pulsait dans la main de Pyotr, envoyant un signal de détresse pour obtenir sa délivrance. Sa gorge se serra autour des gémissements qui luttaient pour être exprimés. Il pouvait à peine respirer. Ses doigts s'accrochaient à la tête de lit jusqu'à en être blancs, sa gorge et ses poumons le brûlaient par manque d'oxygène alors qu'il haletait et gémissait encore plus.

— Oh mon Dieu !

Cliff ferma les yeux et il se sentit basculer. Seuls la chaleur des bras de Pyotr et le sexe qui le remplissait si bien existaient. Le membre de son *Glavar* imprima une forte poussée jusqu'au plus profond de son être, envoyant Cliff par-dessus bord.

Une pluie d'étoiles éclata derrière ses paupières closes et déchira son corps comme une supernova. Ses testicules se contractèrent et il cria en jouissant. La main de Pyotr continua à le serrer fermement, ajoutant à son orgasme. Le corps entier de Cliff frissonna violemment et il cria encore une fois alors que Pyotr se poussait en lui, profondément, brutalement, atteignant les tréfonds de son corps.

Cliff entendait la respiration lourde de Pyotr qui grognait sous chaque poussée.

— C'est ça, *dragi*, crie pour moi. Je veux t'entendre gémir pour ma queue.

Son grognement se transforma en grondement brut, puis Cliff perçut une sensation de pulsation dans son orifice, s'ajoutant à sa propre délivrance qui essayait toujours de se frayer un chemin malgré la main qui la gardait sous son contrôle. Il sentit ensuite un liquide chaud envahir son canal ; une sensation qu'il n'aurait pas pu décrire même si sa vie en avait dépendu, mais c'était absolument incroyable. Son corps baignait dans la semence de son amant. Et à ce moment-là, la main de Pyotr le relâcha. Instantanément, de longs jets blancs de sperme jaillirent du sexe de Cliff, se déversant sur son oreiller et la tête de lit. Les deux hommes arboraient une expression de ravissement intense. Cliff resserra ses muscles anaux autour du membre encore palpitant et fut récompensé par un gémissement de la part de Pyotr qui se pencha pour lui prodiguer un coup de langue affamé sur le dos. Pyotr prit à nouveau la bouche du jeune homme pour un autre baiser sauvage et profond pendant qu'ils surfaient sur les derniers frissons de leurs libérations. Le psychiatre donnait l'impression de n'être toujours pas rassasié, mais Cliff pouvait entendre la respiration de son amant; Pyotr était satisfait. Le baiser était le dernier mets du plat de résistance, suivi par de petits amuse-gueules sur sa lèvre inférieure. Puis Pyotr enfouit son nez contre sa mâchoire, son cou et ses épaules, comme un animal sauvage qui le marquerait de sa sueur et de son odeur masculine en se frottant contre lui. C'était tout aussi érotique que les préliminaires.

Pyotr resta enroulé autour de lui pendant un long moment tandis qu'ils reprenaient tous les deux leur souffle. Puis il se dégagea doucement et guida Cliff pour qu'il s'allonge à plat dos sur le lit afin de lécher son sexe ramolli.

Cliff se contorsionna immédiatement, incapable de rester immobile alors que la langue malicieuse de son amant torturait sa chair sensible. Mais la main de Pyotr le maintenait à plat sur le lit tout en continuant à le dévorer malgré ses mouvements frénétiques, puis une traînée de baisers remonta jusqu'à son abdomen, le long de sa poitrine, pour finalement ralentir quand Pyotr eut atteint sa destination finale. Des yeux bleu profond comme la nuit le fixaient, illuminés par un bonheur de pure satisfaction.

— Dis-moi que tu m'aimes, dit Pyotr en poussant du nez son menton avant de le lécher malicieusement.

Cliff se figea, mais corrigea rapidement son hésitation et enroula ses bras autour du cou de son amant. Il l'aimait, mais il avait eu peur de lui dire. Parce qu'il avait eu peur que le lui dire le fasse partir en courant.

— Pourquoi ? chuchota-t-il.

— Parce que j'ai quelque chose à te demander, mais j'ai besoin d'entendre ce que je sais que tu ressens avant de le faire.

— Vous ne me quitterez pas, pas vrai ? demanda Cliff, soudain inquiet de la réaction que sa réponse allait obtenir tout en sachant qu'il ne serait pas capable de mentir à ce sujet.

Pyotr lui attrapa fermement la mâchoire et planta son regard dans le sien.

— Tu aurais beaucoup de mal à me convaincre de te laisser partir.

— Je ne veux pas que vous me laissiez partir, dit Cliff en resserrant ses bras et se soulevant pour embrasser son amant.

Ce dernier abrégea le baiser et se releva un peu.

— Alors, dis-le-moi.

— Je vous aime. Et ce depuis un certain temps, déjà, répondit doucement Cliff parce que cette partie de lui était très vulnérable et qu'il venait de l'exposer.

Pyotr roula sur le dos, entraînant Cliff avec lui, puis il laissa la tête de son jeune amant reposer sur sa poitrine dans l'attente de ce qu'il allait lui demander.

— Je veux que tu t'installes avec moi, finit-il par dire en se penchant pour embrasser la tête de son amant qui se releva brusquement.

— Quoi ?

Les yeux de Cliff étaient écarquillés, il ouvrait et refermait la bouche comme une carpe. Pyotr ne put s'empêcher de rire. Il passa ses doigts dans les cheveux ébouriffés du jeune homme, mais ce dernier les repoussa.

— Arrêtez. Que venez-vous de dire ?

Pyotr se contenta de sourire.

— Je veux que tu t'installes avec moi.

Cliff referma la bouche, le regarda – le visage dépourvu de toute expression – et Pyotr attendit que les rouages de son cerveau recommencent à fonctionner, amusé par le black-out dans la tête de son amant.

— Mais, qu'en est-il de Kimmi ? finit par dire Cliff. Il est hors de question que je la laisse toute seule ici.

— Bien sûr que non. Elle vient aussi.

— Je...

Cliff déglutit avec difficulté. Seigneur, ça semblait trop beau pour être vrai. Il adorait la maison de Pyotr. Encore plus maintenant qu'il serait avec lui tout le temps sans avoir à s'inquiéter au sujet de Kimmi puisqu'elle serait là elle aussi.

— Je ne sais pas. Je veux dire, je ne sais même pas comment aborder le sujet avec elle.

— Moi, je sais. Donc, je vous ai invité tous les deux pour passer le weekend avec moi. Puis, dimanche soir, tu pourras décider avec elle si vous voulez rester.

Cliff jeta un coup d'œil à sa chambre. Ce n'était pas grand-chose, mais c'était à eux.

— Et qu'en est-il de cette maison ?

— Garde-la si tu veux.

Il ne viendrait pas à l'idée de Pyotr de lui suggérer de s'en débarrasser. Bien qu'il aimerait que Cliff reste avec lui pour toujours, il était réaliste.

— Tu peux la louer pour générer un revenu supplémentaire pour toi et Kimmi. Comme ça, si tu changes d'avis, tu auras un endroit où revenir. Bien que j'espère qu'une fois que tu auras emménagé avec moi, tu ne partiras jamais, mais il viendra un moment, Cliff, où tu ne verras plus qu'un vieil homme...

— Stop. Je vous l'ai dit, je ne m'inquiète pas à ce sujet, le railla Cliff.

— Oui, maintenant, pourtant cela risque de te déranger un jour.

Pyotr plaça ses doigts sur les lèvres de son jeune amant pour l'empêcher de protester.

— J'essaie seulement de dire que quel que soit le temps que j'aurais avec toi, je veux qu'on soit complètement ensemble. Je te veux dans ma vie et dans ma maison, parce que je suis vraiment amoureux de toi, *dragi*.

Oh Seigneur. Comment pourrait-il refuser quoi que ce soit à cet homme ? Cliff n'avait pas simplement entendu les mots, il les avait également vus dans les yeux de Pyotr. Il l'embrassa, un baiser doux et tendre, une étreinte paresseuse de leurs lèvres tandis qu'ils se laissaient lentement aller.

Cliff se retourna sur le dos, son cou coincé sous l'aisselle de Pyotr, son bras retombant lourdement sur sa poitrine. Il regarda le plafond, juste pour rêver du jour où il vivrait avec Pyotr. Et pour la première fois depuis longtemps, il avait encore trop d'énergie qui lui traversait le corps – en dépit de la séance de sexe qu'il venait de vivre – pour commencer à somnoler avant qu'ils recommencent. Il repensa à ce qui s'était passé plus tôt aujourd'hui et à ce que Sasha lui avait dit. À propos du fait que Pyotr avait été plus un père pour ses frères et sœurs que leur véritable géniteur l'avait été. C'était bizarre qu'il n'ait pas fait le rapprochement plus tôt. Mais Sasha ne ressemblait pas beaucoup à Pyotr. Pas comme leur frère Pavle qui non seulement vivait avec Pyotr, mais travaillait également au Queens General où la plupart des interventions en ambulance de Cliff atterrissaient et il le voyait donc souvent aux urgences. Avec lui, il pouvait voir la généalogie. Pavle ressemblait énormément à Pyotr, mais avec des cheveux plus clairs, sable ou noisette. Il sourit intérieurement à la façon dont Kimmi l'avait influencé au sujet du nom des couleurs qui lui venait tout le temps à l'esprit.

Cliff roula sur lui-même, se sentant trop agité pour rester allongé sur le dos plus longtemps, et il observa le regard endormi de son amant, dont les yeux lui sourirent en retour.

— Votre accent est plus fort que celui de Sasha.

— Parce que j'ai vraiment grandi dans la République de Serbie, Sasha avait à peine cinq ans quand nous sommes arrivés aux États-Unis. J'en avais vingt-cinq.

— Dites-m'en plus, s'il vous plaît.

Pyotr glissa le bras sous l'oreiller aplati pour soulever un peu sa tête et lui sourit chaleureusement.

— Je suis né à Čačak. Puis notre père a déménagé à Belgrade où il y avait plus de travail et j'y ai fréquenté l'université jusqu'au moment de notre départ...

— Vous êtes-vous déjà demandé comment aurait été votre vie si vous n'étiez pas venu aux États-Unis ?

— Oh, je suppose que j'aurais fini par me faire arrêter et exécuter publiquement.

Cliff se souleva sur un bras, son visage montrant l'effroi qu'il ressentait.

— Pourquoi dites-vous ça ?

Cliff ne pouvait pas imaginer une raison pour qu'un homme comme Pyotr soit condamné à mort.

— Parce que je suis gay et que j'avais un amant albanais. Notre gouvernement les considérait comme les *dergs* de notre nation.

— Quel était son nom ?

— Kostandin. Il avait une sœur, Ljena, un peu plus jeune que lui qui vivait juste à l'extérieur de la ville. Nous y allions le weekend afin d'être ensemble et de ne pas être confinés dans notre dortoir. Nous avions dit à tout le monde que je lui faisais la cour. Il semblait donc naturel que nous soyons tout le temps ensemble. Dans notre société, les hommes traînent avec d'autres hommes, pas avec leurs épouses.

— Est-ce que vous l'aimiez ?

Pyotr ferma les yeux un instant, juste pour se rappeler ces temps lointains.

— Oui, énormément.

— Pensez-vous que vous pourrez encore tomber amoureux comme ça ?

Pyotr tendit le bras et le passa sous Cliff pour l'attirer contre lui.

— Je crois que c'est déjà fait.

Cliff céda aux bras de Pyotr et ils s'embrassèrent comme s'il n'y avait pas de lendemain, lentement et avec espièglerie, profitant tout simplement du moment. Cliff laissa reposer sa tête sur l'épaule de son amant, enfouissant son visage sous sa mâchoire. Il sentait le sommeil finalement les envahir, mais son esprit était toujours en ébullition.

— Alors, vous avez vraiment onze frères et sœurs ?

Pyotr se mit à rire.

— Eh bien, nous sommes onze en tout. Je suis le plus vieux, puis il y a Jovan, Pavle, Darko, Artyom, Trofim, Stanislav, Rury, Sasha et ensuite nos sœurs, qui sont des jumelles, Andjela et Varvara.

Cliff comprenait maintenant pourquoi la maison de Pyotr était si grande. Il n'avait pas compris auparavant pourquoi cet homme avait besoin de onze chambres.

— Donc, c'est pour ça que vous avez une si grande maison ?

— Oui. Lorsque nous sommes arrivés à New York, j'ai parcouru un quartier après l'autre pour trouver celui dans lequel nous pourrions vivre, et je suis tombé amoureux d'Astoria. J'ai sélectionné plusieurs maisons qui convenaient à nos besoins. Et alors que les années passaient, nous avons déménagé dans des locations que nous pouvions nous payer. Au cours de cette période, je suis devenu ami avec les propriétaires des maisons que j'avais gardées sur ma liste pour que, si l'une d'entre elles était un jour à vendre, je puisse faire la première offre d'achat.

Cliff le regarda, surpris d'entendre ce plan si méthodiquement calculé.

— Vous êtes sérieux ? Vous avez vraiment fait ça ?

— J'avais un plan pour trouver une maison dans laquelle nous irions tous et il fallait qu'elle soit dans le bon quartier. Bien sûr, au moment où je l'ai eue, Jovan et Pavle étaient tous deux mariés. Et Artyom était fiancé. Mais, la maison est là si jamais ils ont besoin d'y revenir.

— Comme Pavle ?

— Oui, dit Pyotr en hochant la tête, comme Pavle.

— Ça vous dérange si je demande ?

— L'ex-femme de Pavle, Maggie, est une femme merveilleuse et ils ont deux enfants géniaux, mais Pavle est également gay et malgré le fait qu'il aimait Maggie, il ne pouvait plus continuer ce mariage.

— Mais ils sont toujours proches ?

— Absolument. Mais là encore, elle le savait dès le début. Alors ça a un peu aidé. Elle avait l'habitude d'aller à des rendez-vous et des dîners officiels avec lui pour les apparences. Ils étaient les meilleurs amis du monde et ils ont commencé à s'envoyer en l'air de temps en temps et elle a fini par tomber enceinte. Donc, il a fait ce qu'il pensait être juste. Ils avaient une bonne vie ensemble, mais en même temps ce n'était pas très juste vis-à-vis de ses besoins. Quand leurs garçons ont tous les deux grandi, ils ont décidé qu'il était temps de se libérer l'un de l'autre.

— Waouh, dit Cliff en reposant sa joue sur la poitrine de Pyotr.

Puis il se souvint brusquement de la faveur que lui avait demandée Sasha et il sauta immédiatement hors du lit. Il trouva la pile de vêtements sur le sol et fouilla pour en sortir le bandage que Sasha lui avait donné, puis rampa à nouveau sur le lit pour se réinstaller dans les bras de son amant en lui tendant le morceau de gaze.

Pyotr le prit et le tint pensivement.

— Sasha ?

— *Ah-hmm*, fredonna Cliff avec un hochement de tête contre l'épaule de Pyotr.

Ce dernier laissa un sourire s'épanouir sur ses lèvres. Ses bras se resserrèrent autour de Cliff, s'enroulant complètement autour de lui, et il embrassa sa tête. Ils se blottirent l'un contre l'autre et dérivèrent bientôt dans le sommeil. Maintenant, tout semblait parfait.

Pyotr et Cliff étaient tous les deux debout, en train de se préparer pour aller travailler, ce qui semblait prendre plus longtemps que leur routine habituelle – quand ils n'étaient pas ensemble – puisqu'ils s'arrêtaient souvent pour s'embrasser ou se taquiner gentiment.

— Alors, vais-je les rencontrer un jour ? murmura Cliff en levant les yeux sur Pyotr qui mettait la dernière main à sa toilette, y compris une touche d'eau de Cologne.

— Rencontrer qui ? demanda Pyotr en regardant Cliff prendre la bouteille d'eau de Cologne et s'en mettre sur lui-même. Mes frères et sœurs ?

— Oui.

Cliff faillit paniquer quand il s'en aspergea un peu trop. Il essuya rapidement l'excès en l'étalant sur son torse, puis une lueur coquine passa dans ses yeux et il plongea sa main dans son boxer.

Pyotr se mit à rire en le voyant faire.

— Je m'attends en effet à ce qu'ils me fassent honneur en venant te rencontrer, dit Pyotr en se retournant tandis qu'il faisait son commentaire.

Cliff trouva la formulation bizarre.

— Que voulez-vous dire par vous faire honneur ?

— Je suis le père par procuration ; j'ai mis ma vie entre parenthèses pour les élever à l'exception de Jovan et Pavle que j'ai quand même dû soutenir financièrement pendant leurs années d'université puisqu'ils ont dû recommencer tout le cycle. Alors quand je les appelle, je m'attends à ce qu'ils respectent mes souhaits.

Cliff se rapprocha, mais hésita, restant juste hors de portée.

— C'est un truc culturel, c'est ça ?

Pyotr se tourna vers lui, une expression sérieuse sur le visage.

— En partie, oui. Mais je les ai également élevés dans le respect de la famille. Nous ne nous quittons pas. Nous ne nous tournons pas le dos. Cela inclut également les « pièces rapportées » de la famille.

Il réduisit l'écart entre eux et enroula ses bras autour de Cliff.

— Toi et Kimmi êtes ma famille. Ils viendront pour me faire honneur.

Pyotr lui donna un long baiser lent avant de retourner dans la chambre pour récupérer son sac de voyage qu'il jeta sur son épaule.

— Donc, je viendrai vous chercher, toi et Kimmi, après le travail. Soyez prêt. Nous irons dîner dehors avant d'aller à la maison. J'ai un entraînement samedi et dimanche matin, mais le reste de la journée, ce sera juste nous trois. Alors s'il y a quoi que ce soit de spécial qu'elle aimerait faire, nous le ferons ; tout ce qu'elle veut.

Cliff laissa immédiatement échapper une expression incrédule.

— Oh mon Dieu ! Ne prononce jamais le mot « tout » devant elle. Depuis que Diesel nous a offert internet, sa tête a enflé avec toutes sortes d'idées.

Pyotr laissa échapper un rire, saisit la main de Cliff et le tira à l'étage. Kimmi était déjà dans la cuisine avec un bol de flocons d'avoine et son thé du matin. Il regarda Cliff puis Kimmi.

— Quoi que ce soit, Kimmi, dit-il avec un sourire ironique comme s'il dévoilait les réponses secrètes qui lui permettaient de gagner un quiz.

— Quoi ? demanda Kimmi, son regard passant de Pyotr à son frère.

— Qu'est-ce que je vous ai dit ? tenta de le gronder Cliff, sachant pertinemment qu'il ne récolterait que des railleries.

Pyotr se contenta de sourire, secouant le bras de Cliff, l'attirant contre lui avant de l'embrasser durement sur les lèvres.

— C'est moi qui régale. Tout ce qu'elle veut.

Cliff le repoussa en faisant une grimace.

— Vous allez trop la gâter. Ça se voit déjà.

Pyotr se mit à rire avant de se pencher pour déposer un baiser sur la tête de Kimmi comme il passait devant elle et sortait pour aller travailler.

Kimmi jeta un regard perplexe à son frère malgré la légère courbure de ses lèvres et la lueur qui brillait dans ses yeux. Une lueur heureuse qu'il n'avait pratiquement plus vue au fil des ans.

— C'était quoi, ça ?

— Rien, marmonna Cliff en sortant un bol pour son petit déjeuner. Que fais-tu aujourd'hui ?

— Je vais à la bibliothèque avec le groupe.

— Ils viennent te chercher ou prends-tu le bus ?

— Ils passent me prendre.

— D'accord, mais ne reste pas dehors toute la journée. Nous allons passer le weekend chez Pyotr. Alors il faut qu'on prépare nos affaires.

Les yeux de Kimmi s'illuminèrent. Comme s'il y avait encore de la place pour plus d'étincelles dans son regard. Il secoua la tête. Il savait déjà qu'il devrait commencer à trouver des cartons. Et franchement, il était d'accord avec ça.

CHAPITRE CINQ

Le weekend précédent, ils avaient eu leur petite sortie *en famille* qui avait consisté en un concert dans Central Park et faire les boutiques. Beaucoup de boutiques. Ce weekend, Pyotr avait un dîner prévu avec quelques collègues de travail. Aussi, plutôt que de rester à la maison à se ronger les sangs, Cliff avait décidé d'aller au *Club Pain* pour la soirée. Il n'y était plus allé depuis un moment et les gens lui manquaient.

Il avait pu joindre son amie Gina avant qu'elle sorte et elle avait accepté de faire un détour pour passer le prendre. Une fois que ce fut fait, Cliff se sentit bizarre.

Les doigts de Gina tapotaient la bande nue de sa cuisse en conduisant d'une seule main. C'était un de ses talents. Elle avait l'art d'attirer le regard d'un homme où elle voulait avec un simple mouvement de ses doigts. Cliff n'était pas différent des autres hommes. Il capta le mouvement et regarda, mais détourna rapidement les yeux, sentant une légère rougeur se propager sur son visage. Pas n'importe quelle rougeur : il était en colère devant sa propre réaction.

— Tu sais, je suis vraiment contente que tu aies appelé, commença Gina pour engager la conversation. Je suis d'humeur à être une vilaine petite esclave. Alors après que j'ai reçu mon châtiment au club, que dirais-tu de revenir chez toi et je serais vilaine rien que pour toi.

Elle vibrait presque d'excitation. Elle ne se demandait même pas s'il était partant.

Cliff déglutit péniblement et regarda par la fenêtre. Il sentit un éclair de regret lui tordre le ventre. Il était même agacé qu'elle suppose qu'il serait partant. Mais bon, il fallait dire qu'il ne s'était jamais vraiment fait prier les quelques fois où ils s'étaient retrouvés ensemble. Il avait toujours été prêt pour tout ce qui leur passait par la tête. Seulement maintenant, les choses étaient différentes et il avait Pyotr.

Pyotr – son visage surgit dans sa tête. Serait-il en colère s'il apprenait qu'il était allé au club sans lui en parler ? Ce n'était pas comme s'il l'avait fait exprès ; Pyotr était déjà sorti pour la soirée quand Cliff avait eu cette idée. Et ce n'était pas non plus comme s'il essayait de le faire dans le dos de son amant, c'était juste une sortie spontanée. Oui, d'accord, il aurait pu l'appeler ou lui envoyer un message, mais cela aurait été grossier ; Pyotr était avec ses amis.

Cliff se passa les doigts dans les cheveux, tirant sur les mèches jusqu'à ce qu'elles soient bien droites sur son crâne, puis laissa retomber ses mains sur ses genoux. Il sentait chaque nerf de son corps qui commençait à danser la gigue. Il était en train de tout foirer. Il n'était pas au bon endroit. Et pour la première fois depuis aussi longtemps qu'il pouvait s'en souvenir, il commença à se tortiller inconfortablement.

Gina ne s'en rendit même pas compte alors qu'elle s'engageait sur la passerelle qui menait sur Delancey Street, en direction du *Club Pain*. Ce qui prouvait à quel point elle était intuitive ! Ou alors, elle s'en foutait. Pyotr se serait déjà arrêté sur le bas-côté et ils seraient restés assis là jusqu'à ce qu'il soit prêt à parler de ce qui le tracassait.

Pyotr. Cliff savait qu'il n'était pas où il était censé être. Il était censé être avec Pyotr, et bien qu'il voulût aller au Club, il voulait le faire avec son amant. Il commençait à paniquer maintenant. S'il restait avec Gina, ce serait le tromper. Il n'avait rien fait, mais elle attendait déjà quelque chose de lui, et s'il ne partait pas tout de suite, le caractère discutable de sa sortie ne ferait que se préciser.

Ses yeux se posèrent sur la jeune femme tandis qu'elle garait la voiture sur une place de parking du club. Elle sortit de la voiture sans hésitation et se dirigea vers l'escalier. Cliff savait qu'il ne représentait rien pour elle. Il était juste un coup, non pas que cela lui importe ; il n'avait voulu qu'un moyen de locomotion. Cependant, l'inconfort était suffisant pour lui rappeler de manière brutale qu'il était au mauvais endroit et qu'il lui en coûterait le seul homme qui avait de l'importance.

Cliff sortit. Pourtant, quand ses pieds touchèrent le trottoir, il s'arrêta, et regarda Gina disparaître à travers les portes du club. Il se tint là, à les regarder d'un air absent. Il aimait cet endroit. Il aimait les gens et ce qu'il offrait, même s'il n'avait jamais vraiment fait l'expérience de ses offres, mais maintenant, il voulait Pyotr plus que ce qui était derrière ces portes. Un vent piquant balaya la rue et souffla sur ses joues, provoquant un frisson à travers son long manteau qui était plus décoratif que chaud. Il n'était pas censé faire moins de quinze degrés ce soir, mais en ville, on avait toujours l'impression qu'il faisait plus froid. Il saisit les pans de son manteau et les resserra, appréciant la longueur du vêtement. Il allait devoir faire un long trajet à pied dans le froid, mais c'était une punition qu'il méritait. Cliff fit demi-tour et se mit à marcher.

Pyotr était heureux d'être enfin débarrassé de ses invités. Le repas avait été bon. Mais après ça, il avait été traîné par ses compagnons au *Pink Flesh*[3], un club local de striptease. Il avait eu la chance de connaître le propriétaire, Dane Masters, et avait été capable de stimuler un peu l'égo du type pour qu'il le laisse tranquille.

Quoi qu'il en soit, ce déballage de chair féminine ne nourrissait pas son appétit personnel. Plutôt que de regarder les filles qui dansaient autour d'eux, arrachant des couches de vêtements déjà maigres, et les dollars qui se frayaient un chemin dans leurs jarretières, Pyotr avait observé les hommes qui les regardaient, voyant, pour la première fois, au-delà de l'observation superficielle.

C'était fascinant, vraiment. Prenez un groupe d'hommes et placez-les à proximité d'une jolie fille nue, et toute civilité disparaissait. La façon dont ils se comportaient allait au-delà d'une perte totale de bonnes manières. Ils étaient pires qu'un vestiaire plein d'homosexuels nus quand ils n'avaient plus aucune limite.

Les filles érigeaient un mur mental de défense pour pouvoir tolérer de tels comportements. Toute la carrière de Pyotr était construite sur son habileté à le percer ; et maintenant, il le regardait se former. Il jeta un coup d'œil autour de lui, observant le comportement des hommes alors qu'ils étaient seuls et leur attitude envers le sujet de leur excitation. La luxure brûlait dans leurs yeux. Plutôt qu'un jeu de grossièreté bruyante, l'esprit de l'homme était souvent consumé par la façon dont ils pourraient séduire une femme pour l'amener

---

[3] Chair rosie

chez eux, que ce soit avec des mots, un effleurement de doigts sur ses cuisses, ou tout simplement en lui proposant plus d'argent.

Fascinant, et pourtant répugnant.

Après deux heures et demie et quatre tournées de boissons, Pyotr put enfin se retirer sous prétexte qu'il avait un entraînement à huit heures précises le lendemain matin, et il prit congé.

Il venait juste de tourner sur Houston Street pour prendre la Seconde Avenue, lorsqu'il repéra une silhouette familière qui marchait de l'autre côté de la rue. Seulement il n'était pas seul.

Pyotr ne perdit pas de temps et fit demi-tour pour s'arrêter à quelques pas des cinq hommes qui entouraient Cliff qui faisait tout son possible pour ne pas se retrouver acculé contre le mur de briques d'un bâtiment proche. Il jaillit de la voiture et s'approcha de l'attroupement.

— Il y a un problème, les gars ?

— Tire-toi, vieillard. C'est pas tes affaires.

— Oh, mais c'est là où vous vous trompez. Ce sont mes affaires. Partez avant que je vous donne une leçon, dit Pyotr qui bien que gardant son calme répondit assez férocement, comme un homme qu'il ne fallait pas contrarier.

Mais les voyous à qui il s'adressait n'allaient pas abandonner si facilement.

— Tu vas me donner une leçon ? Je vais te montrer, moi, rétorqua le plus audacieux des types en commençant à remonter la manche de son manteau.

Mais il ne put aller plus loin.

Le poing de Pyotr se leva et s'abattit tel un marteau sur le visage du jeune homme, et en l'espace d'une seconde, ce dernier se retrouva à terre, KO.

— C'est quoi ce bordel ? jura un des autres types tout en restant prudemment en arrière, malgré le fait que son acolyte soit à terre.

— Discuter de combat est une perte de temps. Alors, allons-y. Qui est prêt ? demanda Pyotr en levant les bras pour se préparer à frapper le prochain candidat.

Le gars avec une coupe au carré, n'ayant pas l'air d'être à sa place dans ce groupe, le prit au mot et se précipita sur lui. Pyotr fit un pas sur la droite, laissant son bras gauche tomber juste derrière le type. Il l'attrapa par le dos de son manteau et le tira en arrière, le tournant pour qu'ils se retrouvent face à face avant de lui envoyer son poing dans la figure.

Il y eut un craquement et le visage du type se retrouva éclaboussé du sang qui jaillit de son nez. Il trébucha en arrière sur ses amis, essuya le sang d'un revers de sa manche et sembla réfléchir. C'était apparemment plus qu'il ne pouvait en supporter, et il recula pour se mettre derrière son gang. Il échangea un regard avec ses acolytes, puis ils ramassèrent leur copain qui gisait sur le trottoir et déguerpirent.

Cliff le regarda, bouche bée. Il avait pu récolter quelques histoires auprès de Sasha qui lui avait raconté comment Pyotr avait remis dans le droit chemin certains voyous du quartier. Mais ces histoires n'étaient rien comparées à ce qu'il venait de voir.

Pyotr était l'archétype du héros, complété par le corps qui allait avec. Le genre de ceux à qui vous rêviez secrètement en étant enfant. Et soudain, Pyotr se retourna et le regarda avec un feu brûlant dans les yeux avant de se diriger vers le jeune homme, lentement et prudemment, comme s'il luttait pour garder son contrôle. Il attrapa son jeune amant par l'épaule et le dirigea fermement vers la voiture.

Ils quittèrent la rue sans un mot. À quelques pâtés de maisons de là, Pyotr se gara dans le parking d'une petite supérette.

— Attends-moi ici. Je reviens tout de suite.

Et il se précipita dans le magasin.

Cliff ne pipa mot. Bon sang, il ne savait même pas quoi dire. Il avait peur que Pyotr soit en colère contre lui, pour dire la vérité. Ou pire, qu'il soit déçu que son jeune amant ne soit qu'un avorton qui ait besoin d'être secouru. Il se passa une main nerveuse dans les cheveux. Comment avait-il pu être aussi stupide ? La première fois qu'il avait agi sans réfléchir allait peut-être lui coûter tout ce dont il avait toujours voulu dans sa vie.

La porte s'ouvrit et Pyotr se laissa tomber sur son siège, les yeux fixés sur Cliff avec une chaleur intense. Mais c'était la tension dans la mâchoire de son amant qui fit s'interroger le jeune homme sur son état émotionnel. Pyotr démarra la voiture et ils se remirent en route. Mais ils se dirigeaient tout droit vers le hangar à bateaux – pas vers son domicile.

— Va sur le siège arrière et déshabille-toi. Je veux que tu sois complètement nu quand nous arriverons au hangar à bateaux.

Cliff le regarda en état de choc.

— Fais-le, maintenant !

Ne voulant pas qu'il soit plus en colère qu'il ne l'était déjà, Cliff déboutonna rapidement son manteau et s'en débarrassa. Il se retourna sur son siège pour se glisser à l'arrière et faire ce qu'on lui avait demandé. Il jeta un coup d'œil vers l'homme qui le regardait dans le rétroviseur alors que son cœur se mettait à battre la chamade et que son corps tremblait, secoué par des vagues de nervosité. Il ne pouvait pas s'empêcher d'être excité par les yeux assombris qui le fixaient

– l'observaient intensément, rompant à peine le contact pour regarder la route. Putain, c'était électrisant.

(•ω•)

Pyotr entra dans le parking du hangar à bateaux et se gara sous un lampadaire. Il aurait préféré le coin sombre. Mais il connaissait les flics du quartier et ils le connaissaient. Tant que sa voiture n'était pas garée dans un coin inhabituel, ils ne viendraient pas le déranger. Il se retourna vers le jeune homme complètement nu comme il le lui avait demandé, et qui attendait. Pyotr prit une profonde respiration, sentant chaque parcelle de ses émotions flamber en lui. Ouvrant le sac de la supérette, il en sortit le tube de lubrifiant puis descendit de la voiture et s'installa sur le siège arrière en à peine une seconde. Presque en même temps, il ouvrit son pantalon et le fit glisser sur ses hanches.

— Viens ici, grogna-t-il.

Cliff avait à peine bougé pour lui obéir que les bras de Pyotr s'enroulaient déjà autour de sa taille et le tiraient sur ses jambes, positionnant les genoux de son jeune amant sur ses cuisses avant de se pencher pour ravir sa bouche en y enfonçant profondément sa langue.

Avoir vu Cliff se faire coincer par une bande de voyous avait été plus que Pyotr ne pouvait en supporter. Si quelque chose était arrivé à son *dragi*, il aurait probablement battu les cinq types pour en faire de la chair à pâté. Heureusement, il avait suffi d'un KO et d'un nez légèrement cassé pour faire passer son message. Mais maintenant, le corps de Pyotr réclamait son prix. Un instinct primaire exigeait qu'après s'être battu pour son compagnon, il le revendique, et c'était exactement ce qu'il comptait faire.

Il enroula ses doigts dans les cheveux de Cliff, le tenant en une prise ferme tandis que leur baiser continuait – s'approfondissait – léchant l'intérieur de la bouche de son amant. Ses hanches se tendirent, glissant son sexe sous les bourses du jeune homme. *Il était à lui.*

Il relâcha brusquement Cliff, lui donnant un bref instant pour reprendre son souffle. Mais son assaut ne se termina pas là. Pyotr tira sur les hanches de son prix et avala immédiatement le membre encore partiellement mou du jeune homme dans sa bouche. Il le lécha, resserrant ses lèvres autour de la hampe, et gémit lorsque la chair durcit contre sa langue comme son désir l'exigeait. Il libéra le sexe de son amant et le regarda rebondir involontairement pour revenir dans sa position initiale.

— Oui… c'est ça, fais-le danser pour moi, grogna-t-il avant de l'enfoncer à nouveau dans sa bouche.

Sans même regarder, la main de Pyotr lâcha la hanche de Cliff et attrapa le tube de lubrifiant, fit sauter le capuchon avec son pouce, et en versa une large quantité sur ses doigts. Il jeta de côté le tube et étala rapidement le gel sur le sphincter de son jeune amant, puis sans hésitation, il glissa deux doigts dans l'orifice étroit.

La tête de Cliff se renversa, se bloquant dans un angle inconfortable contre le toit de la voiture, mais il n'allait pas se plaindre à ce sujet.

— Ah, putain, haleta-t-il alors que les doigts de Pyotr se glissaient et se tordaient en lui. Putain.

Ses muscles internes se resserrèrent sur son amant et il commença à se balancer dans la bouche chaude qui avalait son sexe en même temps, adoptant le même rythme que les doigts qui s'enfonçaient en lui, plus vite, plus fort.

Merde, il pouvait déjà sentir la pression s'accroître. Il allait bientôt jouir si Pyotr continuait comme ça, et tout d'un coup, son amant s'arrêta comme s'il avait entendu ses pensées.

— Non ! Putain, ne vous arrêtez pas, cria-t-il, prêt à supplier pour obtenir ce qu'il voulait.

— Chut... je sais ce dont tu as besoin. Et pour l'instant, tu as besoin que je te baise.

Pyotr positionna rapidement les jambes de Cliff, lui pliant les genoux de sorte qu'il se retrouve accroupi sur lui, les pieds à plat sur le siège. Il tira les bras du jeune homme pour les passer autour de son cou afin qu'il s'y accroche, puis guida les fesses de Cliff jusqu'à ce que le membre épais, d'où s'échappait déjà du liquide séminal, se presse contre son orifice, se poussant lentement avant de s'y enfoncer. La double sensation d'être étiré et rempli était quelque chose que Cliff n'avait encore jamais ressenti avec qui que ce soit d'autre. Il adorait ça. Il aimait se faire empaler par cet homme et ne pouvait s'imaginer qu'il y en ait un autre dans le monde entier qui puisse le faire se sentir comme ça. Il n'avait aucune envie de le chercher de toute façon.

Pyotr empauma ses fesses, l'abaissant sur la chair dure, étirant son orifice afin que le corps de Cliff avale chaque centimètre exquis.

— C'est ça, *dragi*. Prends-moi en toi... comme ça, siffla Pyotr en regardant son sexe disparaître à l'intérieur du corps de son jeune amant.

Les fesses de Cliff s'installèrent sur les cuisses de Pyotr. Chaque centimètre de son sexe s'enfonçait au plus profond de son jeune amant et c'était euphorisant. Les bras de Pyotr s'enroulèrent autour de Cliff, le stabilisant, tandis que ses hanches se soulevaient pour donner cette dernière petite poussée supplémentaire. Et la revendication commença, ses bras se resserrant juste sous les aisselles du jeune homme, le soulevant avant de le laisser retomber violemment plusieurs fois. Puis Pyotr remplaça ses bras par ses mains et la chevauchée s'accéléra encore.

Cliff s'accorda au rythme, rebondissant et retombant sur le membre de Pyotr. Bon sang, il n'arrivait pas à croire à quel point le sexe de son amant s'enfonçait profondément dans son corps, caressant ses parois internes, lui envoyant des vagues de plaisir frénétique qui tourmentaient son équilibre mental.

Pyotr le percuta de plus en plus vite ; il n'était plus seulement un homme, mais une bête – brutale et motivée. Il grognait à chaque coup de boutoir, la respiration haletante. Seigneur, c'était sexy.

— C'est ça, *dragi*, montre-moi que ton corps m'appartient.

Les yeux de Pyotr étaient verrouillés sur la verge de Cliff, dure et rouge, alors qu'elle se balançait entre eux.

Le jeune homme était si dur que ça lui faisait mal, alors il reporta son poids sur un seul bras, libérant une main pour l'enrouler autour de son membre pour se masturber frénétiquement, mais Pyotr éloigna sa main d'une claque.

Ce dernier le pilonna pendant ce qui sembla être des heures, passant de coups brutaux à d'autres, atrocement lents. Ils changeaient de position, recommençaient, avant de changer à nouveau; des changements qui n'étaient pas toujours propices pour être pratiqués à l'arrière d'une voiture.

Cliff avait déjà joui deux fois ; la première éjaculation recouvrait encore leurs ventres en une masse gluante. La deuxième, Pyotr l'avait engloutie. Et comme si son esprit n'était pas déjà pris dans un tourbillon et la voiture riche du parfum de leur plaisir, Pyotr avait de nouveau amené le jeune homme sur le chemin de son troisième orgasme.

Les fenêtres étaient complètement embuées et les sièges en cuir étaient glissants de la sueur de leur corps. Ils étaient tous les deux haletants et gémissants, mais la faim insatiable de Pyotr ne montrait aucun signe de relâchement. Cliff avait l'impression de se fondre dans son amant, complètement satisfait de s'abandonner à sa passion, ne voulant pas en être libéré ; totalement accro à cet homme. Son *Glavar*.

Le sexe de Pyotr s'enfonça en une dernière poussée désespérée pour atteindre les endroits les plus reculés de Cliff. Son corps se contracta dans une sculpture de muscles tendus, puis le jeune homme sentit des fluides chauds remplir son canal. Cette chaleur brûlante fut tout ce dont il eut besoin pour éjaculer de nouveau, et bientôt son propre orgasme et ses cris se joignirent aux grognements de son amant. Cliff se cabra contre Pyotr, maintenu uniquement par les bras musclés qui l'entouraient. Puis ils retombèrent tous les deux sur la banquette avec le visage de Pyotr écrasé contre l'arrière de la tête de Cliff, l'embrassant dans un effort épuisé.

Beaucoup trop tôt, son amant dominant se retira et roula sur le côté avant de le prendre dans ses bras et l'embrasser, alors que le jeune homme n'avait même pas la force de lui rendre son baiser. Cliff n'était pas sûr d'avoir essayé. Il entendit le rire fatigué de Pyotr lui faisant comprendre qu'il ne l'avait en effet pas fait et il se rendit compte qu'il était trop fatigué pour rougir. Il lui était même difficile de respirer normalement.

La main de Pyotr glissa jusqu'à sa poitrine, s'amusant à mélanger la sueur et le sperme.

— Je m'excuse si j'ai été trop agressif. En voyant ces voyous qui voulaient te faire du mal...

La confession de Pyotr s'interrompit un moment.

— ... Je t'avais prévenu que j'étais un amant insatiable et possessif. Je n'ai pas pu m'empêcher de renouveler ma revendication.

Cliff lutta pour garder les yeux ouverts tout en écoutant. Son cœur était gonflé de toutes les émotions merveilleuses qu'il n'aurait jamais cru ressentir. Revendiqué. Possédé. À Pyotr. Il les aimait toutes et il aimait cet homme. Si seulement il avait le courage de le lui dire. La dernière chose qu'il entendit avant de sombrer fut la promesse de son amant de l'emmener au club chaque fois qu'il en aurait besoin.

Cliff se réveilla dans le petit dortoir du hangar à bateaux et roula sur lui-même pour trouver les draps froissés et l'espace vide à côté de lui. Cela ne l'étonnait pas vraiment – enfin, sauf la partie où il était passé de la voiture à ici. Il ne se rappelait pas cette partie-là, mais au moins il savait où il allait trouver Pyotr. Il repéra son pantalon plié sur une chaise et décida de s'habiller et de descendre sur le quai pour voir si l'équipe était en vue, attrapant son manteau au passage.

L'air froid du matin caressa sa peau, le saluant comme le début de l'hiver à New York le faisait toujours, et il resserra son manteau autour de son corps en marchant – juste à temps pour voir l'équipe arriver dans le virage.

Le soleil matinal recouvrait l'eau d'une couverture d'or si brillante que cela lui fit mal aux yeux. Il les plissa, observant les équipes des trois bateaux qui ramaient en synchronisation – deux composées de huit rameurs et l'autre de seulement quatre – en glissant sur la surface comme des punaises d'eau. Bizarre, parce que cela voulait dire qu'il manquait deux personnes. Habituellement, il y avait deux rameurs de plus et avec le championnat régional qui arrivait à la fin du mois...

Le championnat avait lieu à Boston cette année, et Cliff aurait vraiment voulu y aller, mais il avait accepté depuis longtemps de remplacer Sasha au travail afin que ce dernier puisse participer à la course.

Pyotr monta sur le ponton, se positionnant immédiatement pour stabiliser le bateau tandis que le reste de l'équipe débarquait. Il jeta un coup d'œil par-dessus son épaule, repéra son amant sur le quai, et lui fit signe de le rejoindre. Cliff restait toujours en arrière, comme s'il attendait qu'on l'autorise à s'approcher, et c'était la dernière chose pour laquelle il voulait que le jeune homme pense qu'il avait besoin de sa permission.

Peut-être que tout ça disparaîtrait une fois qu'ils auraient emménagé ensemble. Tout en regardant son amant mal fagoté descendre les marches vers lui, Pyotr se dit qu'il était impatient que cette semaine finisse pour qu'il puisse avoir son jeune amant avec lui tout le temps.

— Bonjour, *dragi*, dit-il en se levant et en souriant avant d'enrouler étroitement ses bras autour de Cliff.

Il baissa la tête pour lui murmurer à l'oreille.

— Comment ton magnifique cul se sent-il ce matin ?

Puis il éclata de rire en sentant la chaleur envahir si rapidement les joues de son amant.

Cliff aida les gars à nettoyer l'équipement, mais alors que les hommes commencèrent à se déshabiller et se diriger vers les douches, il resta en arrière. Pyotr lui tint la porte en le fixant comme s'il s'attendait à ce qu'il suive le mouvement, mais la façon dont ils s'étaient déjà touchés en public le clouait sur place. Et il regarda avec une pointe de regret Pyotr se retourner et aller dans les douches sans son sourire lascif habituel.

❦

— Quel est le problème, Pyotr ? Ton mec est trop timide pour venir jouer dans l'eau avec toi ? lui demanda franchement un de ses équipiers.

Pyotr essaya d'oublier la profonde blessure de rejet qu'il avait ressentie. Il alla même jusqu'à se fustiger en silence pour son désir égoïste d'être vu publiquement avec son amant. Cliff avait tout à fait le droit de vouloir conserver une certaine intimité au lieu de se donner en spectacle devant tout le monde.

Il ferma les yeux et plongea sous le jet d'eau, laissant le bruit de la douche étouffer une partie des quolibets qu'il recevait de ses coéquipiers au sujet de la timidité de son amant. C'était plus que des plaisanteries cette fois, ils lui reprochaient d'avoir pris quelqu'un de trop jeune et de tellement enfermé dans son placard qu'il ne pouvait pas suivre et satisfaire le grand Pyotr Laszkovi. Cliff le satisfaisait parfaitement, il avait juste été trop égoïste en voulant en recevoir encore plus et le faire devant tout le monde. Pour être honnête avec lui-même, Pyotr admettait qu'une part de lui voulait égoïstement montrer son amant et la façon dont il réagissait et gémissait à son contact.

Une main sur son bras le fit sursauter. Pyotr leva son autre bras pour attraper celui qui osait le toucher sans son consentement, et trouva Cliff se tenant devant lui. Les yeux du jeune homme brillaient d'une rage qu'il n'avait vue qu'une fois ou deux.

— *Dragi* ?

— Faites-les arrêter de parler de vous comme ça.

Le visage de Cliff se durcit, mais ses mains prirent celles de Pyotr et les entraînèrent sur son corps nu, là où elles devaient être. Une devant et une derrière, s'offrant lui-même pour être le jouet de douche de Pyotr.

Ce dernier regarda intensément les yeux de son jeune amant, et s'il y avait trouvé le plus petit signe de nervosité, il aurait refusé l'approche de Cliff et lui aurait épargné le spectacle en public. Il n'en trouva cependant aucun. Son jeune amant était seulement en colère que ses coéquipiers puissent sous-entendre qu'ils n'étaient pas bien assortis et Cliff était déterminé à leur prouver le contraire.

Pyotr avait adoré baiser cet homme depuis le début. Il semblait qu'il n'arrivait pas à se rassasier de Cliff. Chaque fois qu'ils étaient ensemble, cela poussait Pyotr à en vouloir plus. Donc en ce moment, devant l'offre de Cliff, le désir de Pyotr était près d'exploser et il ne pouvait pas nier qu'il voulait encore une fois le pilonner.

D'une main, Pyotr saisit le sexe de son amant, le trouvant déjà dur pour lui, mais son autre main abandonna les fesses fermes qui s'offraient à lui pour s'enrouler sur la nuque de Cliff avant d'écraser la bouche du jeune homme sous la sienne.

— Mets tes bras autour de mon cou et laisse-les là, ordonna-t-il tandis qu'il se déplaçait le long de la mâchoire de son amant avant de lui mordiller le cou.

Une main caressait toujours le sexe du jeune homme tandis que l'autre descendait pour prendre le reste du corps qui lui avait été donné.

Cliff sentit un doigt passer sur son anneau encore sensible, puis caresser la fente entre ses fesses. Les doigts de Pyotr étaient comme l'archet d'un violon, glissant sur ses terminaisons nerveuses en envoyant instantanément des notes de chaleur explicite et d'électricité jouer à travers le corps de Cliff. Ses genoux tremblèrent sous lui et ses hanches tressautèrent sous le contact d'une main puis de l'autre. Il resserra son étreinte autour de l'homme qui contrôlait son corps à ce moment-là, reconnaissant qu'il ait pensé à son incapacité à se tenir debout. Cela ne lui serait jamais venu à l'idée. Pyotr le soulevait littéralement de terre et balayait toutes ses pensées chaque fois qu'il le touchait.

— Quand tu te donnes à moi, il n'y a personne d'autre, lui dit Pyotr une seconde avant que son doigt passe l'anneau de muscles et cherche aussitôt la prostate sensible.

Le corps tout entier de Cliff se souleva sous le contact et frissonna lorsque le doigt se retira.

— Et rien d'autre n'existe à part ce que je veux que tu ressentes, murmura Pyotr contre son oreille.

Le grognement sourd dans sa voix était comme un ordre harmonieux glissant sur le bruit des douches.

Cliff plongea dans ces yeux bleu foncé profond qui brûlaient de désir pour lui. Ils le retenaient captif tandis que sa voix lui disait qu'il n'y avait personne d'autre, seulement eux deux. Il laissa échapper un gémissement et son corps se détendit, s'abandonnant au plaisir incommensurable qui le balayait à cet instant. Il n'y avait qu'eux et l'euphorie d'être consumé par le contact de Pyotr. Et avant qu'un autre gémissement ne s'échappe de ses lèvres, la bouche de Pyotr vint s'écraser sur la sienne dans un baiser féroce.

— C'est ça ; juste toi et moi.

Pyotr s'était arraché avec peine au baiser pour grogner l'ordre juste avant de positionner son doigt pour appuyer sur l'orifice de Cliff, puis le caresser avant d'appuyer à nouveau. Lorsqu'il sentit le corps de son jeune amant se détendre, il enfonça deux longs doigts dans son canal sensible et les plongea jusqu'à la garde.

La tête de Cliff bascula en arrière et un gémissement remonta du fond de sa gorge quand les doigts de son amant atteignirent leur but. Il était encore très sensible de la veille, et il ne fallut presque rien à Pyotr pour que Cliff jouisse de la caresse au fond de lui. Le jeune homme se pencha vers lui, s'accrochant à son cou, haletant tandis que Pyotr regardait les jets de sperme s'écraser sur le carrelage.

Le corps de Cliff trembla et sa tête se posa sur l'épaule de son amant.

— Je suis tout flagada maintenant, dit-il en faisant presque la moue alors qu'il murmurait les mots pour que Pyotr soit le seul à les entendre.

Ce dernier éclata de rire.

— Tant mieux. Flagada est le plus beau compliment que ton corps puisse me faire.

Et juste comme ça, Cliff lâcha le cou de Pyotr et tomba à genoux devant lui. Ses mains glissèrent le long du corps de son amant et se serrèrent sur ses hanches, ses doigts s'enfonçant dans la chair de ses fesses et tirant son corps vers son visage. Cliff enfouit son nez dans les parties génitales de Pyotr, respirant l'odeur propre et musquée. Il donna de grands coups de langue sur le scrotum, traçant une caresse humide jusqu'au pli de son aine et mordillant la chair, puis revint à son point de départ pour recommencer encore et encore. Les jambes de Pyotr l'accommodèrent volontiers, s'écartant suffisamment pour lui permettre de mordiller la peau tendre et douce, puis il balança ses hanches en avant, pressant le visage de Cliff contre ses testicules à chaque poussée.

Pyotr passa les doigts dans les mèches de cheveux humides, suivant Cliff lorsqu'il se déplaça pour le prendre dans sa bouche. Ses doigts l'agrippèrent durement alors qu'il poussait son membre dans la gorge de son amant. Des halètements remontèrent de sa poitrine en de courtes notes, s'abandonnant à l'indulgence des muscles de la gorge de Cliff et de la langue qui léchait son sexe comme un gamin avide de sucreries. Et tout ça pendant que les autres les regardaient avec envie.

C'était enivrant pour Pyotr. Toute sa vie, il avait dû cacher qui il était. Et quand il avait enfin atteint le point où il n'avait plus à se cacher, il avait développé une perversion inextinguible pour l'exhibitionnisme et le voyeurisme. Cela avait été une demande difficile pour ses anciens amants. Mais ici, devant lui, le suçant pour l'amener à la béatitude, se tenait le jeune homme qui assouvissait ce besoin. C'était d'autant plus parfait, car Pyotr se sentait comme un homme avec Cliff, pas un médecin, et c'était une chose qu'il accueillait à bras ouverts.

Pyotr renversa la tête contre les carreaux, l'eau de la douche glissant sur leur corps. Son amant avalait si parfaitement son désir qu'il sentait sa libération se rapprocher.

— Ouiiii, *dragi...*

Pyotr cambra le dos et ce faisant enfonça un peu plus son membre dans la bouche de Cliff.

— Mmm... C'est ça... grogna-t-il. J'aime quand tu m'avales tout entier, *dragi...*

Il ferma les yeux et laissa la langue de son amant faire son travail. Il n'avait pas besoin de voir les autres, il les entendait. Leurs souffles courts... leurs gémissements tandis qu'ils se masturbaient ou masturbaient leur voisin tout en le regardant. Il n'était peut-être pas flagada – pour reprendre l'expression de Cliff –, mais il était aussi content qu'un cochon dans une fosse à purin. Et c'était le plus beau compliment que son cerveau et son corps pouvaient donner à son amant.

La semaine défila à la vitesse grand V pour Cliff alors qu'il utilisait chaque minute de son temps libre pour que tout soit emballé et prêt. Néanmoins, à la fin de la semaine suivante, Kimmi et lui emménageaient avec Pyotr. Cliff avait été si nerveux durant tout ce temps qu'il lui était arrivé de se croire malade sous les contractions incessantes de son ventre. Kimmi, quant à elle, avait été continuellement exaltée et son état de santé semblait être aussi florissant qu'un jour de printemps. Elle était heureuse à ce point.

Cliff marcha le long du dernier pâté de maisons qui conduisait à son nouveau foyer après être descendu du bus. Il avait réduit ses heures de travail, mais le trajet plus long pour atteindre son domicile le faisait quand même arriver au crépuscule. Leur déménagement dans la maison de Pyotr s'était mieux passé que ce qu'il avait anticipé. En plus, une des infirmières du centre de cancérologie était en train de divorcer et avait besoin d'un endroit pour elle et ses deux filles. Ils s'étaient rapidement mis d'accord sur un loyer et les nouvelles locataires emménageraient ce weekend.

Kimmi s'était acclimatée à son nouvel environnement beaucoup plus vite que lui. Il avait encore du mal à s'habituer à ce qu'il y ait d'autres personnes dans la maison, même si c'était juste Pyotr et Pavle. Et il avait aussi besoin d'apprendre à ne plus demander, même pour le plus simple des besoins comme un verre d'eau. Pyotr, bien sûr, était aussi patient qu'un saint et ne le fit pas une seule fois se sentir coupable d'être parfois aussi stupide.

Alors qu'il atteignait la maison, Cliff repéra quelqu'un dans la cour en train de bricoler une vieille moto. L'homme, à sa grande surprise, semblait vaguement familier.

— Ah, dit l'homme en riant comme Cliff franchissait le portail. Je ne l'aurais pas cru si je ne le voyais pas de mes propres yeux.

— Darko ?

Les yeux de Cliff s'écarquillèrent alors qu'il le reconnaissait.

Il avait rencontré Darko au *Club Pain*, mais il ne se rendait compte que maintenant qu'il le connaissait aussi pour une autre raison. Darko était le frère ainé de Sasha – ce qui faisait de lui le jeune frère de Pyotr. Et la ressemblance était frappante.

Darko secoua la tête avec une expression d'incrédulité amusée.

— Le puissant Cliff Patterson dormant dans le lit de mon frère, dit-il en riant.

Le visage de Cliff se tordit en une grimace. Le trajet – à peu près deux fois plus long – l'avait fatigué et mis de mauvaise humeur. Il n'avait pas la patience de se faire charrier par un des autres membres de la famille de Pyotr. Sasha s'en chargeait déjà bien assez.

Darko ignora la grimace et lui jeta quelque chose. Cliff leva automatiquement les mains, attrapant l'objet juste avant qu'il n'atterrisse sur sa poitrine.

— Tiens, *Dominus*, dit Darko en souriant.

Cliff baissa les yeux, trouvant une clé unique attachée à un anneau avec un vieux porte-clés sur lequel on pouvait lire *Norton*. Son regard se posa sur Darko puis sur la vieille moto qui, par coïncidence, avait également le mot *Norton* écrit sur le côté.

— Qu'est-ce que c'est ?

Darko éclata de rire et haussa les épaules.

— La plupart des gens appellent cela une moto.

— Il est là ! cria la voix excitée de Kimmi depuis la rampe de la porte d'entrée.

Cliff regarda dans sa direction au moment où Pyotr sortait de la maison, prenant sa sœur par les épaules et la faisant descendre l'escalier. Le temps qu'ils arrivent dans la cour, Pyotr avait attiré Kimmi contre son torse dans une étreinte comme si elle était la seule chose qui l'ancrait au sol avec toute l'excitation qui dansait dans ses yeux bleus. Ensemble, ils vinrent l'accueillir en riant.

— Eh bien, qu'en penses-tu, *dragi* ? demanda Pyotr en regardant la moto.

Cliff cligna des yeux avec une expression vide.

— Elle est à moi ? demanda-t-il en resserrant sa main sur la clé.

— Pour quelque temps, intervint Darko. Ce truc-là, c'est le kick. Tu la conduiras pendant un certain temps, jusqu'à ce que tu saches manipuler une moto et circuler dans le trafic de New York sans te faire tuer. Elle a un double pare-chocs, à la fois à l'avant et à l'arrière, donc si tu la fais tomber, tu ne l'abimeras pas.

L'attention de Cliff se reporta sur son amant qui rayonnait de fierté.

— Lorsque tu seras prêt, nous t'achèterons une belle moto qui sera toute à toi, ajouta ce dernier.

Cliff était abasourdi, mais loin d'être sans voix.

— Mais pourquoi ? Je veux dire, pourquoi me donnes-tu une moto ?

La flamme amusée qui semblait ne pas quitter ses yeux se teinta de malice.

— Ton trajet te prend deux fois plus de temps – temps qui serait mieux dépensé dans mon lit.

Cliff ne put s'empêcher de sourire, mais cela fit rougir Kimmi. Darko se contenta de secouer la tête d'un air incrédule. Au même moment, une voiture s'arrêta devant la maison et klaxonna, brisant les différents niveaux d'embarras que la scène avait provoqué.

— Hemi ? demanda Pyotr en lançant un regard interrogateur à son frère en reconnaissant la voiture d'un de leurs coéquipiers.

— Oui, je lui ai demandé de passer me prendre, comme ça tu n'as pas à me ramener.

— Tu couches avec lui maintenant ?

Le visage de Darko se plissa et il secoua à nouveau la tête.

— Nan... pas après avoir passé plus d'un mois et demi au service de Diesel pour son ange déchu.

Darko se lécha les lèvres comme s'il savourait un bon vin.

— Après cet homme, je ne suis plus bon pour personne, en tout cas pour un moment, dit-il avant de regarder Cliff avec un petit sourire amusé. À bientôt, *Dominus*.

Et il se dirigea vers la voiture.

Cliff se plaça devant Pyotr, anticipant une réponse au commentaire de Darko, et l'expression choquée sur le visage de son amant lui prouva qu'il avait vu juste. Les bras de Pyotr relâchèrent immédiatement sa sœur et il s'éloigna d'elle.

— Pourquoi t'a-t-il appelé ainsi ?

Le ton qu'il employa montrait qu'il n'était pas du tout amusé par le trait d'humour de Darko.

Cliff grimaça et garda le silence.

— Réponds-moi, *dragi*. Pourquoi mon frère t'a-t-il appelé le Dominus ?

— Je... Je... Il était juste ironique. Je le jure.

Pyotr attrapa son bras et bien que Cliff sache à quel point ce bras pouvait être fort, l'emprise était étonnamment douce.

— Tu ne peux pas utiliser ce titre. Pas même pour rire, *dragi*. Il y a eu beaucoup de travail pour établir le sens de ce mot, et quelqu'un l'utilisant à tort et à travers pourrait détruire tout ce pour quoi nous nous sommes battus. Tu comprends ?

Cliff commença à hocher la tête, mais en fait, il ne comprenait pas. Pourquoi était-ce si important ? Ce n'était après tout qu'un club et des règles un peu folles avec des jeux sexuels. Sa réponse refléta sa confusion lorsqu'il tourna sa tête de gauche à droite.

Pyotr prit une grande inspiration et laissa échapper un profond soupir.

— Le BDSM est quelque chose de très sérieux... c'est un mode de vie pour beaucoup, et ce sont des jeux sexuels, mais cela peut aussi être très dangereux. Établir Trenton Leos comme Dominus pour ce mode de vie dans la région est synonyme d'une certaine sécurité pour ceux qui le vivent ; cela assure également pour tous ceux qui veulent le vivre, une relation saine et sûre. Toutefois, la position de Trenton ne doit jamais être compromise afin de la maintenir. Il y a un marché noir humain qui se cache à New York. Des femmes et de jeunes hommes disparaissent chaque jour. Il nous protège de ce genre de choses. Tu comprends, maintenant ?

Cliff se contenta de cligner des yeux pendant un instant.

— *Dragi* ?

La voix de Pyotr s'adoucit et avec elle vint une douloureuse compréhension.

Il hocha la tête.

— Je voulais être lui. Je voulais être la personne qui contrôle vers qui tout le monde se tourne.

Cliff baissa les yeux et haussa les épaules.

— Je suis désolé. J'ai aussi un peu agi comme un sale gosse à ce sujet.

Pyotr lui prit le menton et le releva pour le regarder dans les yeux. La compréhension se lisait sur son visage quand il l'embrassa.

— Je suis certain que tu l'étais, dit Pyotr avant de l'embrasser à nouveau.

Ce soir-là, Pyotr prépara un repas spécial pour célébrer la venue de sa nouvelle famille. Des plats serbes qu'il considérait comme les préférés de sa famille, ce que confirma Pavle.

Cliff et Kimmi se resservirent tous les deux. Cependant, l'estomac de Kimmi ne supporta apparemment pas le surplus et elle se précipita bientôt dans la salle de bain en se tenant le ventre. Pyotr, à la grande surprise de Cliff, resta à ses côtés, préparant un thé chaud au miel pour l'aider à apaiser son estomac. Il insista même afin que Pavle vérifie régulièrement ses signes vitaux ; un des avantages d'avoir un médecin-urgentiste à domicile.

Quoi qu'il en soit, même avec l'inquiétude maintenant partagée, Cliff sentit sa peur augmenter alors qu'il faisait face à son fardeau. Il avait entendu la question plus d'une fois : *Ne serait-ce pas un soulagement si tu n'avais plus à te faire du souci tout le temps ?* Il ne pouvait pas imaginer sa vie sans Kimmi, alors la question n'était pas seulement malvenue, mais elle lui faisait peur. Parce que cette possibilité bien réelle était une ombre qui le suivait pas à pas, ne le rattrapant jamais, mais ne disparaissant jamais non plus.

☾☽

Les sentiments de Pyotr étaient au-delà de l'enthousiasme d'avoir enfin Cliff et Kimmi vivants avec lui. Toute sa vie, il avait voulu une famille bien à lui, une qui ne comprenait pas seulement ses frères et sœurs. Regarder ses frères grandir et avoir des enfants... c'était à la fois une joie et une douleur. Cliff, avec sa jeunesse mal dégrossie, le comblait d'une façon qu'il avait toujours espéré trouver un jour, et Kimmi, bien que ne lui appartenant pas, il l'adorait comme si elle était sienne. La regarder maintenant, alors que sa mortalité devenait évidente, il ressentait également la douleur qui l'accompagnait. Une douleur contre laquelle Sasha l'avait mis en garde.

L'inquiétude qui entachait le visage de son jeune amant était tout aussi douloureuse à voir. Il y avait tellement de choses qui tourbillonnaient à l'intérieur de Cliff, et Pyotr réalisa qu'il ne s'était pas épanché comme il avait prédit qu'il le ferait la première fois qu'ils s'étaient rencontrés. Pyotr avait été tellement emporté par leur relation qui s'épanouissait, qu'il avait été distrait de la chose dont Cliff avait le plus besoin – de craquer complètement pour pouvoir se reconstruire proprement. Une tâche maintenant hantée par la réalisation qu'ils s'étaient tellement rapprochés que Pyotr n'était pas sûr de pouvoir l'accomplir tout seul ou avec objectivité.

Kimmi venait enfin de s'endormir dans son lit ; Cliff était allongé contre elle, tout aussi fatigué et prêt à s'endormir. Pyotr les toucha tous les deux, faisant glisser ses doigts sur leurs fronts comme s'il pouvait effacer les lignes d'inquiétude qu'ils avaient tous les deux. Il jeta un coup d'œil sur sa montre. Il était tard, mais ses pensées ne pouvaient pas attendre. Il sortit sans bruit de la chambre et se dirigea vers son bureau, au rez-de-chaussée. Il y avait une personne sur qui il pouvait compter, c'était le Dominus Trenton Leos, et ce dernier prendrait son appel, même à cette heure tardive.

CHAPITRE SEPT

Pyotr tenait Cliff dans ses bras comme s'il n'avait pas l'intention de le lâcher de sitôt, tout en lui volant plusieurs baisers pour lui tenir chaud lorsqu'il serait parti. La plupart des membres de l'équipe d'aviron étaient déjà dans la Ford Excursion, fournie par leur sponsor, Marcus Scriven qui possédait *Les Transports Blindés de Scriven*. Mais cela n'empêchait pas les gars de regarder à travers les fenêtres comme des enfants aux yeux écarquillés, ainsi que de lancer quelques ricanements et commentaires.

Cliff se renfrogna en regardant Pyotr qui, comme d'habitude, arborait une expression amusée.

— Ne pouvez-vous pas les faire arrêter ?

Pyotr haussa les sourcils et faillit éclater de rire.

— Qui ? Eux ? demanda-t-il avec un signe de tête en direction du véhicule. Jamais !

Ses bras se resserrèrent, écrasant son jeune amant contre son torse et l'embrassant une dernière fois. Il dévora ses lèvres un long moment avant de finalement le relâcher et entrer dans un des véhicules, chacun tirant des remorques chargées de leurs bateaux de course. Bien que l'équipe n'ait pas besoin de moyens de transport blindés, ils n'allaient pas refuser le luxe que les véhicules sponsorisés leur apportaient, ainsi que la place qu'ils leur procuraient. La gratuité était agréable également. Sans parler des trois camions avec chauffeur, permettant aux membres de l'équipe de se reposer et se détendre durant le long trajet jusqu'à Boston.

Quentin, qui était assis sur le siège passager avant, se tourna pour aiguillonner Pyotr.

— Alors, tu ne penses pas que tu vas peut-être un tout petit peu trop vite ? Baiser le beau gamin est parfait, mais tu l'as fait emménager avec toi. Nous ne t'avons jamais vu emménager si vite avec quelqu'un avant.

— C'est parce que je n'ai jamais été aussi sûr que je le suis maintenant, dit Pyotr en baissant la tête, mais seulement pour mieux ressentir les émotions et la confiance qu'il éprouvait dans sa relation avec Cliff.

— Mais comment peux-tu en être aussi certain ? demanda Quentin.

Pyotr releva la tête pour regarder l'Irlandais New Yorkais puis les autres qui le fixaient, s'attendant à quelques mots magiques. Il haussa les épaules.

— Tu ressens tout simplement une certitude et il te faut lui faire confiance si tu veux en profiter.

Darko observa son frère ainé. Il s'était inquiété depuis le début et maintenant il décida de saisir sa chance pour lui demander ce qu'il avait toujours voulu lui demander.

— Mais ne laisses-tu pas ton désir d'avoir une famille altérer ton jugement, te faire voir ce que tu veux voir et non pas ce qui est vraiment là ?

Pyotr posa une main sur l'épaule de son frère et hocha la tête d'un air confiant.

— Où serions-nous aujourd'hui si nous avions laissé la peur être le facteur décisif lorsque nous avons commencé à parler de compétition ?

Et ses amis et équipiers comprirent enfin et hochèrent eux aussi la tête.

Tom, qui était assis derrière lui, se pencha sur le siège de Pyotr, incapable de laisser passer une chance de taquiner son copain pour alléger l'atmosphère.

— Alors, tu n'es pas inquiet de laisser ton petit joujou sans surveillance ?

— Qui a dit qu'il était sans surveillance ? Il sait qu'il m'appartient, le réprimanda Pyotr avec confiance, permettant à ses camarades de s'amuser à ses dépens.

Au moins, ici, son amant ne ressentirait pas le besoin de prendre sa défense, alors ils pouvaient bien un peu s'amuser.

— Ne le laisse pas te tromper, renchérit Quentin. Pyotr a sûrement mis du salpêtre dans la nourriture du gamin pendant qu'il est au loin.

Le commentaire fit rire tous les gars.

— Dis-moi que ce n'est pas vrai, balbutia Tom.

— Et risquer d'abimer son beau pénis ? demanda Pyotr en baissant le menton et en essayant de garder un visage impassible, mais ses yeux riaient déjà, le trahissant. Absolument pas. Je lui ai mis une cage de chasteté à la place.

La réponse de Pyotr fit éclater de rire ses amis et Tom le tapa sur l'épaule avant de se rasseoir dans son siège alors que le véhicule démarrait.

Le lendemain de leur arrivée à Boston, Pyotr regarda attentivement ses hommes alors qu'ils déchargeaient les remorques et emportaient les longues coques dans l'eau.

Le Club des Rameurs des Reines de Greenwich avait depuis longtemps gagné sa place dans le tournoi, et la plupart des calomnies de leurs pairs avaient cessé. Mais *là*, la compétition atteignait un nouveau niveau ; la course régionale des Masters était organisée à la fois par le club d'aviron britannique et par celui d'Essex, et cela amenait des équipes que les Reines de Greenwich n'avaient jamais affrontées, jusqu'à aujourd'hui. Alors les sourires et les chuchotements – les regards curieux – et le silence haineux étaient de retour. *Et son équipe le sentait.* Ce n'était pas bon pour eux. Ils avaient deux jours avant la course et Pyotr avait décidé que passer une longue journée à ramer sur la rivière Merrimack pour s'acclimater leur ferait le plus grand bien.

Il repéra York Sterling – un des organisateurs du district de New York – près du hangar à bateaux et décida d'aller le saluer.

— Ah, Pyotr, dit York en lui serrant la main. Vous et vos équipiers êtes arrivés. Et vous vous préparez déjà à vous entraîner sur la rivière à ce que je vois.

— Oui, c'est la première fois que des épreuves régionales les inquiètent, alors le mieux, c'est de les faire ramer jusqu'à épuisement, répondit Pyotr avec un petit rire chaleureux.

Le visage de York s'assombrit et il se pencha vers lui.

— Il y a eu quelques rumeurs désagréables chez certaines équipes que nous ne connaissons pas et qui se sont propagées. Je n'accepterais pas ça, Pyotr. Si quelqu'un vous cause des problèmes, venez me voir directement. Nous ne tolérerons pas un mauvais esprit sportif. Nous sommes des gentlemen.

Pyotr ne put offrir qu'un sourire à son ami. York était en effet un véritable gentleman, qui lui avait avoué en privé qu'il ne savait pas si l'homosexualité était un péché ou pas. Mais ces choses-là n'importaient pas dans le sport de l'aviron, et York Sterling s'était assuré que tout le monde suive ces règles. York les avait toujours considérés et traités comme une équipe inspirante pour le sport, comme n'importe quelle autre. Pour cela, Pyotr lui en avait toujours été reconnaissant.

— Si nous entendons ce genre de choses, nous nous contenterons de faire des clins d'œil et d'envoyer des baisers à ces connards quand nous les dépasserons sur la rivière.

York éclata de rire.

— Au duel, alors !

Ils se serrèrent de nouveau la main.

— Revenez me voir avant de partir, j'aurai vos identifications.

JOUR DE COURSE

Pyotr et son équipe étaient assis dans leur rameur. À leur droite flottait leur deuxième équipe de huit hommes ; ce qui faisait seulement deux concurrents sur neuf qui avaient choisi un style d'aviron traditionnel dans de grands bateaux de huit hommes. Les autres équipes étaient encore coincées avec la méthode dite de « balayage » qui consistait à n'avoir qu'une seule rame par homme au lieu de deux.

Pyotr jeta un coup d'œil à Quentin dans la deuxième équipe qui était, comme lui, assis sur le premier siège coulissant et lui fit un signe de tête. Ils parlèrent tous les deux à leurs équipiers pour libérer un peu de tension et les aider à se concentrer. Chacun d'entre eux – sur le qui-vive – attendait le départ de la course.

— Une eau lisse nous attend. Comme des insectes affleurant la surface, nous glisserons, chuchota Pyotr à River qui se tenait devant lui qui le chuchota à son tour à Mitch.

De Mitch à Cody, et à Hemi, Andreas, Trofim, et puis enfin Zane qui avait le siège de meneur de course.

À leur gauche, une équipe du Michigan leur lançait des insultes homophobes, mais Pyotr ne s'occupa que de ses hommes pour qu'ils restent concentrés. Seule la course comptait maintenant.

Sur le pont, juste derrière le point de départ où flottaient les équipes d'aviron, les fans et les spectateurs se dépêchaient de rejoindre les berges de la rivière. Plusieurs groupes d'hommes et de femmes agitaient des drapeaux arc-en-ciel et des affiches faites à la main qui déclaraient leur amour et leur soutien pour les Reines de Greenwich de New York. Pour eux, cela équilibrait les insultes. Ils étaient devenus l'une des équipes d'aviron les plus populaires, remettant au goût du jour un sport presque oublié. Bien sûr, le fait que cette équipe se composait de vingt-six hommes – dont la plupart étaient sacrément bien foutus – aidait beaucoup, et les filles ne semblaient pas dérangées qu'aucun d'entre eux ne soit hétéro.

Une station d'accueil temporaire flottait sur la rivière avec des extensions tout le long. Sur chacune d'entre elles se trouvait un assistant – un jeune homme ou une jeune femme

– allongé sur le ventre et tenant le devant des embarcations en place, pendant que les arbitres officiels se tenaient sur la berge, dirigeant chaque assistant afin que tous les bateaux soient positionnés à distance égale de la ligne de départ. Les rameurs restaient calmement assis, sans bouger, leurs rames levées et placées en arrière pour ce premier bain vital qui faisait toute la différence sur leur position dans la course.

Calon était leur barreur, tandis que son frère jumeau, Calob, avait le siège de celui du deuxième équipage de huit hommes. Leur travail consistait à installer un rythme et le conserver, ainsi que de maintenir le petit gouvernail situé dans leur espace restreint dans la section arrière de l'embarcation.

Tous les regards convergèrent à tribord alors qu'un homme habillé comme s'il avait l'intention d'accueillir la famille royale britannique montait sur le quai surélevé construit pour l'occasion sur la berge, et prenait position.

Les bras des hommes se tendirent – les rames descendant lentement, mais toujours sans toucher la surface de l'eau – les têtes se baissèrent, les dos s'arquèrent alors que la pause anticipée semblait s'étirer sur un millénaire.

Le coup de feu retentit et neuf longues coques plongèrent et se précipitèrent en avant avec une myriade de cris chantés par les hommes qui ramaient. Mais aucun ne fut aussi prédominant que ceux des Reines de Greenwich. Alors que les chants étaient habituellement criés par le barreur, Hemi, en bon maori néo-zélandais, leur avait appris un Haka que son Kodo avait écrit pour l'équipe ; le genre de chant qui était utilisé par les guerriers pour prévenir leurs adversaires de leur arrivée. Alors que leurs rames plongeaient dans l'eau à l'unisson, Hemi cria le premier verset de la deuxième équipe, et ensemble ils glissèrent en avant sur leurs sièges coulissants en relevant leurs rames, puis tout l'équipage répondit alors qu'ils les plongeaient et les relevaient de toutes leurs forces pour capturer l'avance vitale du départ.

— *WHAY CHAY HOWA !*

— *HOYH !*

— *KQUATAH QUATAH HAY HO !*

— *HOYH !*

— *KEE OCUHEE NAM ME TAH !*

Les coques fendaient la surface de l'eau, se précipitant en avant à chaque coup de rame, et dans ces deux ou trois premiers coups, l'équipe de Pyotr prit la tête. Le barreur avait maintenant repris le chant Haka pour fixer leur cadence, les guidant à l'unisson avec les mots qui racontaient à leurs ennemis ce qui resterait de leur équipe une fois qu'ils en auraient terminé avec eux.

— Ka mate ! Ka mate ! criaient Calon et Calob ensemble.

Puis leurs équipes leur répondaient.

— Ka Ora ! Ka Ora ! Ka mate ! Ka mate ! Ka Ora ! Ka Ora ! Tenei te tangata Puburu huru ! Nana I tiki mai Whakawhiti te ra ! A. upa – ne ! A. upa – ne !

Pyotr tendit tous ses muscles, son esprit travaillant en harmonie avec son corps, regardant ses hommes, chaque paire de rames une nanoseconde derrière la précédente. Ils travaillaient comme une horloge de précision et il ne put s'empêcher de ressentir une vague de fierté. Les jambes se pliaient et se tendaient tandis que les dos et les bras s'étiraient pour ce petit bout d'effort supplémentaire. Ils chantaient le Haka – une partie n'était que grognements agressifs – pour rester concentré et en rythme avec le tambour. Plier et tendre... plonger et relever...

— A upane, ka upane Whiti t era – Hi !

Alors que les mouvements d'aviron semblaient fluides d'un point de vue extérieur, ils étaient constitués de quatre éléments séquentiels : la prise, l'élan, la finition, et la récupération. Et comme l'équipage se déplaçait vers le bas de la rivière, les mouvements prirent une cadence hypnotique, et ils comptèrent dans leurs têtes avec seulement le barreur pour les surveiller et contrôler le gouvernail.

Tandis que la course atteignait le dernier virage de la rivière, leurs muscles brûlaient comme des charbons ardents lors d'un incendie et la sueur trempait leur corps et piquait leurs yeux. La première équipe de huit rameurs était en tête, mais à peine. Les deux autres coques, une autre équipe de New York et celle du Michigan, les suivaient de près, et il était temps de les distancer. Zane avait le siège de course et c'était à lui de donner l'impulsion des coups de rames. Mais pas avant que Calon n'ait donné son accord, et alors qu'il surveillait leur position par rapport aux autres bateaux et à la distance qui restait de la course, il n'ordonnerait pas le rythme double jusqu'à ce que ce soit le bon moment.

L'équipe du Régiment de l'Aviron de New York les suivait de très près et c'était une chose qu'ils ne pouvaient pas se permettre, et l'appel fut lancé.

— Double cadence ! cria Calon.

Zane mit toute sa force dans sa prise et les hommes s'alignèrent derrière lui, le suivant, forçant leurs corps à ramer plus fort et plus vite, doublant le nombre des coups de rames. Grognant, les muscles douloureux, les équipiers de Pyotr restèrent concentrés pour garder leur position de leader. Ils ne firent même pas de pause lorsque l'autre équipe subit une collision de rames et perdit la deuxième place pour tomber à la troisième.

La cadence double leur donna l'avance dont ils avaient besoin, se distançant des autres, mais la course n'était pas finie, et bien qu'ils soient dans leur cadence première, ils savaient tous l'enjeu qui reposait sur leurs épaules. Le monde extérieur s'estompa; leur cerveau bondit à chaque glissement et grogna à chaque prise de leurs rames dans l'eau. L'adrénaline imprégnait l'air autour d'eux, tout comme la testostérone. Ils atteignirent la fin de leur double cadence et Calon cria la reprise de la cadence simple. Dix coups de rames au maximum de leur force, et pour être sûr qu'ils se donnent à fond, Calon entonna le Haka une fois de plus, leur donnant ce dont ils avaient besoin pour garder leur force mentale.

— Ka mate ! Ka mate !

Et leurs équipes répondirent.

— Ka Ora ! Ka Ora ! Ka mate ! Ka mate ! Ka Ora ! Ka Ora ! Tenei te tangata Puburu huru ! Nana I tiki mai Whakawhiti te ra ! A. upa – ne ! A. upa – ne !

Un dernier coup de rames puissant et Pyotr vit le ruban de la ligne d'arrivée se casser à leur passage. Un rapide coup d'œil au chronomètre numérique sur la berge lui indiqua qu'ils allaient à 23,979 km/h. Des vivats et des drapeaux arc-en-ciel les accueillirent des deux côtés de la rivière. Le soulagement fit fondre le corps de Pyotr et il s'effondra en avant, trop content et trop fatigué pour faire autre chose. *Ils avaient gagné !*

Peu de temps après, les équipes composées de quatre hommes arrivèrent en vue – Pavle, Stefan, Theo et Noah étaient à la quatrième place. Encore plus excitant, quand les bateaux des rameurs en solitaire commencèrent à arriver, le frère de Pyotr, Darko, prenait de l'avance pour une victoire dans une course intense contre près de trente autres concurrents en solitaire. Lorsque Darko franchit la ligne d'arrivée, les gars de l'équipe n'y réfléchirent pas à deux fois et sautèrent dans l'eau pour fêter ça avec lui.

Pyotr prit son frère dans ses bras et planta un baiser sur ses lèvres, puis il le hissa sur ses pieds.

Ils l'entourèrent, se réjouissant de leur réussite sous les tonnes d'acclamations. Leurs entraînements et leur persévérance avaient payé aujourd'hui.

Les vainqueurs se tenaient sur la plate-forme temporaire, tous alignés dans leurs combinaisons identiques : noires avec de larges bandes bleu roi et gris bruyère légèrement inclinées sur la poitrine. On leur remit cérémonieusement leurs trophées et ils se sentirent tous comme les rois du monde à ce moment-là. Ils se tinrent fièrement tandis que les journalistes sportifs prenaient des photos et que les présidents des deux clubs d'aviron organisateurs leur serraient la main pour les féliciter.

La cérémonie de remise des prix n'était pas longue, mais avant la fin, quelqu'un d'inattendu traversa la foule, remettant brusquement au premier plan un souvenir pénible. Pyotr jeta un coup d'œil à son frère cadet, Trofim, qui avait également repéré son ex-partenaire, Shay Wilks, qui s'avançait rapidement.

Pyotr contourna Zane qui se trouvait entre eux, mais son frère reculait déjà si vite qu'il faillit tomber de la plate-forme. Trofim s'élança dans l'escalier et se précipita dans l'autre sens. Pyotr le suivit pour se retrouver au niveau de Shay et attrapa ce dernier par le bras pour l'arrêter.

Shay, grand et beau, avait certainement mûri au cours des cinq dernières années. Mais une chose n'avait apparemment pas changé en lui ; il aimait encore profondément Trofim. C'était écrit sur son visage. Une expression excitée colorait ses traits, mais elle disparut rapidement quand il se retourna et vit Pyotr, comprenant que celui-ci ne le laisserait pas passer.

La douleur et la lassitude envahirent ses yeux à ce moment-là.

— Je veux le voir, s'il te plaît.

Cela aurait pu être un ordre si ce n'était pour la souffrance et la prière profondément enracinées dans sa voix.

Pyotr ne voulait rien de plus que de laisser ces deux-là être à nouveau ensemble, mais le prix à payer pour son frère était vraiment trop cher pour ne pas intervenir. Il se rendit soudain compte que Shay était également en combinaison et il regarda la foule de spectateurs. Benjamin Wilks devait être quelque part ; c'était une occasion unique pour lui de faire parader son fils et marquer des points dans sa carrière politique.

— Ton père est probablement à ta recherche pour te féliciter.

Le visage de Shay se décomposa comme si toute volonté de vivre et de combattre le quittait. Une coquille vide se trouvait maintenant devant Pyotr. Sans ajouter un mot, Shay se détourna et s'éloigna.

CHAPITRE HUIT

La nuit était enfin venue pour Pyotr d'amener son amant au *Club Pain*. Après une brève discussion à la porte entre lui et Vida pour se donner des nouvelles, Pyotr et Cliff entrèrent dans le club et furent surpris de trouver Dominus Trenton Leos qui les attendait au bar.

Pyotr sentit immédiatement la tension de son jeune amant alors qu'ils s'approchaient lentement de ce qui allait être, essentiellement, le *coming-out* de Cliff, bien que ce ne soit pas le but principal de leur soirée. Pourtant, c'était quelque chose qui ne pouvait pas être mis de côté et Pyotr posa son bras autour des épaules du jeune homme pour le réconforter et lui assurer qu'ils faisaient cela ensemble. Cliff n'était pas seul dans cette histoire.

Depuis qu'ils avaient commencé leur relation, ils avaient fait un certain nombre « d'activités » en public. Cependant, ces petits écarts ne mettaient que plus en lumière l'absence de vie active de Cliff en dehors du travail ; ses soirées au club étaient le seul moyen pour lui de s'échapper. Alors, revenir au

Club Pain comme soumis et non comme le Dom qu'il avait essayé si fort d'être était évidemment très perturbant.

Cliff sentit une poussée d'adrénaline éprouvante traverser son corps tandis que son estomac se contractait et se retournait. Et rien, pas même l'attitude familière de Trenton, ne put le mettre à l'aise. Il regarda Dominus accueillir et serrer la main de Pyotr, mais un rapide coup d'œil dans sa direction fut la seule reconnaissance qui lui fut accordée. Non pas qu'il s'attendait à un salut amical, mais Cliff pensait qu'il aurait reçu un peu plus que ça de la part de Dominus puisqu'il était venu avec Pyotr.

Après que tous les deux se soient parlé à l'oreille pour s'entendre par-dessus la musique qui vibrait déjà dans le club, le bras de Pyotr s'enroula autour de la taille de Cliff et lui fit faire demi-tour pour se retrouver face à lui avant de l'attirer contre lui.

— Garde tes yeux sur moi, lui chuchota-t-il, puis il l'embrassa légèrement.

Cliff ferma les yeux, essayant de s'échapper dans ce baiser, mais il finit trop vite, et il se sentit aussi mal que quelques instants plus tôt.

— Patronus n'est pas encore là, dit Trenton en se penchant vers Pyotr pour se faire entendre. Veux-tu te joindre à moi dans mon box pour boire un verre et avoir un peu d'intimité pour commencer, ou préfères-tu aller de l'avant et monter à l'étage ?

Pyotr écouta, mais garda les yeux sur son amant. Il prit le menton de Cliff, levant son visage pour le regarder pendant un moment et il sentit son jeune amant trembler comme s'il se tenait nu sous la pluie froide.

— Peut-être qu'un peu d'intimité dans un premier temps serait mieux pour nous deux, répondit Pyotr en hochant la tête en direction de Trenton.

— Que bois-tu ? demanda Trenton.

— Vodka.

— Et un peu de vin ?

Trenton posa la question à Pyotr par courtoisie. Lui et Pyotr savaient pour qui serait le vin s'il décidait d'en prendre, puisque c'était la seule boisson qu'un soumis ou un esclave était autorisé à boire, pour se calmer un peu les nerfs avant une scène.

Pyotr plissa ses lèvres pendant un moment avant de répondre.

— Oui, un peu de vin serait bien, quelque chose de fruité...

Il embrassa la bouche de Cliff.

— ... pour aller avec la douceur de ces lèvres, ajouta-t-il dans un murmure taquin.

Trenton se tourna vers le barman.

— Derek, téquila pour moi, une flasque de vodka Gromoff Premium, et une petite carafe soit d'un Riesling ou d'un Chianti, selon ce que nous avons en stock, s'il te plaît. Et que quelqu'un les amène à mon box quand la commande sera prête. Oh, et dit à Patronus où nous sommes quand il arrivera.

Le barman hocha la tête et attrapa une flasque et des verres pour remplir la commande.

— Oui, Dominus. Quelque chose pour la souris ?

Dominus déclina l'offre pour son esclave et se retourna, prenant la tête pour guider Pyotr et Cliff dans le box VIP à l'autre bout du club.

Pyotr déplaça Cliff pour qu'il marche devant lui tandis qu'ils suivaient leur hôte, posant une main ferme sur le bas du dos du jeune homme pour montrer sa possessivité.

Cliff parcourut des yeux le box VIP entouré de murs de verre sans tain, ayant son premier aperçu du luxe que Dominus gardait hors de la vue du public. Il repéra instantanément Katianna Dumas dans un coin.

La petite femme qui était à la fois un auteur reconnu pour ses romans érotiques et l'esclave portant le collier de Dominus était assise sur une chaise rembourrée d'une drôle de forme, face à l'ordinateur qui ne la quittait jamais, ses doigts tapant rapidement. Et comme avant, ses yeux ne quittèrent pas son travail pour le regarder. Il en aurait presque souri, sauf qu'il se sentait toujours aussi mal. Tout le monde était comme avant. Il était le seul à avoir changé.

— Cliff ?

— Je crois que je vais être malade, avoua-t-il, sachant qu'il était inutile de cacher quoi que ce soit. Tout allait se savoir de toute façon.

— Cliff ?

Il se retourna pour voir Pyotr qui le regardait attentivement, attendant qu'il trouve sa zone de confort et le rejoigne sur le canapé où il avait déjà pris un siège. Cliff essaya de sourire, mais il n'était pas sûr d'y avoir réussi. Puis il se dirigea vers l'endroit d'où il avait été appelé et, comme il le faisait souvent, il glissa au sol aux pieds de Pyotr et s'appuya contre la jambe de son amant, observant avec une admiration muette alors que Dominus se dirigeait vers la petite femme et parlait calmement avec elle. Katianna abandonna volontiers son travail pour lui, donnant à Trenton le baiser qu'il avait apparemment demandé, puis retourna à son occupation lorsqu'il rejoignit les deux hommes sur le canapé en forme de lune.

ⓒⱳⓒ

— Comment va-t-elle ? demanda doucement Pyotr, ne voulant pas trop pousser le sujet en la présence de l'intéressée.

Mais il s'était inquiété pour eux deux depuis qu'elle avait été enlevée. Pyotr leur avait proposé une thérapie, tous les deux ensemble et/ou séparément. Mais Trenton avait refusé son offre, préférant s'occuper d'elle lui-même, en privé. Cela n'avait pas apaisé les préoccupations du médecin. Trenton avait lui aussi subi un traumatisme, et Pyotr avait vu la douleur profonde que cet incident lui avait causée. Il n'avait cependant pas insisté et s'était contenté de leur rendre visite de temps en temps. Mais même maintenant, il voyait comment les yeux de Trenton allaient toujours vers elle, un reste de douleur toujours présente, craignant qu'à tout moment quelqu'un essaie de l'enlever de nouveau.

— Elle se remet. Elle n'ose plus aller nulle part sans moi ou Diesel, dit Trenton en pinçant les lèvres avant de finalement détacher son regard d'elle pour le reporter sur Pyotr. C'est probablement ce qu'il y a de mieux pour moi, en ce moment.

— Trenton, si tu as besoin de plus de temps...

— Oui, elle et moi avons besoin de plus de temps, l'interrompit Trenton. Mais croyais-tu que je n'allais pas tenir compte de tes besoins ?

Pyotr lui offrit un sourire de sympathie. Non, il ne pouvait pas imaginer Trenton être comme ça ou permettre à quiconque – autre que Diesel – de s'occuper de ses besoins privés.

— Nous n'allons pas la déranger ? demanda-t-il pour changer légèrement de conversation.

Trenton secoua la tête.

— Elle écoute de la musique quand elle écrit. Cela lui permet de se concentrer.

Pyotr mit à profit ce moment opportun pour détourner complètement la conversation de ces sujets sensibles.

— Quel genre de musique écoute-t-elle ?

— Tout. Ce qui convient à l'humeur du moment. Mais généralement, c'est de l'instrumental. Des trucs que je n'avais jamais entendus avant elle, dit Trenton en riant.

Tandis qu'ils continuaient de parler, Pyotr caressait le côté du visage de Cliff de ses doigts, réfléchissant intensément. Pas vraiment à ce qui se disait, mais plutôt à ce qui les attendait ce soir-là. Son amant leva les yeux vers lui. Cliff le ressentait lui aussi. Car ce soir n'était pas pour faire la fête ou danser, ce n'était pas une virée en ville, c'était une purge. Et cela n'allait être facile pour aucun des deux. Pyotr mettait toute sa foi en Trenton pour qu'il s'assure qu'ils traversent cette épreuve en toute sécurité.

Un léger coup sur le mur de verre et l'une des soumises employées par le club passa sa tête aux cheveux auburn par la porte.

— Dominus, je vous apporte vos boissons.

— Entre. Pose-les sur la table.

La soumise, vêtue du pantalon en cuir du club, entra en portant un plateau de service et s'agenouilla à côté de la table centrale. Elle déposa les carafes ainsi que trois verres vides et un d'eau glacée. Après avoir servi la première tournée de boissons, elle s'assit sur ses talons en attendant patiemment d'être congédiée et ses yeux se verrouillèrent sur ceux de Cliff.

— Merci. Tu peux y aller, lui dit Trenton avant de se pencher pour prendre le verre de téquila.

Pyotr ignora tout d'abord sa boisson, s'emparant du verre de vin à la place, et le porta aux lèvres de Cliff. Mais ce dernier ne l'accepta pas. Il était trop mortifié. La serveuse aux cheveux auburn qui était venue et les avait servis n'était autre que Gina. La fille avec qui il s'était amusé et qui avait mis en danger sa relation avec Pyotr quand elle l'avait conduit au club quelques semaines auparavant. Se retrouver assis par terre devant tout le monde, malgré ce qu'il ressentait pour Pyotr, n'était pas chose facile, surtout à la lumière de la façon dont il avait agi ici.

ⱳ

— Tu es trop nerveux. Peut-être qu'un peu d'entraînement ici avant de monter... suggéra Pyotr à Cliff qui hocha la tête, prêt pour toute forme de distraction.

Pyotr descendit la fermeture éclair de son pantalon et sortit son sexe déjà dur alors qu'il anticipait le reste de la soirée. Bien que pas entièrement agréable, l'idée de regarder Trenton travailler une scène avec son *dragi* provoquait en lui des visions auxquelles il lui était difficile de résister.

Les yeux de Cliff scrutèrent les gens derrière la cloison de verre que l'on pouvait voir de l'intérieur, ce qui pour lui signifiait qu'eux aussi pouvaient le voir.

— Regarde-moi, exigea Pyotr en le forçant à reporter son attention sur lui. Personne d'autre que moi n'existe pour toi.

Le regard de Cliff vacilla sous celui de son amant et il se tortilla, jetant un coup d'œil par-dessus son épaule pour voir si Trenton les observait toujours.

— Mais le Dominus, il...

— Chut. Il n'existe pas pour toi.

Pyotr effleura les lèvres de Cliff du bout des doigts, puis il le prit par le menton et leva son visage afin que son jeune amant ne regarde que lui.

— Notre scène ensemble a commencé. Tu es à moi et à personne d'autre. Tu ne dois pas regarder Dominus ni lui parler – ou à n'importe qui d'autre, d'ailleurs. Tu ne dois répondre à personne sauf si je t'autorise à le faire.

Cliff eut soudain l'air piégé et ses yeux s'écarquillèrent.

— Mais... mais Dominus... Tout le monde doit suivre ses ordres. Comment...

Il était évident que Cliff avait reçu plus d'une mise en garde de Dominus par le passé, et maintenant il essayait de rentrer dans le rang – la dernière chose qu'il voulait, c'était d'être obligé de désobéir aux ordres que pourrait lui donner Trenton, le plaçant à nouveau en mauvaise position vis-à-vis de lui.

— Chut, murmura encore une fois Pyotr sans perdre patience ni élever la voix. Oui, il est le Dominus et cela semble être un conflit d'intérêts pour toi. Mais... il sait qu'il ne doit pas te parler. Il sait que tu m'appartiens et il ne te mettra jamais en position de désobéir à mes ordres ni ne tenterait de saper mon autorité. C'est ce qui fait de lui le Dominus. Seules des circonstances exceptionnelles pourraient lui faire briser ce protocole, ou lorsque je lui dirai qu'il peut le faire, comme ce soir. Quand nous irons à l'étage pour ta séance avec Patronus, il pourra te donner des ordres que tu devras suivre. Mais encore une fois, rien de ce qu'il dira ne contredira mes propres ordres. Il ne créerait jamais ce genre de conflit. Tu comprends ?

Cliff hocha la tête.

— Alors, pouvons-nous nous entraîner, maintenant ?

Cliff acquiesça de nouveau et Pyotr prit la tête du jeune homme dans ses mains et guida ses lèvres vers son sexe. Il hoqueta instantanément alors que la bouche de son jeune amant engloutissait avidement sa chair.

— Mmm, c'est si bon, *dragi*.

La silhouette musculeuse de Diesel Gentry fut soudain à la porte et Pyotr raffermit sa prise afin que son entrée ne soit pas une interruption.

— Nous nous entraînons, expliqua-t-il lorsque Diesel les rejoignit.

Cependant, les bruits du night-club lorsque la porte s'était ouverte avaient crispé Cliff une fois de plus, et le fait que ce public supplémentaire soit Diesel ajouta à sa panique. Il commença à monter et descendre frénétiquement la tête, suçant plus fort et plus vite le membre de Pyotr jusqu'à ce que cela devienne plus une course pour en finir que pour fournir une quelconque forme de plaisir.

Pyotr saisit la tête de Cliff, ses doigts attrapant ses cheveux et le tirant en arrière pour l'arrêter.

— Doucement. Prends une grande inspiration et détends-toi. Et rappelle-toi que ton *Glavar* aime quand c'est lent.

Gardant une emprise ferme sur la tête de Cliff pour l'immobiliser, Pyotr guida son jeune amant, instaurant le rythme selon lequel il voulait être sucé.

— C'est ça... Lèche. Je ferai le reste.

Il enfouit ses doigts dans les cheveux du jeune homme et fit lentement monter et descendre sa tête sur son membre, prenant son plaisir de la bouche de son amant. Il jeta un regard à Diesel alors que celui-ci les regardait et lui fit un clin d'œil en souriant.

— Les jeunes sont tellement pressés. Surtout lors d'une scène. Il faut toujours que je ralentisse celui-là.

Pyotr baissa les yeux sur Cliff et lui caressa la joue alors qu'elle se gonflait sous la longueur de son sexe qui plongeait au fond de la bouche chaude et humide.

Quand il fut certain que Cliff ne se précipiterait plus, Pyotr relâcha sa tête et s'installa confortablement sur le canapé, laissant la sensation enivrante l'envahir.

— Notre différence d'âge a présenté des défis. Normalement, je n'aurais pas pris un amant aussi jeune que lui...

Il se lécha les lèvres et ferma les yeux, laissant une sensation de pur plaisir le balayer pendant un moment avant de continuer.

— Mais je n'ai pas pu résister à Cliff. Et malgré le fait que j'ai le double de son âge, nous sommes parfaits l'un pour l'autre.

Il prit une grande inspiration, faisant rouler ses hanches, puis un grognement sourd remonta de sa poitrine.

— Hmm, c'est ça...

Il laissa échapper un souffle rauque.

— ... Je vais bientôt jouir.

Cliff fit tournoyer sa langue sur son gland et leva les yeux pour regarder son expression, puis plongea malicieusement le bout de sa langue dans le méat.

Les hanches de Pyotr tressautèrent : il releva brusquement la tête de Cliff et l'éloigna de son sexe. La forte succion que son amant avait appliquée sur son membre provoqua un « pop » lorsqu'il le libéra, et la verge de Pyotr trembla pour réclamer le retour du plaisir. Ce qui ne fit qu'augmenter le regard concupiscent de son jeune amant.

— Essaies-tu de me faire jouir trop vite ?

Cliff sortit sa langue et attrapa une goutte de salive qui pointait au coin de sa bouche. Ses yeux étaient remplis de cette possessivité impertinente à laquelle Pyotr s'était tellement attaché. Une fois que Cliff s'attelait à quelque chose, en particulier son sexe, son jeune amant était assez gourmand, ne voulant pas abandonner une seule goutte de l'essence de son *Glavar*, aussi petite soit-elle. Cliff voulait tout.

Comment Pyotr pourrait-il ne pas lui accorder ce plaisir ? Il relâcha la tête de Cliff, qui retourna triomphalement à ce qu'il avait commencé, et engloutit la chair dure et palpitante de Pyotr en un seul mouvement.

Pyotr se réinstalla dans le canapé, prenant une fois de plus la tête de Cliff dans ses mains, mais seulement pour caresser ses joues tandis qu'elles gonflaient et se creusaient, pompant lentement le sexe de son amant. Les hanches de Pyotr se soulevèrent et il grogna de plaisir, se laissant aller, sentant l'orgasme prendre naissance dans ses testicules, et il explosa dans la bouche accueillante du jeune homme.

— Mmm... Si bon, *dragi*.

Il gémit, caressant la tête de Cliff tandis que celui-ci le nettoyait avec sa langue comme un bon soumis obéissant, avant de remettre le membre de son Maître dans son pantalon. Il posa ensuite la tête sur la cuisse de Pyotr.

— Bon garçon, soupira ce dernier.

Un mouvement silencieux de Diesel dans sa direction fit comprendre à Pyotr que Patronus voulait qu'il sorte du carré VIP. La préoccupation lisible sur le visage de l'autre homme aggrava celle de Pyotr. La séance de ce soir ne serait facile pour aucun d'eux, alors tout ce qui les préoccupait devait être abordé avant qu'ils commencent.

— Excuse-moi, *dragi*, dit Pyotr en se levant.

Il se pencha pour mordiller les lèvres de Cliff pendant un instant puis se redressa et suivit Diesel hors du box pour parler en privé.

Diesel s'arrêta près de la rampe qui donnait sur la piste de danse, mais son attention était concentrée sur Pyotr.

— Lorsque je t'ai envoyé Cliff, je pensais que tu ferais quelques séances avec lui, eh oui, peut-être quelques scènes aussi… en privé. Je ne m'attendais pas à ce que tu en fasses ton amant.

Pyotr se détendit. C'était une réelle préoccupation, mais pas une qui entraverait les besoins de ce soir.

— Je comprends ton inquiétude. Au sujet de notre relation. Mais j'ai découvert qu'il était parfait pour moi. Je l'ai su tout de suite. Mais crois-moi lorsque je te dis que je n'ai pas profité de son état émotionnel. Nous sommes tous les deux parfaitement conscients de ce que nous faisons.

Diesel prit une profonde et longue inspiration en se penchant en arrière sur la rampe. Il n'acceptait pas pleinement la situation, mais n'était pas sûr de ce qu'il lui fallait demander pour l'aider à décider comment réagir. Mais il se calmait. Bien sûr, Pyotr ne profiterait jamais du jeune homme. Cela ne lui ressemblait pas du tout. Néanmoins, leur relation semblait se développer assez rapidement, ce qui n'était pas dans les habitudes de Pyotr.

— Dis-moi qu'il n'est pas ici contre sa volonté.

— Ce n'est pas le cas, le rassura Pyotr. Bien que cette séance avec toi ait été mon idée, venir au club a été la sienne.

Une autre longue inspiration et Diesel se perdit dans ses pensées.

— J'apprécie ton inquiétude à son sujet, Diesel, lui dit Pyotr en mettant ses mains dans les poches de son pantalon. Cela prouve que tu seras toi aussi un grand Dominus un jour, comme ton frère, surtout en ce qui concerne Cliff.

Il s'interrompit un moment puis rit doucement.

— Cliff m'a dit que lorsqu'il venait ici, il se comportait comme un sale gosse.

Cela fit sourire Diesel. C'était vrai. Cliff avait dépensé beaucoup d'énergie afin que tout le monde l'accepte non seulement comme un Dom, mais comme le gamin qui serait le prochain Dominus : si Cliff avait dit cela à Pyotr, alors peut-être qu'ils étaient effectivement entrés dans cette relation les yeux grands ouverts, même si elle était un peu précipitée à son goût. Peut-être que se trouver l'un l'autre était encore mieux que ce que Diesel avait espéré. Il prit une autre inspiration et se frotta la bouche.

— Je suis désolé, Pyotr.

— Ne le sois pas. Mais maintenant que nous avons éclairci les choses à mon sujet, qu'en est-il de toi ? Qu'est-il arrivé à ce magnifique jeune homme avec qui je t'ai vu il y a quelques mois ? T'es-tu finalement autorisé à être avec lui et profiter de son « affection » ?

— Oui. Je regrette seulement de ne pas l'avoir fait plus tôt.

Diesel baissa les yeux.

— Si tu l'avais fait, cela aurait été trop tôt. Il y avait une énorme charge émotionnelle entre vous deux, belle et puissante. Ce genre de choses peut rapidement exploser. Et maintenant ?

Diesel plongea dans les yeux bleus qui le regardaient et qui en savaient plus sur lui que n'importe qui d'autre – à part ses frères. Mais il savait que Pyotr était quelqu'un en qui il pouvait avoir une confiance aveugle.

— Paris travaille dans le complexe hôtelier. Il n'a pas très bien pris notre séparation.

Pyotr hocha la tête, assimilant ce qu'il lui avait dit.

— Et toi non plus, apparemment. Crois-moi – et je te parle en ami, Diesel...

Il attendit que son compagnon le regarde dans les yeux.

— Les plus belles histoires d'amour sont celles pour lesquelles tu dois faire des efforts. Va le voir et dis-lui.

À l'intérieur du box, Cliff observait Katianna. Il se sentait coupable, et le fait d'être ici avec le Dominus ne faisait qu'empirer les choses.

— Je voudrais m'excuser, Dominus.

Cliff regarda l'homme dominateur et vit que lui aussi observait Katianna comme si elle était une peinture vivante ou quelque chose comme ça. Il avait peut-être une touche de malice dans ses yeux, mais Trenton l'entendit et lui répondit doucement.

— Pour quoi ?

— Pour la façon dont je me suis comporté.

— Excuses acceptées, répondit Trenton, ses yeux ne quittant jamais la petite femme qu'il avait revendiquée lors d'une cérémonie comme sa compagne esclave pour la vie il n'y avait pas si longtemps.

Cliff resta silencieux pendant un moment. Dans un cabinet médical, il savait ce qui l'attendait, savait ce qu'on attendait de lui. Mais à cet instant, il ne savait aucune de ces choses, et sans la présence apaisante de Pyotr qui lui servait de point d'ancrage, il se surprit à gigoter inconfortablement pour la première fois de sa vie.

— Vous voulez me présenter des excuses ?

L'absurdité était sortie de sa bouche avant même qu'il réalise combien cela le faisait paraître présomptueux. Ce n'était cependant pas la première fois que ça lui arrivait. Pas avec cet homme.

— Non.

— Pourquoi ?

Cliff était surpris, mais pas offensé. Peut-être que cela lui fit un peu mal et que le refus de Dominus de s'excuser signifiait pour lui qu'il n'était pas accepté, même pas comme une personne.

Trenton se tourna vers lui et le regarda comme il regardait tout le monde, les yeux dans les yeux.

— Parce que tout ce que j'ai pu te faire n'a jamais été par cruauté. Malgré ton exubérance dans mon club, je ne t'ai jamais persécuté. Détourné de tes intentions sur ma propriété, oui, mais je ne t'ai jamais fait de mal. Ni n'ai été cruel. J'ai agi comme n'importe qui l'aurait fait devant la façon dont tu voulais qu'on te perçoive.

Cliff laissa échapper un long soupir. Trenton ressemblait beaucoup à Pyotr dans un sens. Et étrangement, ce qu'il disait était logique. Pourquoi quelqu'un devrait-il s'excuser pour agir comme il l'avait fait quand vous étiez vous-même l'instigateur de leur réaction ? D'une certaine manière, il était logique de ne pas obtenir ces excuses après tout.

Trenton fit brusquement un bruit comme s'il retenait un petit rire.

— Pyotr m'a dit que tu étais toujours un sale gosse.

Cliff leva les yeux et vit le léger sourire sur le visage de Dominus et il sentit une rougeur de fierté réchauffer son visage.

— Oui, je suppose que je le suis toujours.

À l'étage, dans le club privé des membres, Trenton et Diesel conduisirent leurs invités dans une pièce privée à l'arrière, loin des yeux des autres, et Pyotr les observa alors qu'ils commençaient la scène.

Ce soir, ce n'était pas à propos de sexe ou d'amusement ; c'était une thérapie pour son jeune amant. Cliff avait érigé des barrières mentales, le forçant à prendre sur lui et à se replier sur lui-même pour pouvoir supporter les problèmes de santé de sa sœur et se montrer fort pour elle. Dans ce cocon qu'il s'était construit, Cliff était sur le point d'exploser de l'intérieur. Une existence autodestructrice qui avait besoin d'être soignée et ce soir était le moyen de déchirer tous les fils du cocon qui avaient réussi à le maintenir « entier » tout ce temps.

Pyotr se tenait devant Cliff, le touchant pour le rassurer tandis que son amant le fixait stoïquement, se retirant dans sa coquille de mec dur. Trenton et Diesel commencèrent le processus en utilisant les mêmes cordes colorées qu'ils avaient utilisées sur l'amant absent de Diesel, les enroulant autour des bras et des jambes de Cliff avec des nœuds spéciaux pour lesquels les deux hommes étaient réputés.

Trenton tint un bâton de bambou derrière les épaules de Cliff et lui tira les bras en les pliant pendant que Diesel attachait ses avant-bras et le bambou pour qu'ils ne fassent plus qu'un. Un placement prudent était donné à chaque morceau de corde pour éviter tout glissement qui pourrait couper la circulation de Cliff. Il y avait huit nœuds autour de ses avant-bras et six de plus autour de ses biceps pour supporter le poids du jeune homme de façon équilibrée.

— Regarde-moi, *dragi*, lui dit Pyotr, sortant son amant de sa coquille de protection.

C'était extraordinaire de regarder le Dominus et le Patronus travailler, et Pyotr ne ressentait aucune honte à leur avoir demandé de s'occuper de son amant. Ces hommes possédaient des compétences de précision, un peu comme des artistes dans leur domaine.

Il était, quant à lui, plus un artiste du voyeurisme. Mais il savait que c'était ce dont Cliff avait besoin pour faire tomber les murs derrière lesquels il avait emprisonné ses émotions. Cliff avait une douleur profondément enracinée en lui parce qu'il avait passé chaque moment de sa vie à prendre soin de Kimmi et à se prémunir contre la sombre certitude qu'il serait seul quand elle disparaîtrait. Il avait été encore plus accablé, sachant qu'il n'y aurait personne pour le rattraper et le soutenir lors de son deuil. Pyotr serait là pour l'attraper quand il craquerait ce soir. Et si Kimmi perdait la bataille qu'elle menait contre sa maladie, il serait là aussi pour lui. C'était la seule façon de le lui faire comprendre. Mais Pyotr ne voulait pas que Cliff soit blessé dans le processus, alors cela avait été judicieux de sa part de demander à ces deux hommes de l'aider.

Les yeux de Cliff le suivirent. Une petite lueur d'inquiétude les assombrissait malgré une confiance bien ancrée. Ils en avaient parlé, avaient passé tous les détails en revue avant d'accepter de le faire. Mais maintenant, il sentait la force de Cliff vaciller – ce qui était le but – et Pyotr montra sans difficulté son expression habituelle de plaisir. Il observa attentivement tandis qu'une autre série de cordes se rejoignait au centre du torse du jeune homme dans un nœud coulant qui les séparait plusieurs fois en deux directions opposées juste sous ses pectoraux.

Après que les lignes principales aient été mises en place, le corps de Cliff fut habillé de cordes de soie rouge, comme un filet qui emprisonnait son corps puis s'enroulait autour d'une jambe et la soulevait. Puis les deux jambes furent attachées et amenées derrière ses fesses. Ses chevilles étaient maintenues par le système de cordes qui se reliaient à la tige de bambou. Chaque pièce, chaque nœud était précisément placé pour être rapidement démêlé en tirant sur un seul bout.

Dominus prit tout de suite un martinet de crin et commença à fouetter la peau sur le côté des jambes de Cliff, remontant sur ses fesses et une grande partie de son dos avant de redescendre.

Diesel attrapa une bonne longueur de corde et la tint tandis qu'il commençait à répartir sur la peau de Cliff des pinces à linge standard. Il forma une ligne sur la poitrine du jeune homme, puis le long d'une jambe avant de changer de place avec Trenton pour faire la même chose dans son dos.

Le corps de Cliff commença à transpirer et il frissonna tandis que la séance de flagellation et de pinces se poursuivait. Mais il ne prononça pas un mot.

Pyotr restait près de lui, surveillant les réactions de son corps ainsi que la tempête qui apparaissait dans ses yeux bleu gris. Il tendit la main et attrapa le sexe de Cliff, déjà dur et humide de liquide pré-éjaculatoire. Il lui donna une claque ferme, le regardant rebondir contre son ventre, provoquant chez tous les deux un gémissement de plaisir.

Cliff gardait toujours le silence.

Pyotr embrassa le côté du visage de son amant. Alors qu'il lui offrait du réconfort, il savait l'importance pour Cliff de céder à ses peurs et commença à l'encourager pour qu'il les révèle.

— Il faut que tu ressentes, mon garçon, lui chuchota-t-il à l'oreille.

Cliff déglutit péniblement lorsque le martinet de Trenton revint sur sa peau rougie.

— C'est ce que je fais, répondit-il en prenant une profonde inspiration, déterminé à ne pas craquer.

— Non, tu as besoin de *tout* ressentir.

Cliff lui jeta un regard mauvais, les yeux brûlants de questions. Pyotr regarda Trenton par-dessus l'épaule du jeune homme et lui fit un signe de tête, et le martinet fut rapidement remplacé par une canne de bambou.

Cliff gémit tandis que Dominus plaçait des coups rapides sur ses cuisses. Le son de la canne résonna dans la pièce, ajoutant aux sensations qui commençaient enfin à consumer Cliff.

— S'il vous plaît, gémit-il.

Pyotr fut immédiatement devant lui.

— De quoi as-tu besoin, mon garçon ?

Cliff secoua la tête comme un hochet – il était clair qu'il n'en savait rien. Ses yeux cherchaient, pas dans la pièce, mais dans son esprit – dans ses émotions –, mais il ne savait pas ce qu'il cherchait.

— Ressens, *dragi*. Abandonne-toi et laisse tomber tes murs.

Mais la confusion se transforma en refus et Cliff continua à secouer la tête.

— Je ne peux pas.

Cliff supplia presque alors que six coups de canne s'abattaient sur la partie charnue de sa hanche droite, puis lors des six autres sur la gauche.

(ᵔ.ᵔ)

Pyotr fit un autre signe de tête à Dominus et une fois encore, l'instrument fut remplacé par un autre. Diesel se déplaça vers le mur et tira sur la corde, surélevant Cliff jusqu'à ce que ses parties génitales soient exposées à hauteur de poitrine, et le martinet en cuir fut abattu de façon continue sur l'intérieur de ses cuisses, juste à côté de son scrotum. Trenton garda ses coups étroitement mesurés pour suivre la requête de Pyotr que le sexe de Cliff ne soit pas marqué. Mais les coups étaient suffisamment proches pour qu'une bande de cuir laisse occasionnellement un trait rouge sur les testicules du jeune homme.

— Ressens, mon garçon. Ouvre-toi et dis-moi quelle est la chose que tu crains le plus. Pourquoi as-tu évité de vivre pour toi ?

Pyotr s'abstint délibérément d'utiliser son prénom suivant le conseil de Trenton. L'utilisation de son prénom était une source de force, une force qu'ils avaient besoin que Cliff abandonne parce qu'elle faisait partie de sa résistance.

— Arrête de t'emmurer et laisse-toi aller. Arrête de combattre et rends-toi.

— Non, je ne peux pas. Si je le fais... dit Cliff d'une voix chevrotante avant de s'interrompre.

— Quoi, *dragi* ? Qu'arrivera-t-il ?

Pyotr fit un autre signe de tête et trois autres coups s'abattirent sur la chair tendre.

Cliff secoua frénétiquement la tête, serra les dents, et son sexe tressauta.

— Qu'arrivera-t-il ? insista Pyotr.

Cliff frissonna.

— Tout sortira. Je ne crois pas que je serais capable de m'arrêter.

— De quoi as-tu peur, *dragi* ?

La voix de Pyotr s'approfondit en signe de soutien.

Cliff serra les dents, combattant ce qui voulait sortir, et baissa la tête pour cacher les larmes qui lui montaient aux yeux.

Pyotr contourna Cliff, posant une main sur l'épaule de Trenton. Le Dominus s'arrêta et fit un pas en arrière. Pyotr se rapprocha et sa main se leva pour sentir la chaleur de la chair de son amant. Le jeune homme siffla sous son contact – sa volonté ne tenait plus qu'à un fil, mais il s'y accrochait désespérément.

— Qu'as-tu peur de ressentir, *dragi* ?

❨☺❩

Il ne voulait pas ressentir. Pas ça. Tout, mais pas ça. Des larmes commencèrent à couler sur ses joues puis s'arrêtèrent brusquement comme si un barrage avait été instantanément construit pour les emprisonner. Un mélange de peur qu'il ne voulait pas ressentir et une sensation de brûlure sur sa peau l'assaillaient sans relâche. Son sexe était dur, suppliant pour qu'on le touche. Mais Pyotr ne le fit jamais, se contentant d'effleurer les marques que le cuir avait laissées sur son corps, le transformant en une boule de sensations.

Cliff batailla contre lui-même, la pression dans son esprit percutant son front comme un pic à glace essayant de sortir. Son sexe gonfla au point de lui faire mal. Les larmes menacèrent de briser son dernier mur de défense et de déborder avec tout ce qu'il avait combattu pour garder l'ensemble à l'intérieur. Il devait être fort pour Kimmi parce que s'il laissait tout sortir, qui serait fort pour lui ?

Sa chair le piquait, chaude comme des charbons ardents – douce et brûlante en même temps, envoyant des vagues tumultueuses sur ses terminaisons nerveuses engourdies. Chaque fois que Pyotr lui disait de ressentir, son emprise sur lui-même s'effilochait un peu plus. Jusqu'à ce que finalement, son amant tire sur la corde qui courait le long de son corps, entraînant avec elle les vingt-cinq pinces à linge qui s'accrochaient à sa chair et que cette douce voix aimante lui dise encore une fois de ressentir – ce qu'il fit.

Le contrôle de Cliff l'abandonna. Des émotions, des pensées et des mots se détachèrent de son esprit. Tout se précipita hors de sa bouche comme un tsunami, suivi par des sanglots ainsi que la mise en mots de sa peur la plus profonde : ce qui lui arriverait si Kimmi devait mourir. Il avait peur de se retrouver tout seul sans elle. Il avait peur que quelqu'un lui reproche son égoïsme après sa mort. Qu'une fois qu'elle ne serait plus là... Cliff fut incapable de se retenir plus longtemps ; il rejeta sa tête en arrière et hurla ce qu'il avait essayé de cacher, même à lui-même.

— Personne n'aura plus besoin de moi ! cria-t-il. Personne ! Je n'aurais plus de place !

Les émotions piégées étaient trop lourdes à porter et Cliff se sentit se briser – le dernier fil qui le retenait se brisa, faisant s'effondrer les murs de sa forteresse. La peur saisit son cœur et le chagrin le libéra. La vague le submergea, se précipitant dans la fissure et gagnant du terrain sur son contrôle.

Cliff perdit toutes ses défenses ainsi que sa lucidité, et il s'effondra.

(ᴖ‿ᴖ)

Pyotr claqua des doigts et avec une traction sur la corde, l'armure de fixations qui tenaient le corps de Cliff en suspension disparut, le faisant tomber droit dans les bras de son amant.

— Chut... Tu vois ? Je suis là pour toi.

Pyotr l'embrassa immédiatement – ses joues, ses tempes, le côté de sa tête, tous les points tendres et émotionnels qui avaient besoin d'être rassurés, qui disaient au jeune homme qu'il n'était pas seul.

— Je suis là pour toi et je te rattraperai chaque fois que tu auras besoin que je le fasse. Ta place est avec moi. Dans mes bras, pour toujours, dragi.

Pyotr le tint, l'étreignit, et massa les endroits endoloris où les liens s'étaient trouvés pendant que Diesel et Trenton les démêlaient et que Cliff continuait à s'abandonner dans ses bras.

— Parce que j'ai besoin de toi, lui chuchota Pyotr, et il sentit que l'esprit de Cliff cédait complètement à la demande de son *Glavar.*

Lorsque Cliff fut entièrement libéré, Pyotr déplaça le corps de son jeune amant et le prit dans ses bras. Il le porta sur le lit, l'allongea, et s'installa à côté de lui.

Diesel posa un tube de baume apaisant pour le dos de Cliff sur la table de chevet, ainsi que du lubrifiant dans le cas où ils décideraient de faire l'amour plus tard. Il ajouta une boîte de préservatifs, ne sachant pas où ils en étaient dans leur relation. Puis Trenton et lui s'en allèrent, les laissant seuls.

CHAPITRE NEUF

Kimmi souriait d'une oreille à l'autre tandis qu'elle partageait le gâteau, la glace et les petits cadeaux colorés avec le personnel et les patients qui l'avaient rejoint pour célébrer son dix-neuvième anniversaire au centre de traitement du cancer. Pour certains, cet endroit serait considéré comme le pire pour faire une fête. Mais pour Kimmi, pratiquement tous ses amis étaient ici et beaucoup n'auraient pas pu y assister si elle n'était pas venue à eux. Des amis sans lesquels elle refusait de célébrer son anniversaire, et du coup, la salle de jeux de l'étage des patients était transformée en un kaléidoscope « à la Kimmi », pleine de couleurs et de festivités.

Bien sûr, son frère ne manqua pas de remarquer le jeune homme vers qui elle était allée lorsqu'il était arrivé et qui lui avait donné plus qu'une accolade amicale. Lorsque le jeune homme blond la prit dans ses bras et l'embrassa, Cliff faillit sauter hors de son siège – ou plutôt, il le fit, mais Pyotr l'attrapa rapidement par la jambe de son pantalon et le tira pour qu'il se rasseye.

Cliff jeta un regard mauvais à son amant.

— Vous étiez au courant ?

Pyotr sourit ; il avait élevé ses frères et sœurs, ces choses ne passaient tout simplement pas inaperçues pour lui.

— Je me doutais bien qu'il y avait un garçon qu'elle aimait bien.

Le froncement de sourcils de Cliff s'accentua.

— Et vous n'avez pas pensé à m'en parler ?

Pyotr se moqua gentiment de lui et l'attrapa par la nuque pour l'embrasser.

— Mon cher *dragi*, il n'y avait rien à dire.

Le visage de Cliff s'adoucit à peine, son expression montrant clairement que Pyotr aurait quand même pu lui dire quelque chose.

Kimmi échangea finalement le jeune homme contre les cadeaux entassés sur la table. Beaucoup de « ooooh » et de « aaaah » ainsi que de nombreuses mains qui voulaient inspecter chaque présent garantirent que même ceux encore alités participent à la fête. Pyotr se tint en retrait, gardant son cadeau pour la fin, puis son tour vint et il glissa une pile de papiers avec un nœud décoratif accroché sur le dessus vers elle. Les yeux de Kimmi **s'**illuminèrent devant le visage radieux de Pyotr.

Six infirmières se dirigèrent vers la table, contenant difficilement leur excitation alors qu'elles s'asseyaient, chacune avec un stylo dans la main. Huit autres membres du personnel se tenaient derrière elles, partageant la même expression et faisant rougir le visage de Kimmi d'une belle teinte rose vif.

Kimmi commença à lire la première page des papiers et vit immédiatement la première ligne qui disait :

Demande d'Accord pour des Droits Parentaux et d'Adoption.

Tout s'arrêta. Puis le monde se mit à fredonner à ses oreilles tandis qu'elle relisait les mots – *juste pour être certaine.*

Au bas de la page, une petite étiquette rouge, de la forme d'une flèche, soulignait un cadre vide pour une signature, ainsi que d'autres petites flèches pointant à divers endroits dans la pile de formulaires. Elle les feuilleta ; chaque flèche indiquait un endroit où une signature était requise. Elle leva les yeux sur l'homme qui rayonnait en face d'elle. Son frère qui était assis un peu plus loin dans la pièce, se rongeait les ongles, et presque toutes les infirmières qu'elle connaissait du centre se donnaient des coups de coudes alors qu'elles se serraient sur les chaises autour de la table. En dehors de Cliff, tout le monde la regardait d'un air extasié et plein d'espoir qui la fit éclater de rire.

— C'est quoi ça ? demanda-t-elle.

— Eh bien, qu'est-ce que ça dit, en haut de la page ? dit Pyotr.

Elle relut le titre de la page, cette fois à haute voix.

— *Demande d'Accord pour des Droits Parentaux et d'Adoption.*

Elle secoua la tête en direction de Pyotr.

— Je ne comprends pas. Qui adopte qui ?

Pyotr se pencha, sa main glissant vers le document et pointant les deux noms qui y étaient écrits. Kimmi suivit des yeux son doigt jusqu'à ce qu'elle lise le nom de Pyotr et le sien juste en dessous.

— *Docteur Pyotr Laszkovi...*

— Cela représenterait beaucoup pour moi, si tu me laissais t'adopter, dit-il alors que son sourire s'élargissait.

Kimmi commença par éclater de rire. Pyotr était super ; cependant, elle ne l'avait jamais imaginé comme étant un farceur, alors les papiers étaient une belle surprise. Mais son rire s'arrêta net lorsqu'elle croisa ses yeux et vit qu'il était tout à fait sérieux.

— Mais j'ai déjà dix-neuf ans… comment peux-tu m'adopter ?

Pyotr regarda sa montre puis tendit le bras vers la sacoche ouverte à côté de sa chaise. Il en sortit un bout de papier et le posa sur la table, le retournant pour qu'elle puisse le lire.

— Si j'en crois ce qui est écrit là…

Il tapota son doigt sur l'heure et la date sur l'extrait de naissance.

— … tu as encore dix-huit ans pendant vingt minutes.

À ce moment-là, une femme à la démarche rapide entra, comme si elle était en retard. Kimmi remarqua qu'elle avait le genre de robe que portait habituellement un juge. Seulement, elle ne l'avait pas encore boutonnée et on pouvait voir qu'elle avait toujours dessous ses habits du dimanche. La femme se joignit à eux, s'arrêta juste derrière Pyotr et lui sourit.

— Bonjour, Kimmi Patterson. Je suis le juge Annette Georgian. Tu ne t'en souviens peut-être pas, Kimmi, mais je suis celle qui a accordé ta garde à ton frère il y a quelques années. Je serais honorée de le faire encore une fois pour toi, si c'est ce que tu veux.

Le visage de Kimmi s'illumina comme un feu d'artifice sur un gâteau d'anniversaire. Elle jeta un coup d'œil à Pyotr, au juge Georgian, et enfin à son frère, Cliff, qui avait toujours l'air nerveux, mais montrait le même espoir qu'elle ressentait.

— Et Cliff ?

Le juge Georgian sourit.

— Rien ne change. Mais tu auras peut-être un peu de mal à l'expliquer un jour, termina-t-elle avec un petit rire.

— Que dois-je faire ? balbutia Kimmi en saisissant les documents et les remettants à la première page où se situait la flèche rouge.

Toutes les infirmières se penchèrent en pointant du doigt et en lui donnant des directives pendant que Kimmi signait, suivie par ses deux témoins plus une douzaine d'autres personnes qui voulaient faire partie de la cérémonie.

Sur la dernière page, la signature de Pyotr était déjà élégamment apposée.

Puis le juge Georgian se pencha et ajouta sa part.

— Kimmi Patterson, au nom du système judiciaire de l'État de New York, je vous déclare maintenant fille de Pyotr Laszkovi.

Kimmi laissa échapper un cri aigu qui conduisit un certain nombre de doigts à des oreilles. Elle sauta de son siège, escalada la table, et se jeta dans les bras de son nouveau père adoptif.

Il ne se passa même pas un jour entier avant que Cliff ne se faufile sans un mot dans le bureau de Pyotr, le dépassant alors qu'il se tenait à la réception en train d'examiner le planning du centre.

Pyotr vit une masse de cheveux blonds et un air renfrogné passer devant lui, mais ne demanda pas ce qui se passait. Cela faisait partie de leur relation, partie de leur accord. Lorsque Cliff avait besoin de parler, il aimait le faire dans le cabinet de Pyotr. Une définition d'un arrangement sain à la fois pour Pyotr et Cliff, parce que lorsqu'ils quittaient cette pièce, c'était le signal pour Pyotr d'arrêter d'agir comme un médecin et d'être juste l'amant de Cliff. L'habitude tacite fonctionnait bien pour eux deux.

Pyotr suivit son client pressé dans son cabinet, ferma la porte, et se dirigea vers son bureau. Il se pencha en arrière dans son fauteuil, les mains croisées derrière la tête, les jambes étendues devant lui, et attendit alors qu'une autre habitude de leurs sessions prenait place. Cliff avait tendance à faire le tour de la pièce pendant quelques minutes, posant des questions quelquefois pertinentes, d'autres non – un échauffement pour ce qu'il voulait vraiment dire.

Pyotr le regarda alors qu'il commençait à lire les titres de certains livres sur son étagère, sa tête se penchant de côté pour le faire. Cliff en tira un, mais se contenta de l'observer fixement sans l'ouvrir. Pyotr savait lequel il avait choisi : *La démédicalisation de l'automutilation : De la psychopathologie à la sociologie de la déviance, par Adler et Adler.* Le sujet de l'automutilation non suicidaire était un état pathologique fantôme. Mais Pyotr connaissait très bien le problème pour avoir traité les amants de son jeune frère, Isaac et Isaiah, et savait combien cela était réel et dangereux. Et pourtant il y avait peu de publications sur le sujet.

Cliff replaça le livre relié à sa place et regarda par-dessus son épaule Pyotr qui attendait patiemment, toujours ravi de se contenter de le regarder.

— Alors, vous avez toujours été le psychiatre d'Isaiah ?

Pyotr hocha la tête.

— Depuis que nous avons découvert son état. Alors que ses problèmes émotionnels ont commencé chez lui quand il était plus jeune, le piège affectif dans lequel il s'est enfermé s'est développé pendant qu'il était à l'université.

— Il n'y a pas d'espoir pour lui, pas vrai ? Je veux dire, pour qu'il aille mieux.

Pyotr laissa retomber ses mains sur ses genoux et les croisa tandis qu'il parlait.

— Il a de l'espoir en ce moment. Quelqu'un qui l'aime et comprend suffisamment les conséquences de sa maladie pour savoir non seulement le contrôler, mais également nourrir ses besoins lorsque sa dépendance doit être traitée lors d'une scène afin de contenir et gérer la maladie. Je dirais que c'est le meilleur des soins qu'il peut espérer.

— Mais ce n'est pas un remède.

— Peut-être pas... mais j'ai souvent l'impression que nous mettons trop l'accent sur la recherche d'un remède et que nous négligeons le bénéfice de tout simplement trouver un moyen de gérer la maladie et nous permettre d'avoir une vie épanouissante.

Cliff glissa vers la fenêtre et jeta un coup d'œil à travers le rideau, regardant sans voir, écoutant Pyotr parler. Il ferma les yeux un instant, son cerveau en venant enfin à la question qu'il était venu poser.

— Vous voulez dire comme laisser Kimmi avoir un petit ami.

— Je ne sous-entendais rien du tout. Mais puisque tu en parles... Sa maladie est sous contrôle maintenant. Elle va bien. Pourquoi ne pas la laisser vivre sa propre expérience ? C'est une jeune femme, laisse-la explorer une partie du monde tel qu'il est. Il est temps.

— Et vous pensez que c'est ce que je devrais faire ?

— Cliff, je ne nie pas mes sentiments pour toi ou ceux que j'ai à faire partie de ta famille, mais les choix que tu dois faire pour ta sœur sont les tiens, et seulement les tiens. Je t'écouterai si tu as besoin de parler, te donnerai des conseils si tu m'en demandes, et te soutiendrai, peu importe la décision que tu prendras, mais la décision est la tienne, pas la mienne.

Cliff laissa retomber le rideau et roula contre le mur sans jamais s'en écarter tandis qu'il se retournait pour pouvoir regarder Pyotr.

— Avez-vous aidé Katianna après son enlèvement ?

(◕ᴥ◕)

Pyotr s'enfonça un peu plus dans son fauteuil.

— Non. Je m'occupe de deux autres personnes qui ont été sauvées lors du même « incident ». Mais non, pas elle. Trenton n'a autorisé personne à l'approcher depuis cette nuit-là. Sauf lors de la soirée où nous les avons rejoints au *Club Pain*.

Pyotr pivota une ou deux fois sur son fauteuil, puis s'y enfonça à nouveau.

— Maintenant, laisse-moi te demander quelque chose.

Les yeux de Cliff se dirigèrent vers lui, mais il ne quitta pas le mur.

— Quelles réponses cherches-tu, Cliff ?

Toutes les questions que posait son partenaire n'étaient pas pertinentes, pourtant elles tournaient toutes autour de quelque chose, tentant de récolter des réponses à une question qu'il n'avait pas encore posée. Cliff était très fort pour tourner autour du pot. Souvent à tel point qu'il s'en sortait sans s'impliquer si on le laissait faire trop longtemps. C'était donc à Pyotr de le pousser jusqu'à ce qu'il formule sa pensée.

— Je...

Les yeux de Cliff se perdirent dans le lointain, ce qui fit comprendre à Pyotr que son esprit s'égarait. Mais il attendit ; il savait que Cliff reviendrait vers lui – vers le moment présent.

— Je me disais juste que, peut-être, si quelqu'un comme Dominus pouvait laisser quelqu'un d'autre faire un choix, alors je le pourrais aussi.

Pyotr se gratta le menton un moment, réfléchissant où tout cela allait les mener.

— Ce n'est pas la première fois que tu essaies de te mettre dans la peau de Trenton Leos. Tu te sens connecté au Dominus Leos ?

Cliff le regarda instantanément avec une expression affolée.

— Non !

Il prit une profonde inspiration, expirant cette fois par le nez.

— C'est simplement que j'ai toujours été responsable de Kimmi. Je ne laisse même pas les docteurs avoir le dernier mot.

Pyotr sourit.

— Viens ici.

Cliff s'écarta du mur et contourna le bureau de son amant qui était assis dans son fauteuil, les jambes écartées pour que le jeune homme s'agenouille entre elles, ce qu'il fit volontiers. C'était aussi agréable qu'un câlin. Il laissa tomber sa tête sur la cuisse de Pyotr. Ce dernier passa la main dans les cheveux blonds ; il développait une étrange tendresse, appréciant de choyer son jeune amant.

— Que se passerait-il si je vous demandais de faire ce choix pour moi ? demanda Cliff sans lever les yeux. Que se passerait-il si je vous donnais cette responsabilité ?

Pyotr sourit encore une fois, mais il secoua la tête, refusant l'abandon de pouvoir de son amant. Cliff l'avait peut-être offert verbalement, mais parce qu'il avait refusé de le regarder en le disant, cela voulait dire qu'il n'abandonnerait jamais. Il souhaitait seulement pouvoir le faire.

— Peu importe le choix que je pourrais faire pour Kimmi, tu trouveras inévitablement quelque chose à y redire et ça se mettra entre nous. Et cela me positionnera entre toi et Kimmi. Cliff, tu peux abandonner tout pouvoir en ma faveur, et je prendrais soin de tes besoins avec amour, mais Kimmi doit pour toujours demeurer ta responsabilité. Agir autrement serait t'offenser.

— Elle est trop jeune pour avoir des relations sexuelles, marmonna soudain Cliff en fronçant les sourcils.

Pyotr ravala un rire, se rappelant combien il avait lui-même souffert lorsque les jumelles avaient grandi, commencé à fréquenter les garçons et exploré leur sexualité. Même selon sa perspective, les règles étaient différentes entre les filles et les garçons. Il avait été beaucoup plus protecteur envers elles.

— Peut-être que tu envisages tout ça un peu trop rapidement, offrit-il pour élever la discussion.

Cliff finit par lever les yeux.

— Que voulez-vous dire ?

— Eh bien, considérons juste un rendez-vous pour l'instant. Un dîner – ils pourraient même être chaperonnés. Personne n'a dit qu'elle devait avoir des relations sexuelles.

Le visage de Cliff reprit l'expression renfrognée qu'il avait eue quelques minutes plus tôt.

— Mais cela les y conduira, à terme.

Cette fois, Pyotr ne put retenir son rire. Son *dragi* était trop mignon pour s'en empêcher.

— Oui, à terme, cela pourrait arriver. Mais pourquoi s'en inquiéter dès à présent ?

CHAPITRE DIX

Bien avant la troisième heure, Cliff s'était lassé des applications de jeux sur son téléphone. Il l'avait fourré dans sa poche et attendait dans le hall du centre de traitement du cancer, tranquillement assis tandis que son esprit vagabondait vers quelque chose qui n'était pas ici et certainement pas maintenant. Il était habitué à ça – attendre. Il ne comptait plus les demi-journées qu'il avait passé à patienter. Il sentit ses paupières s'alourdir et sa tête s'affaisser alors que la position assise immobile l'endormait, mais le bruit d'une porte frappant violemment contre le mur le réveilla instantanément.

Kimmi se rua dans le hall ; Cliff était déjà debout pour la suivre. Mais c'est alors qu'il remarqua la frayeur dans ses yeux, sans mentionner la précipitation de sa démarche. Elle lui rentra pratiquement dedans, attrapant son bras et le tirant immédiatement pour qu'il la suive.

— Viens, Cliff. C'est l'heure d'y aller.

Cliff sut tout de suite que quelque chose clochait. Quelque chose qui la poussait à s'enfuir et à tirer encore plus sur son bras quand il refusa de bouger.

— Viens, allons-y. Je veux y aller, s'il te plaît, balbutia-t-elle.

L'attention de Cliff se reporta vers le couloir d'où elle était venue et il vit le docteur Lee se diriger vers eux. Le médecin arborait la même expression du porteur de mauvaises nouvelles que celle que Kimmi essayait en vain de lui cacher. Cliff dégagea son bras de l'emprise de sa sœur, contrant ses tentatives pour le saisir à nouveau, et fit un pas dans la direction du praticien qui secouait déjà la tête.

— Ce n'est pas bon, cette fois, Cliff, dit le docteur en continuant à secouer la tête.

— Que voulez-vous dire par, « ce n'est pas bon » ? demanda Cliff alors qu'une alarme se déclenchait dans sa tête.

Il prit une inspiration saccadée, reconstruisant en pensée ses murs de défense pour se préparer à l'ouragan qui allait survenir.

— Ça s'est trop étendu, nous ne pouvons pas envisager d'opération.

La réponse vague du médecin déclencha un flot de questions stupides. Il ne voulait pas entendre que ça s'était étendu... pas ceci... ni cela... il voulait des détails. Quoi... Quoi... QUOI !

— Que voulez-vous dire par « étendu » ? Qu'est-ce qui s'est étendu ?

— Pour commencer, son examen physique. Il y a un gonflement et une sensibilité notable sous son aisselle gauche. Et nous avons encore plus de soucis avec le gonflement dans la zone de son foie et de sa rate. Nous avons décidé de faire immédiatement une biopsie en même temps qu'une radio et des tests de densité osseuse. Alors que la radio n'a rien révélé de concluant, la biopsie a détecté une combinaison de liquides infectieux et de saignements. Ses tests de numération globulaire sont revenus avec un faible nombre alarmant de globules blancs.

— Mais qu'en est-il de la scintigraphie au gallium et à la métaiodobenzylguanidine[4] ? Qu'ont révélé ces scanners ?

Cliff ignora les résultats des tests tant qu'il ne les avait pas tous pour faire le calcul dans sa tête. Ce n'était pas la première fois qu'ils en étaient là. Ils avaient traversé beaucoup de choses, quelques frayeurs qui s'étaient révélées n'être qu'une infection mineure causée par les médicaments contre la douleur ou une intolérance à des antibiotiques.

Le docteur Lee poussa un long soupir en laissant retomber les bras le long de son corps avec les papiers qu'il tenait dans sa main et secoua lentement la tête, comme au ralenti.

Cliff n'était pas prêt à accepter la défaite. Kimmi allait mieux depuis son dernier combat. Il était trop tôt pour traverser à nouveau cette épreuve.

— Eh bien, si c'est tout ce que vous pouvez me dire, qu'est-ce qui vous a pris autant de temps là-bas ?

— Tous les drapeaux rouges sont apparus. Nous ne pouvions pas risquer de la laisser partir avant d'être sûrs. Alors nous l'avons glissé entre deux rendez-vous pour une IRM. Son sang se décompose à l'intérieur de sa moelle osseuse et il y a des saignements dans ses organes et ses

---

[4] Scintigraphie au gallium : examen d'imagerie en médecine nucléaire qui emploie un radio-isotope (produit radio pharmaceutique) appelé citrate de gallium (67 Ga) pour trouver s'il y a une infection ou une inflammation dans des régions du corps.

Scintigraphie à la métaiodobenzylguanidine : examen d'imagerie en médecine nucléaire qui a recours à un produit radio pharmaceutique appelé métaiodobenzylguanidine (MIBG) pour aider à localiser dans le corps et à diagnostiquer certains types de cancers.

ganglions lymphatiques, Cliff. Le cancer s'est largement étendu.

— Elle était ici il y a seulement quatre semaines ! Si c'est tellement mauvais, pourquoi seulement maintenant ? cria presque Cliff. Pourquoi ne pas nous l'avoir dit à ce moment-là ?

— Elle n'avait pas subi d'analyse spectrale complète. Et son examen physique a montré aujourd'hui des signes précurseurs qui suggéraient qu'elle avait besoin d'en faire une. Les résultats des tests qui avaient été effectués n'avaient pas suffi à détecter une dégénérescence à ce stade précoce, Cliff.

— Mais vous auriez dû voir quelque chose ! Vous auriez dû savoir !

Le docteur secoua la tête.

— Les cellules leucémiques se propagent à un rythme beaucoup plus rapide que ce que nous avons vu dans son cas auparavant. Je ne sais même pas si nous pouvons l'arrêter cette fois.

Cliff se figea. Aucun mot. Aucune pensée. Mais il était sûr que tout ça viendrait s'écraser sur lui une fois qu'il aurait tout assimilé. Pourquoi le docteur Lee remettait-il en question leur capacité à l'arrêter ? Il n'avait jamais fait ce genre de commentaire auparavant.

Kimmi tirait encore plus fort sur son bras maintenant. Son corps tout entier se penchait pour obliger Cliff à quitter le centre avec elle.

— S'il te plaît, allons-y. Nous essaierons de gérer cela plus tard.

Cliff resta cloué au sol, ne bougeant pas d'un millimètre. Puis il tendit le bras d'un air hébété, plaçant sa main sur le visage de sa sœur, sentant la chaleur de ses joues. Kimmi s'immobilisa brièvement tandis que Cliff faisait courir ses doigts sur la peau fine juste au-dessous de son oreille et grimaça lorsqu'il appuya doucement sur le ganglion lymphatique.

— Nous n'avons pas à faire quoi que ce soit maintenant. Rentrons, s'il te plaît, chuchota-t-elle.

❦

— J'ai bien peur qu'elle n'ait pas ce genre de temps, Cliff, l'interrompit le docteur Lee. Nous devons commencer la chimio intense tout de suite. J'ai anticipé et je lui ai pris un rendez-vous pour qu'elle commence après-demain.

Il s'arrêta un instant puis sortit un flacon de sa blouse blanche et le tendit à Cliff.

— Elle doit commencer à prendre ça dès maintenant.

Il lui remit les pilules utilisées dans le traitement de son type de cancer.

— Vous devrez l'amener tôt et nous la garderons le weekend avec un traitement complet, puis, selon son état, nous pourrons peut-être la laisser rentrer à la maison pour les vacances. Entamez un régime alimentaire riche en protéines. J'aimerais aller de l'avant et commencer à récolter des cellules souches sur vous. Je vous prends donc également un rendez-vous pour lundi.

Le docteur Lee étudia le visage du jeune homme : rigide et contracté comme une bobine de tension qui menaçait de casser à tout moment. Et pour l'instant, Cliff n'était même pas conscient des tentatives de sa sœur pour l'entraîner dehors. Kimmi avait toujours représenté une lueur d'espoir, non seulement pour sa propre maladie, mais pour celles des autres aussi. Il s'occupait d'elle depuis qu'elle avait douze ans, quand il avait pris la place du docteur Karenth au centre de traitement du cancer. Si un patient méritait un peu de répit – et en ce qui le concernait, ils le méritaient tous –, ces deux-là en avaient vraiment besoin. Mais certainement pas ce qui, comme il le craignait, arrivait trop vite.

— Je suis désolé, Cliff.

Il les regarda tous les deux alors que l'acceptation de l'inévitable s'infiltrait sur le visage du frère et de la sœur, déclenchant chez lui un tourbillon d'émotions d'impuissance. La lueur d'espoir qui illuminait habituellement la jeune fille comme une aura n'était pas là cette fois.

ᨀ

Cliff dégagea brusquement son bras, interrompant le tiraillement incessant de Kimmi, puis il attrapa cette dernière et l'attira contre lui. Ses bras s'enroulèrent autour d'elle et il la serra fort. Il lui enfouit le visage contre son torse et posa la tête sur la sienne. Il était en colère et engourdi en même temps. Ce n'était pas juste – pas juste du tout. Il ressentit une douleur profonde qui menaçait de le consumer. Alors pour l'instant, il allait nourrir sa colère.

— Voulez-vous que j'appelle un des volontaires pour vous raccompagner chez vous ? offrit le docteur Lee derrière lui.

— Non.

Cliff ne bougea pas, mais mordilla sa lèvre pendant un moment.

— Je crois que j'ai besoin de marcher, murmura-t-il par-dessus la tête de Kimmi.

— Gardez-la bien au chaud alors. Elle ne peut pas se permettre d'attraper froid.

Cliff se retourna avec Kimmi dans les bras et commença à marcher, ou plutôt à crapahuter, à travers les gens et les portes jusqu'à ce qu'ils se retrouvent dehors et que l'air glacé d'octobre les surprenne. Il ne faisait cependant pas suffisamment froid pour calmer le feu qui faisait rage en lui. Il savait que sa sœur avait du mal à marcher alors qu'il la tenait fermement contre lui, les bras verrouillés autour de ses épaules. Mais il ne pouvait pas se résoudre à la lâcher. Il ne la lâcherait jamais.

Son téléphone se mit à sonner au moment où ils atteignaient le quatrième pâté de maisons. Il ne voulait pas regarder. Il ne voulait pas répondre. Diesel avait sûrement parlé avec le docteur Lee maintenant. Donc, soit c'était lui qui appelait, ou peut-être qu'il avait appelé Pyotr. Il ne pouvait pas regarder l'écran de son téléphone ; il devrait le prendre pour ça, et s'il le faisait, les émotions qu'il avait refoulées exploseraient. Il n'était pas prêt pour cette explosion, n'était pas prêt pour laisser Pyotr la lui enlever. Sans sa colère, Cliff n'était pas sûr de pouvoir survivre à ce nouveau coup du sort. Regarder sa petite sœur raccordée à un nombre incalculable de tubes qui lui injectaient des drogues et des toxines dans le système afin d'anéantir ce qui avait essayé maintes et maintes fois de la tuer... Son bras se resserra autour de Kimmi, mais elle ne laissa aucun gémissement s'échapper de sa bouche. Même lorsque son téléphone se remit à sonner, niché dans la poche de son manteau, Kimmi ne s'éloigna pas de lui ni ne protesta au sujet de son étreinte étouffante.

Pyotr referma son téléphone lorsque, pour la cinquième fois, Cliff ne décrocha pas. Ce n'était pas le genre de son amant de ne pas répondre à ses appels. Même lorsqu'il travaillait, Cliff se débrouillait toujours pour prendre un moment afin d'au moins lui envoyer un texto. Mais ce n'était pas là où se trouvait son amant pour l'instant.

Quand Diesel l'avait appelé pour l'informer de ce qu'avait dit le médecin de Kimmi, Pyotr avait ressenti les émotions qui avaient fait rage chez Cliff tandis que Diesel lui expliquait que la leucémie de Kimmi avait refait surface. Seulement cette fois, le pronostic du praticien n'était pas vraiment encourageant.

Néanmoins, ce qui était important pour l'instant, c'était de déterminer où le frère et la sœur avaient disparus. C'était ce qui préoccupait le plus Pyotr pour le moment – retrouver Cliff avant qu'il ne craque complètement.

Pyotr attrapa son manteau et se dirigea hors de son bureau, disant à Mary à la réception qu'il avait une urgence familiale et qu'elle devait reprogrammer ses rendez-vous. Il traversa la ville en direction de l'hôpital de Cambridge afin qu'on lui dise une fois arrivé là-bas que Cliff et Kimmi étaient partis à pied.

Parcourant la ville, rue après rue, Pyotr appela encore une fois, mais n'obtint toujours pas de réponse. Il s'arrêta à un feu rouge, fixant la rue devant lui et essayant de contenir ses émotions. Où étaient-ils allés ? Il se frotta le visage, s'inquiétant au sujet de son amant et de l'agitation qui devait le consumer. Une voiture klaxonna derrière lui, ramenant brusquement Pyotr à l'instant présent et au feu vert qui flamboyait devant lui. Ignorant les deux, Pyotr ouvrit son téléphone et fit ce qu'il s'était juré de ne jamais faire. Il s'immisça dans leurs affaires et appela Kimmi.

Le téléphone sonna plusieurs fois jusqu'à ce qu'une voix enjouée réponde.

Salut, c'est Kimmi Patterson. Désolée d'avoir raté la chance de parler avec vous, mais vous pouvez laisser un message afin que je puisse vous rappeler.

— Kimmi, s'il te plaît, dis-moi où je peux vous trouver.

Et il raccrocha. Une cacophonie de klaxon résonna derrière lui, alors il appuya sur la pédale et dégagea la voie. Se dirigeant vers sa maison, Pyotr arpenta les rues de Manhattan, ses yeux scannant chaque centimètre à la recherche de Cliff et Kimmi.

Il était sur le point de prendre la rampe de la sortie de Long Island quand son téléphone émit un « bip » pour lui annoncer l'arrivée d'un message. C'était Kimmi.

Txt:— Près du hangar à bateaux. —*Kimmi*

Pyotr changea rapidement de voie et resta sur l'autoroute. Il sentit une partie du poids dans sa poitrine s'alléger quand il les repéra alors qu'ils se dirigeaient vers Malcomb Bridge. Kimmi était blottie sous le bras de son frère. La circulation était trop dense pour qu'il puisse s'arrêter sur le pont, bien qu'il freine plusieurs fois en envisageant sérieusement de le faire, mais il vit la tension sur le visage de Cliff. La marche dans le froid était ce dont son amant avait besoin ; alors il les dépassa et se gara dans le parking du parc. Exactement au même endroit où il avait retrouvé Cliff et Kimmi lorsqu'ils étaient venus le voir ramer. C'était la nuit où Cliff et lui avaient fait l'amour pour la première fois.

Il y avait sûrement une raison pour que Cliff veuille « boucler la boucle ». Mais même avec toutes ses connaissances, Pyotr ne savait pas exactement ce qui avait conduit son amant à cet endroit. Ce n'était pas sur le chemin de la maison.

Il se tint à l'orée du parc, attendant que Cliff et Kimmi le rejoignent, le visage du jeune homme de plus en plus tendu au fur et à mesure qu'il s'approchait. Les fils que Pyotr avait voulu défaire à un moment donné pour le libérer étaient sur le point de casser.

Cliff atteignit le bord et s'arrêta brusquement, se contentant de fixer Pyotr. Sa mâchoire se serra et son front se plissa de douleur à peine contenue.

— Cliff ?

— Non ! cria soudain ce dernier. Je ne veux pas être consolé. Je ne veux pas qu'on me dise que je vais surmonter ça ! Ne faites pas ce qu'ils font.

— Que font-ils, Cliff ?

— Me dire que tout va s'arranger. C'est ce qu'ils font.

Cliff secoua furieusement la tête.

— Ne me dites pas ça. Parce que ça ne va pas s'arranger.

— Je ne le ferai pas. Je veux juste que tu saches que je suis là pour toi. Que je suis là pour vous deux.

Cliff inspira comme s'il voulait dire quelque chose, mais l'acte faillit lui coûter son contrôle et sa bouche se referma. Il fixa le ciel. Un ciel d'hiver gris et triste comme ses yeux. Ils avaient toujours été comme ça jusqu'à récemment. Ce qui inquiétait le plus Pyotr, c'était que Kimmi avait pour la première fois le même regard que son frère. Aucun des deux ne s'attendait à ce que tout se finisse bien.

Des larmes remplirent les yeux de l'amant de Pyotr, mais Cliff les essuya d'un revers de la manche avant qu'elles puissent couler.

— Je ne peux pas faire ça, Pyotr.

Il suppliait presque pour qu'on le libère.

— Alors nous le ferons ensemble.

Pyotr fit un pas en arrière et de côté, un geste qui ne les oppressa pas, mais qui ouvrait la voie afin que Cliff le suive, ce qu'il fit. Pyotr savait que Cliff avait besoin d'expulser un peu d'énergie et marcher dans le parc l'aiderait à le faire. Ils n'avaient pas parcouru plus de quelques mètres quand Cliff s'arrêta près d'un des pavillons et décida de laisser éclater sa rage sur une table de pique-nique.

☙❦❧

Kimmi savait ce que son frère pensait. Ce n'était pas juste. Tomber malade tant de fois. Survivre une fois pour à nouveau tomber malade. Elle observa Cliff démanteler une table, puis elle se retourna et se dirigea vers l'eau. Elle s'assit sur le muret qui surplombait la rivière, regardant toujours son frère de temps en temps alors qu'il se démenait tandis que Pyotr essayait de le consoler. Elle ne pouvait pas arrêter ses larmes, ce qui rendit le froid encore moins supportable et son nez qui coulait n'arrangeait pas non plus les choses. Elle était sur le fil de l'auto-apitoiement, mais ce qui était pire, c'était qu'elle avait gâché la vie de son frère. Pas intentionnellement, mais cela ne changeait pas le fait que Cliff avait abandonné presque tout pour prendre soin d'elle. La seule consolation qu'elle avait, c'était qu'il aimait être un infirmier maintenant. Et ils avaient trouvé Pyotr. Pyotr était formidable. Elle ne pouvait cependant pas s'empêcher de craindre que son dernier diagnostic puisse nuire également à cette relation.

Elle jeta un coup d'œil à l'eau qui s'écoulait sous ses pieds. Il y eut un grand bruit et elle se retourna vivement pour voir une des poubelles du parc voler à travers la pelouse, puis Cliff la suivre pour lui donner un autre bon coup de pied. Il aimait donner des coups de pied et jeter des choses quand il avait besoin d'évacuer un peu de colère. Et puis il y avait Pyotr, qui veillait sur lui comme un ange gardien.

Elle descendit du muret et marcha pendant un moment, jetant de temps en temps un coup d'œil par-dessus son épaule. Au moment où Kimmi atteignit la rampe de lancement des bateaux, Pyotr tenait son frère dans ses bras, ce qui arrêta un instant son accès de rage. Elle se tint là, les fixant pendant un long moment avant de prendre une profonde inspiration. Elle se retourna et descendit les marches qui menaient à la rampe de lancement des kayakistes. Elle tint fermement le rail, faisant attention de ne pas glisser sur la boue gelée qui recouvrait la rampe en béton. Elle fit une pause, regardant par-dessus son épaule en se tenant sur la pointe des pieds pour pouvoir voir au-dessus de la plus haute marche, apercevant Pyotr et Cliff assis sous l'un des pavillons où Pyotr avait enfin réussi à amener son frère à parler au lieu des cris qu'il avait poussés jusqu'à maintenant. *Bien.* Elle se retourna vers l'eau qui tourbillonnait, prête à l'emporter au loin comme un kayak ou un canoë. Ses pensées s'enfonçaient dans ce mouvement liquide alors qu'elle tenait toujours fermement le rail en fixant l'eau claire et la vase au fond, et lentement, sans même y réfléchir, elle enleva ses bottes et suivit ses pensées.

L'eau gelée lui coupa le souffle et elle haleta plusieurs fois, sentant la morsure glaciale sur ses pieds. Elle fit un autre pas jusqu'à ce qu'elle se tienne dans l'eau à hauteur de genoux, ses pieds fermement plantés dans la rivière.

Elle les observa, pâles ombres teintées d'un vernis à ongles orange fluo sur des orteils qui contrastaient avec le fond de l'eau sombre. Et malgré sa première réaction, elle se sentait maintenant complètement engourdie. Le monde entier disparut silencieusement. Il n'y avait plus que le son de sa respiration et de l'eau qui se refermait sur elle. Rien d'autre. Pas de voitures. Pas de gens.

Pas de cancer...

Pas de maladie. Pas de douleur. Juste... *un engourdissement.*

Elle sentit son cœur battre dans sa poitrine, entendit son pouls dans ses oreilles. Un martèlement fort et régulier. La fièvre qui avait détruit ses cellules se précipitait maintenant pour être détruite par les eaux glaciales qui engloutissaient ses pieds. Qui l'appelaient. Juste elle et la réflexion impassible qui la fixait. Elle n'avait qu'à faire quelques pas de plus, et la rivière ferait le reste.

L'eau était si froide, elle serait instantanément engourdie. *Elle ne sentirait plus rien.*

Elle leva un pied…

— KIMMI !

Son pied s'immobilisa alors que quelqu'un la tirait de ce qui lui semblait être un rêve.

— Kimmi ! cria à nouveau Cliff tandis qu'il dérapait sur les marches derrière elle.

Il entra rapidement dans l'eau et la prit dans ses bras avant de s'éloigner du bord pour la ramener sur l'escalier. L'absence du froid engourdissant lui causa instantanément des milliers de petites piqûres sur les pieds.

Pyotr se trouvait en haut des marches, son manteau à la main qu'il enroula immédiatement autour de ses pieds rougis et les frotta tandis qu'ils l'emportaient à la voiture. Elle ne fit pas un geste et ne dit pas un mot ; seules des larmes coulaient silencieusement sur ses joues. À travers son regard flou, elle pouvait voir la tension dans la mâchoire de son frère. Cliff voulait dire tellement de choses, mais il garda tout à l'intérieur.

— Non, fut tout ce qu'il se permit de dire en la serrant dans ses bras et en l'embrassant sur le côté de la tête.

Pyotr ouvrit la portière arrière de sa voiture et Cliff s'y glissa, installant Kimmi sur la banquette avant de s'asseoir à côté d'elle, posant ses pieds gelés sur ses genoux. À cet instant, il passa en mode « infirmier ». Son infirmier personnel comme il l'avait toujours été. Sauf que sa vigilance ne s'arrêta pas là.

— Mais à quoi pensais-tu donc ?

Kimmi enferma soigneusement ses pensées alors qu'elle surprenait les yeux de Pyotr dans le rétroviseur tandis qu'il les reconduisait à la maison. Elle pouvait voir les lignes gravées sur son visage, preuve d'une inquiétude profonde pour Cliff et elle. Cet homme aimait vraiment son frère et elle savait que ce dernier avait eu un véritable coup de foudre pour le psychiatre. Elle ne voulait pas s'immiscer entre eux. Pas comme ça. Malgré ses efforts pour ne rien laisser paraître, ses lèvres commencèrent à trembler sous les sanglots qui menaçaient de la submerger.

Cliff était occupé à rétablir la circulation sanguine dans ses jambes et ses pieds. Il n'avait pas fini ses remontrances.

— Le docteur t'a dit, il y a tout juste deux heures, que tu devais rester au chaud. Tu ne peux pas risquer de tomber malade si nous devons encore affronter tout cela.

Il attrapa son poignet et s'immobilisa, vérifiant son pouls. Apparemment pas satisfait, il déplaça ses doigts sur son cou. Ce n'était pas qu'il n'arrivait pas à sentir le pouls de sa sœur ; c'était parce que le sien faisait interférence.

— Je veux savoir ce qui t'est passé par la tête, exigea-t-il d'une voix crispée.

— Je ne veux pas te faire revivre tout ça, gémit-elle. Ce n'est pas juste. Ne serait-ce pas mieux pour toi si je disparaissais ?

Le visage passa d'une expression horrifiée à une rage pure.

— Disparaître ? Tu penses que j'ai supporté tout ça afin que tu disparaisses ?

Les mains de Cliff retournèrent sur ses pieds et il recommença à les frotter. Plus fort maintenant que sa colère passait par ses mains, et cela lui fit mal, la faisant grimacer.

— Je ne veux pas que tu disparaisses ! Je veux que tu restes avec moi. C'est toi et moi, tu te souviens ? Nous n'avons pas surmonté tout ça afin que je me débarrasse de toi !

— Je suis désolée, hoqueta-t-elle dans un sanglot.

❦

Cliff se tut. Il était prêt à crier encore plus, mais le visage de Kimmi était strié de larmes, et il ne supportait pas l'idée d'ajouter à son désarroi. Il garda le silence le reste du trajet, évitant délibérément le regard de Pyotr qui se tournait occasionnellement vers lui.

Quand ils arrivèrent à la maison, Pyotr prit Kimmi et la porta dans sa chambre à l'étage.

— Attrape des serviettes dans l'armoire et mets-les dans le sèche-linge pendant quelques minutes. Il y a aussi une couverture électrique dans l'armoire, suggéra-t-il doucement à son jeune amant avant de disparaître dans la chambre de Kimmi avec son précieux fardeau.

Lorsque Cliff revint de la buanderie, Pyotr l'attendait.

Cliff détourna les yeux, mais il savait que son amant avait quelque chose à lui dire, si jamais il le lui permettait. C'était une chose que Pyotr ne faisait jamais sans y être invité.

— Vous pensez que je ne gère pas ça comme il le faut, pas vrai ?

Pyotr fit un pas en avant, attrapant le bras de Cliff juste au-dessous de l'épaule. Son emprise était faite pour réconforter, pas pour contrôler.

— En effet.

Cliff le regarda ; tout son savoir et son expérience étaient gravés sur son visage à ce moment-là.

— Tu es en colère parce qu'elle est malade. Tu es en colère après tes parents pour vous avoir abandonnés. Tu lui dis que ce n'est pas sa faute, et pourtant tu lui cries dessus à cause de ça. Ces actions ne font que renforcer sa culpabilité selon laquelle elle est responsable de ton désespoir.

Cliff blêmit et déglutit péniblement, mais resta silencieux. Que pouvait-il bien dire ?

— Perdre un parent en un instant est dévastateur pour le corps et l'esprit. Il n'est pas facile d'en guérir ou d'oublier. Donc la colère que tu ressens en ce moment est tout à fait naturelle. Surtout depuis que tu as appris la réapparition de la maladie. Crier sur Kimmi n'est bon pour aucun de vous. Ne la culpabilise pas non plus d'être vivante.

Pyotr se pencha et déposa un baiser sur le front de Cliff, s'attardant un instant comme pour transmettre un peu de son amour dans la tempête qui faisait rage dans ses yeux gris.

Lorsque la sonnerie du sèche-linge retentit, Pyotr le relâcha pour qu'il aille s'occuper de sa sœur.

Il était tard lorsque Cliff descendit de la chambre de Kimmi.

— Je ne m'attendais pas à te voir ce soir, lui murmura Pyotr en écartant le livre qu'il était en train de lire tandis que le jeune homme se glissait sur lui et enfouissait son visage contre la poitrine de son amant sans dire un mot.

Pyotr referma son livre et enroula un bras autour de son amant épuisé, échangeant un regard avec son frère Pavle avec qui il avait discuté au sujet de ce qu'ils pourraient faire pour aider Kimmi avec son traitement et ce dont ils auraient besoin ici, à la maison.

Pyotr avait vu plusieurs de ses propres patients glisser dans la maladie – cancer, syndrome de la guerre du Golfe, sida. Mais là, c'était différent. C'était plus proche de lui. Et ça le touchait douloureusement.

Ce serait la troisième fois de sa vie que Kimmi allait subir une chimio. Et comme lui avait expliqué Pavle après avoir regardé son dossier médical sur l'ordinateur, ils avaient pu voir ce que Cliff ne leur avait pas encore divulgué. Ses médecins avaient prescrit des séances intenses de chimiothérapie et de radiothérapie avec un dosage maximum, autant que son corps pourrait en supporter. C'était tout ou rien maintenant. Le plan était de lui injecter tout ce qu'ils pouvaient, et ensuite lui faire subir une autre greffe de moelle osseuse. Quand la greffe aurait pris, elle subirait encore des séances de chimio. Cela allait être un traitement brutal. Mais les médecins espéraient que ce procédé violent provoquerait une rémission, peut-être pour de bon cette fois-ci. S'ils en faisaient moins, les chances de guérison seraient très minces.

Pyotr pouvait sentir l'horloge tourner. Sa petite famille était à court de temps et il ne voulait rien manquer. Il avait déjà prévu dans sa tête de prendre un congé sabbatique, à l'exception de quelques cas particuliers. Puis il allait prévenir tous ses frères et les jumelles qu'ils fêteraient Thanksgiving ici cette année, dans la maison familiale. La présence de tous les membres de la famille Laszkovi serait requise, avec ou sans leur famille. Il n'accepterait aucun refus.

CHAPITRE ONZE

Pyotr avait rendu les choses faciles afin que tout le monde puisse se joindre à lui. Peu lui importait quel jour tombait Thanksgiving, ce qui était important, c'était que tout le monde soit là et qu'il n'y ait pas de concurrence avec les beaux-parents. Il avait donc organisé le rassemblement pendant le weekend juste au cas où certains n'auraient pas pu venir le jeudi. Il s'avéra qu'ils vinrent tous – et juste à temps pour le jeudi de Thanksgiving. Et Kimmi aussi.

La première à arriver fut l'ex-femme de Pavle, Maggie, avec les enfants, cette dernière ayant proposé de venir la veille pour offrir son aide dans la préparation culinaire. Maggie et Pavle, bien que divorcés, étaient restés de bons amis. Ils avaient eu une belle vie ensemble, mais après que les garçons aient grandi, ils s'étaient rendu compte qu'ils n'étaient plus faits l'un pour l'autre et s'étaient séparés avant que la rancune ne puisse les affecter. Et bien sûr, il y avait également le fait que Pavle était gay depuis le début. Mais la famille était la famille, et ils passaient leurs vacances ensemble.

Le jeudi matin, Artyom, sa femme Mira et leurs six enfants arrivèrent, amenant avec eux le premier rayon de soleil. Et alors que la journée se réchauffait sous le soleil de la fin d'automne, le reste de la famille commença à arriver. Les suivants furent Sasha et ses amants, les jumeaux Isaac et Isaiah. Peu après, Trofim se présenta seul, suivi de près par les jumelles Varvara et Andjela.

Darko fut le suivant, lui aussi célibataire, mais quelqu'un devait le rejoindre pour le weekend et il avait l'espoir d'approfondir sa relation avec l'homme qu'il avait secouru sur le bas-côté d'une route quelques semaines plus tôt. Leur histoire était intéressante à raconter. Maxum avait crevé alors qu'il venait tout juste de prendre possession de sa nouvelle voiture quatre heures auparavant. Il n'avait pas la moindre idée de l'endroit où se trouvait la roue de secours. Darko s'était garé avec son chopper et l'avait dépanné. Toutefois, quand son gaydar s'était affolé, il avait exigé une récompense plutôt audacieuse, et avait attiré l'homme dans un profond baiser, là, sur le bas-côté de la route. Mais les mains couvertes de cambouis de Darko avaient ruiné le costume de l'autre homme. Une pénitence fut offerte, l'invitant à venir dîner chez lui en amenant ledit costume qu'il promit de faire nettoyer à ses frais, ou alors de ne pas venir, mais à ce moment-là, il ne prendrait pas en charge le nettoyage. Maxum vint, sans le costume, mais il livra néanmoins quelque chose d'autre. Et Darko voulait avoir plus de ce genre de choses dans sa vie.

Peu après midi, Jovan arriva avec ses deux enfants moins une ex-femme qui le haïssait ainsi que le monde entier. Puis vinrent Rury et son flamboyant compagnon, Liam.

Stanislav et sa femme furent les derniers. Il avait l'air épuisé comme s'il avait dû physiquement traîner sa femme et la voiture jusqu'ici. Il était probable que l'hypothèse de Pyotr ne soit pas très loin de la vérité, connaissant l'épouse de Stanislav, Frannie, et son aversion pour les gays.

Cette dernière venait d'atteindre le haut de l'escalier avec Stanislav quand elle s'arrêta brusquement en voyant Darko partager un baiser joueur avec son nouvel amant. Son visage se tordit de dégoût face à eux puis son regard accusateur se reporta sur les autres personnes présentes qui semblaient accepter ce qui se passait. Elle parcourut des yeux la pièce où se tenaient neuf hommes manifestement gays. Pavle fut épargné grâce à la présence de Maggie. Mais au point où elle en était, un homosexuel de plus ou de moins ne faisait pas grande différence. Elle tourna les talons en hâte, laissant derrière elle une traînée de malédictions et de « Je vous salue Marie » teintés de souffre ainsi que d'autres choses bibliques que personne ne sembla capable d'interpréter. Stanislav, bien sûr, se précipita derrière elle. Il n'avait pas traversé tout l'état pour faire demi-tour et rentrer chez lui. Il n'avait pas vu son frère Pyotr depuis un an. La visite avait bien trop tardé et franchement, il avait juste besoin d'être là avec son grand frère. Stanislav, le plus vieux des petits frères, avait été le petit ange de leur mère. Il avait toujours été le gentil petit garçon de la fratrie et le plus indulgent. Une chose dont sa femme profitait effrontément.

Pyotr les suivit. Il refusait que Frannie gâche le weekend pour le reste de la famille. Le fait que plusieurs d'entre eux soient gays n'avait jamais été un secret, il était donc absurde qu'elle soit insultée par leur présence, à peine arrivée. Pyotr avait également vu la détresse sur le visage de son petit frère et il ne voulait pas non plus laisser passer cette demande muette sans l'aider.

Stanislav réussit à attraper le bras de sa femme et l'arrêta dans la cour, sous les arbres.

— Fran, attends. C'est la famille. Ne peux-tu pas laisser tomber ? Juste pour un jour ? plaida-t-il d'un air fatigué.

Ils avaient eu bien trop de querelles de ce genre au cours des trois années de leur mariage. Le fait qu'elle ait fait sortir manu militari Pyotr et les autres lors de la cérémonie de mariage aurait dû être suffisant pour annuler l'évènement. Mais il lui avait pardonné, car il ne l'avait pas prévenue. Il n'avait tout simplement pas pensé que c'était quelque chose dont il aurait dû parler. Il avait grandi avec des frères gays et avait toujours cru que c'était la même chose pour tout le monde. Jusqu'à ce jour.

❦

— Frannie, s'il te plaît. C'est une fête pour la famille. Pourrais-tu reconsidérer ta position et nous rejoindre ? appela Pyotr avant qu'elle arrive à la porte de la cour.

Frannie se retourna pour lui répondre, agitant un doigt sous son nez.

— Vous brûlerez tous en enfer pour vos péchés.

Pyotr n'avait jamais oublié la haine qu'elle avait montrée à son mariage. Même après que lui et les autres aient quitté la chapelle, elle n'avait pas laissé tomber. Elle avait fait en sorte qu'il soit pratiquement impossible pour Stanislav de rendre visite à sa famille et était restée campée sur ses convictions religieuses. Sa famille ouvertement fasciste et leurs remarques politiques et religieuses n'étaient pas les seules valeurs qu'ils dénigraient dans leurs discours hypocrites. Ils avaient également une logique qui n'était pas loin de la folie.

Tout cela était bien beau, sauf pour la partie où Pyotr devrait brûler en enfer pour ses préférences sexuelles, et il avait depuis longtemps perdu sa patience avec Frannie.

— Alors nous ferions mieux d'apprendre à nous entendre, puisque nous nous tiendrons compagnie là-bas, n'est-ce pas ? dit-il d'une voix tendue.

— Qu... quoi ?

Sa bouche s'ouvrit sur un « O » morbide.

— Ah ! Comment oses-tu ?

La colère de Frannie passa de blanche à volcanique.

— Quoi, Frannie ? demanda Pyotr en penchant la tête. Tu pensais que tu pouvais continuer à cracher ton venin et montrer autant de haine dans tes jugements, et ne pas avoir besoin de te repentir pour ça ?

La bouche de Frannie s'ouvrit à nouveau. Elle n'avait pas l'habitude que Pyotr lui réponde de cette manière. Il se servait généralement d'un jargon psychologique pour prouver que ses émotions malsaines et ses assertions fanatiques ne servaient qu'à masquer sa propre confiance fragile en ce monde. Mais qu'il ose dire qu'elle irait en enfer avec lui n'était pas de bon augure, et elle n'était pas préparée pour pouvoir lui répondre. Après un long moment de réflexion, elle leva la main avec l'intention de le gifler.

Stanislav en eut soudain assez et il attrapa fermement le bras de sa femme, n'arrêtant pas seulement son agression physique, mais la réduisant également au silence.

— Arrête tout de suite.

L'esprit épuisé de Stanislav dériva du fardeau qu'il ne pouvait plus porter ; ses yeux allèrent jusqu'à la grande baie vitrée de la pièce principale où ses frères, tous alignés, le regardaient. La main de Darko se colla contre la vitre comme s'il essayait de le toucher. Cela lui brisa le cœur. Il n'avait revu aucun d'eux au cours des trois dernières années, à part Pyotr, et cela ne s'était produit qu'une seule fois l'année dernière. Il aimait Frannie quand ils n'étaient que tous les deux. Mais quand ils n'étaient pas seuls, ce n'était pas le bonheur qu'il avait espéré, et sa famille lui manquait. Et maintenant, avec Pyotr qui avait adopté Kimmi et avait un amant, avec Trofim qui était de retour aux États-Unis, avec ses frères qui disputaient des championnats avec l'équipe d'aviron... Stanislav ne voulait plus rien manquer. Sans même y penser, sa main se leva comme s'il allait toucher celle de Darko qui était toujours contre la vitre, puis celle de Pavle, Trofim, Rury et ses deux sœurs – ils collèrent tous la main contre la vitre. Il ne manquait que Sasha et Jovan.

— Le dîner est presque prêt, peut-être que nous pouvons tous nous installer pour une soirée paisible dans la salle à manger, afin de pouvoir rendre grâce pour les choses que nous avons.

La voix de Pyotr était plus chaude et plus accueillante. Le ton doux était destiné à changer l'ambiance et la transformer en quelque chose de plus amical.

Stanislav laissa Frannie se débarrasser de son emprise, éloignant son attention de sa famille. Il savait ce qui allait arriver et leva une main pour la supplier de se taire, mais les mots remplis de haine étaient déjà en train de sortir et il était impuissant à les arrêter.

— Je ne m'assiérais pas avec des suppôts de Satan homosexuels pour prétendre rendre grâce, et Stan non plus.

— Si l'enfer est damné, alors nous irons ensemble. Je te garderais une place au chaud.

La tentative de réconciliation de Pyotr avait tourné court sous les paroles loin d'être cordiales de Frannie.

— Néanmoins, à partir de maintenant, ta place dans ma maison est gelée. Je ne veux pas de toi ici. Cependant, Stanislav reste. Il ne me reste que peu de temps avec ma famille. Mon frère restera et m'honorera de sa présence, tant que Kimmi vit encore.

— Elle meurt parce que son frère est un homo, tout comme le reste d'entre vous !

Les mots de Frannie ne respectaient plus aucune limite, arrivés à ce point. Des mots qui allaient sceller son sort dans la famille, de façon permanente.

Le visage de Pyotr devint rouge, son corps se contracta et ses poings se serrèrent si fort que ses phalanges devinrent blanches.

— Si tu étais un de mes frères, je te jetterais sur mes genoux pour te donner la correction que tu mérites. Les choses étant ce qu'elles sont, je veux que tu quittes ma propriété... MAINTENANT !

Stanislav vit la douleur faire rage sur le visage de son frère, et son cœur se serra en voyant la larme qui coulait sur la joue de Pyotr. Le coup était si violent, il avait l'air d'avoir eu besoin de vingt bulldozers mentaux pour éviter des représailles explosives.

Stanislav saisit le bras de Frannie et conduisit sa femme à la voiture, la forçant à s'installer sur le siège du conducteur.

Frannie regarda le volant, puis son mari qui se tenait à l'extérieur de la voiture.

— Tu ne viens pas avec moi ?

Elle osa paraître surprise.

— Frannie, tu aimes tes parents ?

— Quoi ? Maman et papa ? Bien sûr que je les aime... et tu les aimes aussi.

— En fait, chérie... répondit Stanislav en faisant une grimace. Je hais tes parents. Et je déteste me retrouver en leur compagnie. Mais je les ai supportés pendant trois ans de vacances et de visites parce que je t'aime, *toi*. Maintenant, je vais rester ici, et franchement, je ne veux pas de toi avec moi. Je serai de retour à la maison demain matin.

— Tes valises t'attendront devant la porte, lui dit-elle, les lèvres serrées.

Aucune hésitation, comme si elle avait répété cette scène depuis un certain temps déjà.

Stanislav soupira.

— J'espère que ce ne sera pas le cas. Mais si ça l'est, je gèrerai ça demain. Ça ne change rien pour aujourd'hui.

Il se redressa en laissant échapper un long soupir douloureux. Il l'aimait. Néanmoins, vivre avec ses jugements à l'emporte-pièce l'avait usé. Il avait vécu avec ça depuis trop longtemps maintenant, et il ne voulait pas abandonner sa famille pour rester avec elle. Il ne pouvait pas faire ça à Pyotr. Et si elle avait raison et que Dieu tournait le dos à sa famille parce qu'ils étaient gays... *Eh bien, honte à Lui.*

Stanislav prit une autre respiration profonde et fit de son mieux pour permettre à l'amour qu'il éprouvait de se montrer sur son visage, mais il n'était pas sûr que ce fût ce qu'elle cherchait.

— Rentre à la maison, Frannie.

Il se retourna alors que sa voiture s'éloignait et faillit entrer en collision avec son frère, Jovan. Stanislav se figea en croisant le regard de son frère.

— Tu foutrais ta vie en l'air pour Pyotr, juste comme ça ?

Les sourcils de Stanislav se froncèrent avec angoisse, montrant à Jovan qu'il pensait que la question était clairement superflue.

— Il l'a fait pour nous.

Puis il le contourna, ne voulant pas se lancer dans une autre discussion au sujet des bienfaits ou des torts de Pyotr.

Jovan fixa son frère alors qu'il retournait à l'intérieur. Stanislav était trop jeune pour comprendre lorsqu'ils avaient été forcés de quitter leur foyer pour se réfugier aux États-Unis. Si Pyotr s'était sacrifié, il n'avait que lui-même à blâmer. C'était de sa faute s'ils avaient été obligés de partir en premier lieu. Leur père n'avait rien dit quand il était revenu la nuit après que les soldats l'aient enlevé. Mais Jovan était persuadé que cela avait quelque chose à voir avec Pyotr et son amant secret. C'était déjà mauvais que son frère ait choisi de coucher avec des hommes, mais à l'époque et dans son pays, le faire avec un Albanais était bien pire encore.

Jovan avait appris à vivre avec, mais il n'avait jamais pardonné à Pyotr. Les autres avaient été suffisamment jeunes pour s'adapter. Quant à lui, il n'était qu'à un mois de son diplôme et avait reçu une bourse pour aller à l'université, comme Pyotr. Tout ça était parti en fumée. Il n'avait pas pu reprendre là où il s'était arrêté quand ils étaient arrivés aux États-Unis, parce qu'il ne parlait pas anglais. Il avait pratiquement dû tout recommencer, et il blâmait également Pyotr pour ça.

Alors que la famille était enfin arrivée, la plupart des frères se réunirent dans la salle de séjour pour rattraper le temps perdu et faire des voyages occasionnels dans la cuisine pour voler des petits morceaux de tout ce qu'ils pouvaient trouver qui était resté sans surveillance tandis que la parade de Thanksgiving jouait en sourdine à la télévision.

Cliff ne cessait de regarder un frère après l'autre pour toujours finir par se fixer sur Sasha.

— Qu'est-ce qui t'intrigue, *dragi* ? lui demanda Pyotr.

— Sasha. Tous vos frères se ressemblent, sauf Sasha.

Plusieurs des gars éclatèrent de rire et cela se propagea de frère en frère comme un feu sauvage, donnant l'impression que ce n'était pas la première fois que cette différence était mentionnée.

— Sasha est le fils du facteur, dit Darko de l'autre côté de la pièce.

Sasha, qui était assis à côté de son frère le frappa sur le bras avec très peu d'effet.

— C'est faux !

Darko bondit en riant, attrapa Sasha et le traîna sur le sol dans un simulacre de bagarre où il avait clairement l'avantage.

— C'est vrai ? demanda Cliff en regardant Pyotr, ne s'attendant pas à d'autres commentaires de l'autre frère.

— Tais-toi, Cliff ! le menaça Sasha.

Mais ce fut tout ce qu'il put faire, coincé sans pitié comme il l'était par Darko.

Pyotr laissa échapper un petit rire.

— Non, mais ça n'a jamais empêché quiconque de taquiner notre père à ce sujet.

— A-t-il un jour pensé qu'il n'était pas le père ? demanda Kimmi en apparaissant soudain à côté d'eux en rapportant le thé qu'elle prenait avant le repas.

— Aucune chance, répondit Jovan. Maman était une femme exigeante. Alors il ne se passait pas une nuit sans que papa ne soit attendu dans son lit. Toutefois, il fut un temps où elle l'a menacé ouvertement de lui donner des bâtards roux la prochaine fois, s'il ne lui donnait pas de doubles chromosomes x.

— Alors, que s'est-il passé ? demanda Kimmi en regardant Pyotr.

Ce dernier lui sourit chaleureusement.

— Il lui en a donné deux.

— C'est nous ! s'exclamèrent deux voix venant de la cuisine en signe de revendication.

Puis les jumelles aux cheveux noirs et aux yeux bleus apparurent avec un grand sourire.

— Le dîner est prêt.

Plus tard, à la table du dîner, la famille et les amis s'étaient plus ou moins gavés et personne n'était pressé de quitter un endroit où tout le monde avait un siège. Les conversations et les plaisanteries allaient bon train, bien que quelques-uns se soient tus. En particulier Jovan qui s'était en quelque sorte débrouillé pour être de mauvaise humeur. Les cinq ou six vodkas qu'il avait ingurgitées avaient probablement attisé ses braises intérieures. Mais c'était les vacances, alors Pyotr ne voulait pas analyser sa famille aujourd'hui, bien qu'il se rendrait disponible si jamais Jovan le lui demandait.

Kimmi laissait son estomac s'adapter à la nourriture, les rires ininterrompus n'arrangeant pas son cas. Cliff profitait de sa pause alimentaire pour grappiller dans l'assiette de sa sœur des morceaux de sa tarte aux myrtilles.

— Tiens, *dragi*, dit Pyotr en glissant sa propre assiette de tarte en face de lui pour sauver ce qui restait du dessert préféré de Kimmi. Ne soit pas un tel *shejtan*.

— Non, tu n'as pas osé !

Tous les yeux se tournèrent vers le frère maussade au bout de la table. Ils furent tous frappés de mutisme alors que Jovan se levait, le visage rouge, en jetant un regard noir à Pyotr.

— Allez, rassieds-toi, murmura Pavle qui était le plus proche de Jovan en plaçant une main douce sur le bras de son frère.

Jovan se dégagea.

— Dis-moi que tu ne viens pas de lui donner un petit nom albanais.

Pyotr poussa Cliff à s'asseoir et se pencha en avant, mais ne dit rien, sa position déclarant seulement qu'il était prêt pour n'importe quel défi physique que Jovan avait l'habitude de lancer dans leur jeunesse.

La partie physique ne vint pas, mais les mots serbes, pleins de rage refoulée et d'animosité, si. Pyotr se mit sur ses pieds et les deux frères commencèrent à s'interpeler à travers la table, tandis que les efforts de Pavle et Darko – les autres plus vieux de la fratrie – pour concilier une trêve n'étaient pas entendus.

Cliff était mortifié par la dispute, et alors que certains d'entre eux attisaient la querelle, d'autres semblaient tenter de régler calmement les choses. Pour les autres, il n'était pas sûr, car il ne parlait pas serbe, et à en juger par le regard de Sasha et le visage des jumelles, ils n'étaient pas non plus en mesure de suivre l'argument. Mais Jovan dit alors quelque chose que tout le monde comprit tandis qu'il jetait son verre.

— C'est parce que tu baisais ce singe albanais que nous avons dû quitter la maison !

Le verre rata sa cible et rebondit devant Pyotr pour prendre une autre direction. Cliff le vit passer devant son visage. Réagissant instantanément, il tendit le bras et le frappa alors qu'il était encore en l'air, à quelques centimètres du visage de Kimmi, l'envoyant s'écraser contre le mur.

Pyotr avait vu le verre voler comme au ralenti. Le fait qu'il ait failli atteindre sa fille le rendit fou de rage. Il fit le tour de la table en un éclair, prit Jovan par le col de sa chemise et le colla contre le mur.

— Espèce de fils de pute ! Tu as ressassé ça pendant tout ce temps ? Pourquoi dis-tu ça ? grogna-t-il contre le visage de son frère.

Jovan essaya de se libérer, mais le poing de Pyotr se resserra à la fois sur sa chemise et sa veste. Il lui était impossible de se défaire de ce frère qui les avait tous élevés et protégés. Sans parler de l'arbitre qu'il avait été lors de bagarres fraternelles alors qu'ils grandissaient.

— Ça ne peut être qu'à cause de toi. Sinon, pourquoi papa nous aurait fait-il fuir notre pays ?

— Parce que papa avait une imprimerie clandestine, publiant des avertissements pour les raids et des adresses pour recevoir de l'aide. Il s'est prononcé contre Milošević. La nuit où la police l'a emmené, il a négocié nos vies. Il leur a promis de les conduire à l'imprimerie clandestine en échange de sa libération.

— Qu... ?

Le mot bégayé fut partagé par la plupart des membres de la famille Laszkovi.

— Pourquoi ne nous l'as-tu jamais dit ?

— Parce que vous n'aviez pas à le savoir !

Pyotr le poussa une dernière fois contre le mur avant de le relâcher. Il se retourna, passa ses mains dans ses cheveux, baissa la tête et s'éloigna un moment.

— Pyotr ? l'appela Pavle.

Il ne répondit pas.

Pavle se rapprocha. Son expression disait qu'il avait toujours suspecté que l'histoire ne s'arrêtait pas là, mais qu'il avait su que Pyotr avait eu une bonne raison de ne pas la partager.

— Pyotr, que leur est-il arrivé ?

Ce dernier regarda par-dessus son épaule, trouvant une douzaine de paires d'yeux écarquillés le fixant, leur surprise visible sur leurs visages tout autant que la douleur sur le sien. Non seulement il avait fait des sacrifices, mais il avait également porté le plus lourd des fardeaux sur ses épaules.

— Il y a eu un raid quelques jours plus tard. Il a été dit que plusieurs martyrs ont été fusillés pour avoir brisé le couvre-feu et ridiculisé Milošević.

— Ils ont été fusillés ?

— Je n'en suis pas certain, mais oui, probablement.

— Et tu n'as pas pensé à nous en parler.

Pavle était profondément blessé que durant tout ce temps, Pyotr ne leur ait pas dit ce qui était arrivé à leurs parents, les laissant supposer qu'ils avaient trouvé la mort au cours d'un raid de l'OTAN des mois plus tard.

— Pour vous dire quoi ? demanda Pyotr, son visage se plissant. Que non seulement, papa avait donné l'emplacement de l'imprimerie, mais également les noms de toutes les personnes impliquées ?

Il se détourna à nouveau, la tête basse, et se pencha contre le mur un instant comme s'il avait besoin de se stabiliser.

— Ils lui ont donné vingt-quatre heures. Il devait appeler tous les membres du groupe pour qu'ils se réunissent afin d'être arrêtés. Il en a prévenu autant qu'il a pu, leur expliquant qu'ils seraient de toute façon retrouvés et qu'ils devraient se servir de ce temps pour mettre leurs familles à l'abri.

— Les autres dans le camion ? hoqueta Jovan, ses sourcils se fronçant au souvenir de la douleur ressentie lorsqu'ils avaient laissé leur vie et leurs parents derrière eux.

— Oui, ils ont tous envoyés leurs enfants au loin, dit Pyotr en regardant par-dessus son épaule pour trouver Jovan juste derrière lui.

Ce dernier se jeta dans les bras de son grand frère, enroulant les siens autour de l'homme qu'il avait blâmé durant toutes ces années pour sa perte.

— Je suis désolé. Je pensais que c'était à cause d'autre chose.

Pavle fut le suivant à venir près d'eux, puis il fut rejoint par les autres. Ils partagèrent tous l'étreinte.

Cliff était encore assis à table, profondément ému, et il bougea son bras pour tirer Kimmi et la serrer contre lui alors qu'ils regardaient Pyotr et sa famille. Tous les onze, réunis autour de l'homme qui avait réussi à les garder ensemble contre vents et marées. Cliff jeta un coup d'œil aux membres ajoutés de la famille, voyant sur leur visage la même compassion et quelques yeux humides, et cela le fit se sentir tout chaud et doux à l'intérieur.

La pile de Laszkovians s'agita et commença à se briser. La main de Pyotr s'élançant hors de la mer de corps pour tapoter chacun de ses frères et sœurs.

— Venez, passons au salon pour boire un verre. Et s'il n'y a pas assez de place pour tout le monde, il nous suffira d'attendre que Jovan aille pisser.

La famille se mit à rire alors que Pyotr revenait près de la table, une main tendue pour toucher le visage de Cliff afin de se rassurer tandis qu'il s'accroupissait entre son amant et sa fille.

— Tu vas bien ? demanda-t-il à Kimmi.

— Oh, mon Dieu, c'est ce que font les familles pour Thanksgiving ? s'enquit Kimmi dans un souffle.

Elle avait entendu des histoires d'horreurs familiales avant, mais n'avait jamais participé à l'une d'elles. Elle ne cacha pas qu'elle trouvait tout ça un peu écrasant.

Pyotr sourit.

— Nous sommes onze, sans compter quelques épouses et une ribambelle de neveux et nièces. Des désaccords surgissent fatalement. Ce qui compte, c'est la façon dont nous retombons sur nos pieds. Se disputer fait partie de la vie, tant que nous nous assurons que notre amour pour l'autre l'emporte à la fin.

— Bien dit, Pyotr, s'exclama Maggie de l'autre côté de la table.

Elle était une de celles qui avait les larmes aux yeux.

— Merci, Pyotr.

Ce dernier lui envoya un sourire chaleureux et déposa un baiser sur le front de Kimmi avant de se tourner vers Cliff.

— Quant à toi...

Cliff haussa un sourcil.

— Quant à toi, j'apprécierais vraiment un baiser de ta part, soupira l'aîné des Laszkovi, lui laissant voir qu'il avait besoin d'être rassuré – que l'amour l'emportait à la fin.

Cliff sourit et se pencha. Rien ne lui faisait plus plaisir que de savoir que Pyotr avait besoin de lui autant qu'il avait lui-même besoin de Pyotr.

Ils se réunirent dans le salon où la télévision fut tout de suite allumée. Plusieurs des hommes s'installèrent devant le match de football, profitant de l'excitation du jeu pour relâcher la tension. Les femmes se rassemblèrent pour mettre sur pied une virée shopping dans la matinée.

Pyotr s'étendit sur le canapé avec Cliff entre ses jambes, le dos de son jeune amant appuyé sur lui pour pouvoir se blottir l'un contre l'autre.

— Alors les garçons, qu'allez-vous faire pendant que nous irons dépenser votre argent ? demanda Maggie en jetant un coup d'œil à Pyotr tout en parcourant les journaux à la recherche de coupons pour faire de bonnes affaires au cours du Black Friday[5].

Le petit ami de Rury, Liam, fut instantanément extatique.

— Oh, il est évident que je vais aller avec les filles.

Il se tourna vers Rury.

— Chéri, où est ta carte de crédit ? demanda-t-il en agitant la main ce qui fit éclater de rire les femmes.

Rury leva les yeux au ciel, mais cela ne l'empêcha pas de faire un grand sourire en sortant son portefeuille pour récupérer sa carte. Alors que tout le monde pensait qu'il plaisantait, Rury savait que Liam adorait faire des emplettes. Il avait de la chance que son petit ami puisse se permettre de le laisser dépenser son argent.

— D'accord, mais pas de manteau en fourrure.

---

[5] Black Friday : Aux États-Unis, le Black Friday désigne le lendemain du repas de Thanksgiving, qui marque traditionnellement le coup d'envoi de la période des achats de fin d'année.

— Je sais que tu les aimes lisses et sans poils, le taquina Liam en secouant les hanches avant d'attraper un des dépliants qui jonchaient le sol.

Kimmi cacha son visage dans ses mains, rougissant sous le badinage flagrant.

— Eh bien, Pyotr ?

Maggie n'avait pas oublié sa question.

Pyotr était dans sa bulle, mais il lui fit un sourire endormi.

— Nous allons sur la rivière.

— La rivière ? s'exclama Maggie en se redressant. Tu es fou ? Il gèle dehors !

— Hé, tu nous connais mieux que ça. Certains jouent au football le weekend de Thanksgiving. Les Laszkovians font de l'aviron.

La pièce résonna du chant des frères.

Les vrais athlètes rament. Le reste du monde s'amuse avec un ballon !

— Il y a de la place pour tout le monde ? demanda Jovan en mettant le match sur pause pour regarder par-dessus son épaule.

— J'ai deux canoës à quatre places et les clés du hangar à bateaux si nous en voulons de plus longs. Tu veux venir ?

— Pour avoir une chance de ramer avec les Reines de Greenwich ? Absolument, dit Jovan en souriant à son frère.

Jovan savait que sa plaisanterie ne serait pas mal prise. Ils étaient très fiers de leur équipe et ils méritaient la notoriété qui allait avec leur nouveau statut de champions.

— Alors, puis-je aller faire du shopping avec les filles ? demanda Kimmi en regardant son frère avec espoir.

Cliff sentit le petit coup de Pyotr avant qu'il puisse répondre. Juste un peu d'encouragement pour la laisser vivre. Elle serait en de bonnes mains.

— D'accord, elle peut y aller.

Il mâchouilla l'intérieur de sa joue, résistant à son instinct qui voulait la garder enfermée, loin des germes et du froid. Et plus que tout, près de ses yeux attentifs.

— Tu pourras donner à Maggie les « 101 recommandations » avant qu'elles y aillent, et nous aurons tous nos téléphones sur nous si un problème devait survenir.

Ces paroles rassurantes étaient uniquement destinées à Cliff. Il n'avait pas l'habitude d'essayer d'influencer le jeune homme en ce qui concernait Kimmi, mais il savait que ça lui ferait du bien de sortir avec les filles et d'avoir un peu de liberté loin de son frère.

Cliff fronça les sourcils dans sa direction, sur le point de faire la grimace au sujet de la liberté qu'il venait d'accorder.

— Alors, je peux vraiment y aller ? demanda Kimmi, ses yeux s'illuminant malgré la fatigue qui avait commencé à s'installer après une longue journée dans une maison pleine d'invités.

Pyotr ne fit pas un bruit ni ne donna de petit coup à Cliff. Il l'avait encouragé, mais comme il l'avait toujours dit, Kimmi était la responsabilité de Cliff au sein de leur relation.

Cliff voyait bien qu'elle voulait y aller. Cependant, il n'était pas encore vraiment sûr que ce soit une bonne idée. Kimmi venait de subir trois jours de chimio et de rayons intensifs. Et trois autres étaient déjà prévus. Elle n'était revenue à la maison que la veille et était supposée retourner au centre le lundi suivant. Il jeta un coup d'œil à Maggie. Cette femme avait le visage le plus doux qu'il ait jamais vu. Et le sourire appuyé et le regard qu'elle lui lançait lui parlaient. *Tout va bien, Cliff, tu peux prendre cette décision.*

— Tu sais, je peux lui procurer un fauteuil roulant, si tu veux, proposa Pavle en s'arrachant au match pour lui faire cette offre. Maggie pourra la pousser pour qu'elle ne se fatigue pas. Je sais que c'est un sujet de préoccupation dans son état. Nous pourrions même faire appel à une infirmière pour la journée.

Cliff soupira bruyamment.

— Non, ce ne sera pas nécessaire, mais je pense qu'un fauteuil roulant serait bien. Mais pas un de ceux des grands magasins. Elle doit avoir le sien.

— D'accord, dit Pavle en se tournant vers son ex-femme. Je vais organiser tout ça, Mag. Tu n'auras qu'à passer à mon bureau à l'hôpital pour le récupérer.

Maggie envoya à Kimmi puis à Cliff un regard chaleureux. Elle comprenait les inquiétudes que cette conversation avait soulevées, mais elle était contente que le jeune homme lâche un peu de lest pour le bénéfice émotionnel de Kimmi. La vie sans pouvoir la vivre, cela ne comptait tout simplement pas.

Pyotr tendit le bras pour attraper le menton de Kimmi dans ses doigts et lui tourna le visage pour le voir un peu mieux.

Cliff vit la fatigue sur les traits de sa sœur, mais il savait très bien qu'elle ne voudrait pas aller se coucher. Pas avec autant de gens encore debout.

— Tu as l'air épuisée. Tu veux te blottir avec nous ? demanda-t-il.

Kimmi hocha la tête, et Pyotr et lui se déplacèrent immédiatement pour lui faire de la place. Elle s'installa sur leurs jambes et se blottit sous le bras de Pyotr, coincée entre leurs corps chauds et le canapé. Il ne fallut pas longtemps avant qu'ils s'endorment tous les trois.

Pyotr se réveilla sous un éclair de lumière le surprenant dans son sommeil. Il cligna des yeux, trouvant une Maggie radieuse souriant à travers ses larmes, un appareil photo à la main. Elle ne dit pas un mot alors qu'il levait les yeux vers elle, se contentant de lui envoyer son sourire à un million de dollars qui aurait probablement rendu les anges jaloux tant il était chaleureux et doux. Ses yeux se posèrent sur l'appareil photo dans ses mains et il tendit son bras dans sa direction. Elle appuya sur un bouton puis le retourna pour lui faire voir le défilement d'images. Pyotr observa la photo de Cliff endormi sur son torse tandis que Kimmi était enfouie sous son bras. Ils dormaient tous à poings fermés dans les bras les uns des autres.

Pyotr sourit d'une manière qu'il ne pouvait pas expliquer et lui rendit l'appareil.

— Je veux une copie, chuchota-t-il.

— Pas de problème, répondit Maggie avec un grand sourire avant de s'éloigner.

CHAPITRE DOUZE

Le groupe d'hommes arriva au hangar à bateaux alors que le ciel commençait à briller d'un jaune grisâtre avec le soleil levant. L'air matinal était glacial et plusieurs d'entre eux sautillèrent sur place en soufflant sur leurs doigts tandis qu'ils se tenaient sur le ponton et regardaient l'équipe de rameurs préparer les embarcations.

— Alors, as-tu déjà ramé auparavant ?

Pavle questionna le copain de Darko, Maxum, au sujet de son expérience. L'aviron était quelque chose d'important pour eux, mais ce n'était pas le sport de prédilection de la plupart des gens.

— Pas vraiment, non, répondit Maxum, ses yeux fixés sur la silhouette penchée de Darko.

— Mets-le sur le siège du barreur alors, et Darko peut prendre la position juste devant lui. De cette façon, Maxum aura une bonne vue de son homme en action.

Darko se mit immédiatement à sourire, heureux d'obtenir le soutien de Pyotr. Cela impressionnait toujours lorsqu'on les voyait ramer.

Pyotr, Darko et Pavle s'installèrent en premier dans le bateau à huit places. Darko prit le premier siège près du gouvernail comme Pyotr l'avait suggéré, tandis que Pyotr lui-même prenait position à l'avant et que Pavle s'installait sur un des sièges centraux. Le reste des hommes étaient accroupis au bord du quai, attendant qu'on leur dise d'embarquer. Pyotr lança l'appel comme le faisaient les joueurs de football avant une passe, et Pavle, Darko et lui se penchèrent à l'unisson du côté opposé du quai pour contrer le balancement du bateau pendant que les autres montaient. Rury s'assit directement derrière Darko et Jovan derrière lui. Derrière Pavle, Stanislav s'installa, puis Trofim, Cliff, et en dernier Pyotr. Ils tinrent tous le bord du quai et Pyotr donna le feu vert à Darko qui aida alors Maxum à s'asseoir sur le siège du barreur, face à eux.

Un autre appel de Pyotr et ils prirent tous appui sur le quai pour s'en éloigner et ils partirent. Le chant, mené par Darko, Pavle et Pyotr donna la cadence pour tout le monde, et changea bientôt pour une conversation alors qu'ils se dirigeaient en amont.

— Alors, rappelez-moi encore une fois pourquoi Sasha n'est pas ici avec nous ? Il fait toujours partie de l'équipe, n'est-ce pas ? demanda Jovan à personne en particulier.

— Il ne voulait pas prendre le risque de laisser les jumeaux sans surveillance, répondit Cliff.

— Il est un peu surprotecteur avec eux, non ?

— Il faut qu'il le soit, élabora Pyotr. Isaiah a eu un autre revers il n'y a pas longtemps. Alors Sasha garde les jumeaux sous une étroite surveillance. Les emmener faire les boutiques avec les filles est un moyen de les récompenser en leur donnant un peu de temps pour eux.

— Je dois dire qu'il a du courage ; c'est une grande responsabilité d'avoir un partenaire avec une maladie mentale, et il en a deux. Mais il s'occupe très bien d'eux. Isaac et Isaiah ont une bien meilleure vie qu'ils l'auraient eue avec n'importe qui d'autre, rappela Darko.

— Oui, nous ne pouvons définitivement pas lui enlever ça, s'exclama Rury en secouant la tête. Je ne sais pas si je pourrais gérer deux maris.

— Alors, qu'est-ce que ça fait d'être des champions ? demanda Stanislav en changeant de sujet.

— On se sent plutôt bien, répondit Trofim à son petit frère assis devant lui.

— J'aurais aimé venir vous voir, murmura Stanislav avec un froncement de sourcils que personne ne put voir, mais que chacun ressentit. J'ai manqué beaucoup trop de choses. Le mariage de Sasha, les courses, le divorce de Pavle.

Ils éclatèrent tous de rire.

— Comment vous est venu le nom de l'équipe ? demanda Maxum.

— C'est plutôt évident, nous sommes tous gay, répondit Darko avec un sourire ironique tandis qu'ils ramaient à l'unisson.

— Hé ! Parle pour toi, rétorqua Jovan.

Darko rit par-dessus son épaule.

— Je voulais dire, tous ceux qui sont dans l'équipe. Certains d'entre nous habitent même à Greenwich Village. Alors cela rend le nom légitime. Mais cela a commencé comme une pique pour obtenir qu'une autre équipe accepte un défi. Cela nous a fait entrer dans le circuit des compétitions. Nous l'avons conservé, parce qu'une fois que les gens ont entendu dire qu'il y avait une équipe d'aviron gay, des hommes de partout sont venus nous encourager. Des filles aussi, en fait.

— Nous avons le plus grand nombre de fans en dehors des équipes universitaires pour l'ensemble du district de la Nouvelle-Angleterre, ajouta Pyotr, très fier de son équipe et de leurs fans. Donc le nom de « Reines de Greenwich » est resté. Il est légitime et rhétorique en même temps.

— Bon sang, je commence déjà à transpirer... je suis prêt à me débarrasser d'une couche, prévint Darko afin que les autres sachent qu'il voulait enlever sa veste.

— Eh bien, tu as le barreur juste en face de toi. Fais-le travailler, lui répondit un de ses frères.

Darko laissa échapper un petit rire.

— Il parle de toi, dit-il à Maxum en agitant ses sourcils.

— Que suis-je censé faire ? demanda Maxum en regardant autour de lui, parce que tout ce qu'il pouvait faire dans le petit espace dans lequel il était écrasé, c'était tourner la poignée du gouvernail.

— Dis-leur *Laissez courir*.

— Laissez courir ?

— Oui, mais plus fort. Pour qu'ils t'entendent tous, le pressa Darko.

— Laissez courir ! cria Maxum avec une expression perplexe sur le visage en ne sachant pas ce que cela signifiait ni à quoi s'attendre.

À ce moment-là, les huit hommes s'arrêtèrent de ramer, levant leurs rames hors de l'eau tandis que Darko se débarrassait de son pull, laissant apparaître ses bras musclés sous la mince combinaison thermique qui lui collait au corps. Cette vue fut récompensée par une langue qui passa sur les lèvres de Maxum tandis que d'autres rameurs enlevaient eux aussi certains de leurs vêtements.

Pyotr profita de la pause pour glisser un bras autour de Cliff et l'attirer contre lui pour un baiser.

— Mmm, tu es terriblement sexy quand tu rames devant moi.

Il l'embrassa encore une fois et lui mordilla la joue.

— Il se pourrait que je te saute dessus dans la douche.

Un appel du barreur remit Pyotr en position ; il aligna ses rames et suivit le rythme alors que le chant et le balancement des avirons rentraient à nouveau en jeu.

Il regarda les muscles des bras et des épaules de son amant rouler à chaque coup de rame. Bien que Cliff n'ait jamais eu beaucoup de muscles, il en avait suffisamment pour satisfaire les préférences de Pyotr, et ils gonflaient sous l'effort d'une manière alléchante.

Mais son fantasme fut interrompu quand une certaine forme de chaos explosa à l'arrière du bateau, emmêlant les rames comme des allumettes, suivi par un éclat de Rury, accusant l'amant de Darko de lui avoir montré son sexe pour le tourmenter. Pyotr se joignit aux rires ; au moins, il n'était pas le seul pervers à bord, et il ne pouvait pas s'empêcher d'être heureux pour son frère. Darko était celui qui lui ressemblait le plus, et il serait un jour un bon mari possessif.

Cliff lui jeta un coup d'œil par-dessus son épaule ; le regard coquin qui brillait dans les yeux gris de son sale gosse blond fit gonfler le sexe de Pyotr dans son pantalon de sport.

CHAPITRE TREIZE

Ils reçurent l'appel au 911 un peu avant midi ; un junkie faisait une overdose et sa petite amie avait appelé. Sur le trajet, ils apprirent que l'homme était séropositif.

Cliff essayait de mettre l'intraveineuse dans le bras du type, mais leur patient dopé n'était pas coopératif. Il fit un mouvement brusque pour se venger, et la main de Cliff glissa, sortant l'aiguille du bras du patient et elle s'enfonça dans son propre doigt, perçant le gant en nitrile.

Cliff se rassit à sa place, fixant la goutte de sang qui se formait sur le latex bleu de son doigt, puis son regard se reporta sur l'homme. La chaleur et la rage explosèrent en lui comme un fusible à combustion rapide.

Sasha le regardait avec la même expression choquée. Mais le cerveau de ce dernier se remit rapidement en route sous la nécessité d'agir.

— Vite, commence à pomper le sang pour l'égoutter.

Mais leur patient n'en avait pas fini avec son acte d'insubordination.

— Enculés. Vous êtes des porcs, vous croyez que je ne sais pas ce que vous pensez ? Eh bien, prenez ça !

Il se racla la gorge et cracha au visage de Cliff.

Ce dernier essaya de reculer, mais il n'y avait pas assez de place dans l'espace confiné de l'ambulance. Il se figea et fixa le mucus que l'homme lui avait envoyé.

— Arrête le camion !

— Que se passe-t-il là derrière ? répondit Ozzy, leur chauffeur.

— Arrête le putain de camion !

Et Cliff sauta par l'arrière avant même que le véhicule s'arrête complètement. Une bouteille d'eau saline à la main, il commença rapidement à s'asperger le visage, gardant les yeux et la bouche aussi hermétiquement fermés qu'il le pouvait. Mais son esprit galopait, il n'arrivait pas à rester tranquille. Il entendait les klaxons des voitures, accompagnés des insultes typiques à New York. Mais la seule chose qui tournait dans sa tête était l'écho des mots qu'ils avaient reçu à la radio...

~~ Attention, le sujet est déclaré séropositif. ~~

Oh Seigneur... Kimmi ! Cliff chancela, déversant la solution saline sur son corps jusqu'à ce que la bouteille soit vide. Il garda les yeux fermés et trébucha. Il était déséquilibré, remplit de rage, de colère et de haine – oui, de haine.

— AS-TU UNE PUTAIN D'IDÉE DE CE QUE TU VIENS DE FAIRE ? hurla-t-il à pleins poumons.

Des mains l'attrapèrent, le tirèrent en arrière alors qu'un klaxon résonnait un peu trop près de lui. Les mains et une voix essayèrent de le calmer. La voix de Sasha – les mains de Sasha. Cliff savait que c'était lui, les mains de Sasha ressemblaient à celles de ses frères. Puis il sentit la solution stérile et l'eau de Javel. Ça ne servait pas à grand-chose, il y avait toujours la piqûre à son doigt. Mais dans leur situation, ils le firent quand même.

Sasha mit une serviette sur le visage de Cliff et essuya ses yeux pour qu'il puisse enfin les ouvrir et y voir. Quand il le fit, ils brûlaient de haine pure pour l'homme dans l'ambulance.

— Empaquette-le ! dit Cliff en jurant.

— Reste ici ! Ne bouge pas, lui ordonna Sasha avant de sauter dans le camion.

Ozzy faisait déjà le tour de l'ambulance. Il saisit le bout de drap que Sasha lui tendait et ils tirèrent sur le morceau de tissu blanc pour recouvrir l'homme sanglé sur la civière, attachant les coins ensemble. Ils l'empaquetèrent. C'était une façon humaine d'empêcher le patient indiscipliné de leur cracher dessus en attendant qu'ils puissent le transférer à l'hôpital. Une fois là-bas, leur patient serait arrêté et deviendrait le problème des urgences. Non pas que tout ça allait permettre à Cliff de se sentir mieux.

Sasha ressortit, installa Cliff sur le siège passager de l'ambulance, et ils repartirent.

— Putain ! jura Cliff.

— C'était juste une petite piqûre. Avec de la chance, ce ne sera pas suffisant. Ça devrait aller, essaya de le consoler Sasha de l'arrière du véhicule. Tu n'avais pas encore enfoncé l'aiguille dans sa veine.

Cliff grogna.

— Elle était dans son bras.

Il cogna plusieurs fois sa tête contre le dossier de son siège, la colère et la rage bouillonnant dans ses veines. Il voulait battre cet homme comme plâtre. Le démembrer. La seule chose qui l'arrêtait, c'était que Sasha était là, et qu'il y avait une bonne chance qu'il ne soit finalement pas infecté. Et puis s'il matraquait le type, cette chance s'amenuiserait rapidement. La rage se transforma vite en nausée alors que le visage de Kimmi passait devant ses yeux. Il était son donneur. Son *seul* donneur... et maintenant, il allait devoir faire le test du sida.

— Vous devrez attendre quatorze jours avant de pouvoir faire un test concluant, lui dit le docteur de Kimmi qui avait été appelé suite à ce qui s'était passé.

— Mais Kimmi a une greffe de moelle osseuse prévue dans seulement cinq jours !

— Pas avant que vos tests ne reviennent négatifs, Cliff. Je suis désolé, je sais que ce n'est pas ce que vous voulez entendre.

— Qu'en est-il des cellules souches que vous avez prélevées la semaine dernière ?

— Il n'y en a pas assez. Cela la fera tenir un certain temps, mais...

Cliff leva une main. Il n'avait pas besoin que le docteur Lee lui dise ce qu'il savait déjà. Même s'ils arrêtaient les séances de chimio maintenant, ils avaient déjà détruit beaucoup trop de globules pour qu'elle tienne longtemps sans transfusion. Il espérait juste qu'elle tiendrait jusqu'au résultat des tests.

Pyotr se précipita à l'hôpital dès qu'il reçut l'appel de Sasha. Il trouva Cliff arpentant la cour des ambulances, juste à l'extérieur des urgences. Mais à la seconde où le jeune homme le vit arriver, il recula dans un coin, ordonnant à Pyotr de rester où il était, puis il perdit complètement tout sang-froid.

— Non ! Ne vous approchez pas de moi ! s'écria-t-il en reculant contre le mur. Oh, mon Dieu, je ne peux pas.

Pyotr s'immobilisa à quelques mètres de son amant bouleversé.

— Viens ici, Cliff.

— Non.

Cliff repoussa la main de Pyotr quand celui-ci la lui tendit.

— Je ne peux pas !

Il rejeta la tête en arrière et toutes les émotions qu'il avait si bien emprisonnées déferlèrent sur lui et il s'effondra en gémissant.

— *Oh, Seigneur, non...* Je vais vous perdre tous les deux.

Il se ratatina sur le sol. Ce n'est qu'à ce moment-là que Pyotr put l'approcher sans se faire repousser. Il prit le jeune homme dans ses bras, le serrant fermement contre sa poitrine.

— Non ! Arrêtez ! Vous ne pouvez pas me toucher en ce moment. Nous ne pouvons pas prendre ce risque.

Cliff essaya de le repousser, mais Pyotr le retint en le serrant plus fort. Ses bras resserrèrent de plus en plus leur emprise sur son jeune amant tandis que ce dernier continuait à se débattre.

— Non, gémit Cliff, piégé dans les bras de Pyotr.

Pyotr ignora la lutte de Cliff pour se libérer et baissa la tête, écrasant ses lèvres contre celle du jeune homme dans un baiser puissant. Sa langue s'insinua dans la bouche de son amant avant que celui-ci ait eu le temps de la fermer.

Cliff réussit à peine à s'arracher de ses lèvres.

— Vous ne pouvez pas faire ça, cria-t-il d'un ton suppliant.

Il voulait plus que tout être dans les bras de Pyotr, mais il ne voulait pas risquer la vie de son amant juste pour recevoir un peu de réconfort.

— Je le peux et je le fais. Tu m'appartiens et je peux faire tout ce que je veux de toi.

Puis Pyotr se pencha à nouveau, reprenant ses lèvres pour lui prouver qu'il avait l'intention de continuer à l'embrasser autant de fois qu'il le voudrait.

— Chut, *dragi*. Je ne peux pas être contaminé simplement en te tenant.

Treize jours s'étaient écoulés ; aucun ne s'était passé dans une attente tranquille. Cliff avait convaincu Pavle d'effectuer des tests sanguins sur presque tout le monde. Le centre de cancérologie recherchait de possibles donneurs alternatifs qui étaient systématiquement refusés en raison de la condition de Kimmi. Diesel avait même recherché des donneurs possibles parmi ses frères et quelques amis. Mais du point de vue de l'hôpital, ces candidats avaient des modes de vie douteux et cela se terminait automatiquement par un refus.

Cliff était recroquevillé à côté de sa sœur, leur front se touchant alors qu'ils parlaient à voix basse comme ils avaient l'habitude de le faire lorsqu'ils étaient enfants, se cachant sous les draps transformés en tente pendant que leurs parents se disputaient pour savoir comment ils allaient faire pour tout payer.

— Demain, je pourrai faire le test. Ils ont dit que ça ne prendrait que quelques heures pour savoir avec certitude, puis je pourrais aller directement en chambre stérile pour le prélèvement.

Des larmes remplirent les yeux de Kimmi et elle secoua la tête.

— Pourquoi non ? dit Cliff. Bien sûr que si... Le docteur Lee a dit que nous pourrons commencer tout de suite.

— Je ne veux pas que tu le fasses. Je veux dire, fais le test, mais fais-le pour toi...

Elle secoua à nouveau la tête, luttant pour faire ce simple mouvement.

— ... pas pour moi.

— Qu'est-ce que tu racontes ? demanda Cliff en se raidissant.

— Ce que je veux dire, c'est que je ne veux pas que tu subisses un prélèvement de moelle osseuse.

Les larmes qui s'accumulaient dans ses yeux se mirent à couler lentement, puis glissèrent sur ses joues.

— Kimmi, nous l'avons déjà fait. Ce n'est pas un problème. Et puis maintenant, j'ai quelqu'un qui veut bien embrasser mes bobos après coup, plaisanta-t-il en espérant lui remonter le moral.

Mais Kimmi ne sourit pas.

— Je ne veux pas d'une autre greffe de moelle.

Les mots sortirent dans un murmure à peine audible.

Cliff se figea un instant. Même les doigts qui caressaient le bras de sa sœur s'immobilisèrent complètement.

— Qu'es-tu en train de dire ?

Elle sourit – un sourire doux, aimant et douloureux –, mais il pouvait voir qu'elle avait déjà pris sa décision.

— Je dis que je veux que tu me laisses partir.

C'était si doux, les mots à peine prononcés, seules ses lèvres bougeaient.

— J'ai déjà assez gâché ta vie, maintenant, il est temps pour moi de partir.

Cliff secoua la tête, refusant d'entendre ce qu'elle voulait lui dire.

— Non. Ne dis pas ça. Tu ne gâches pas ma vie ; tu en fais partie. Je ne peux pas juste te laisser mourir.

— Tu ne le feras pas. Tu vas me libérer.

Elle se força à sourire pour lui.

— S'il te plaît, Cliff ; j'ai déjà signé les papiers. Ils ont dit que je pouvais rentrer à la maison. Je ne veux plus être malade.

D'autres larmes se mirent à couler, mais elle maintenait son sourire en place.

À travers toute la pluie qui embuait ses yeux, il y avait encore ce soleil qu'il y avait toujours vu.

— S'il te plaît, fais ça pour moi, chuchota-t-elle.

Cliff n'arrivait pas à arrêter ses larmes, tout comme il n'arrivait pas à lui dire oui. Il ne pouvait pas se résoudre à abandonner en disant ce mot, et pour la première fois depuis que Kimmi avait commencé à être malade, *elle le tint*. Il enfouit son visage sous son menton et se mit à sangloter.

FÊTE D'ADIEU DE KIMMI

Noël était venu et reparti, tout comme le Nouvel An, et Kimmi fut enfin autorisée à rentrer à la maison pour le peu de temps qui lui restait. Mais avec pratiquement tous ses globules rouges détruits, elle n'avait plus que quelques jours.

Le lendemain de son retour à la maison, Pyotr avait invité toute la famille ainsi que des amis pour un barbecue dans le jardin. La maison avait été décorée pour donner une impression de printemps, avec un grand éventail de couleurs, beaucoup de banderoles, de bougies, de lanternes, et l'odeur de barbecue qui remplissait les pièces tandis que les hommes se relayaient près du grill.

Le lit d'hôpital de Kimmi avait été installé dans la grande pièce familiale, contre les portes-fenêtres qui donnaient sur le jardin et plusieurs chaises avaient été disposées pour l'entourer tandis que la famille et les amis venaient tour à tour s'y asseoir pour partager des souvenirs.

Parmi les amis et invités se trouvait Trenton Leos, dont la main ne lâcha jamais celle de Katianna, et avec lui se trouvaient ses frères, Diesel, Marcus, Dane et même Harper. Il y avait également des amis du centre de cancérologie, arborant tous les sourires humides trop familiers alors qu'ils venaient dire au revoir à une autre amie, encore.

— Hé, tu es réveillée ? demanda Cliff en arrivant à pas de loup près du lit de sa sœur.

Kimmi ouvrit les yeux avec un profond soupir et réussit à sourire.

— Il y a quelqu'un qui aimerait te voir.

Elle força son sourire qui réussit à percer la peau jaunie de son visage.

— La maison est pleine de gens qui veulent me voir.

— Oui, cependant celui-là est spécial, lui dit Cliff en souriant et l'amour profond qu'il ressentait se voyait dans ses yeux.

Il s'éloigna pour laisser sa place à Diesel.

Kimmi leva les yeux sur l'homme musclé qui avait autant de tatouages sur la peau qu'elle avait de capteurs de soleil à sa fenêtre. Ce n'est que lorsqu'elle vit les fleurs aux couleurs vives dans sa main qu'elle réalisa qui il était et son sourire s'élargit.

— Vous êtes mon ange gardien.

Elle adressa un sourire radieux à Diesel Gentry.

— Vous êtes venu !

Elle leva les bras pour réclamer une étreinte qu'elle ne lui laisserait pas refuser.

ꙮ

Cliff les regardait de l'autre côté de la pièce. Son cœur était tellement gonflé que ça lui faisait mal et il ne pouvait pas empêcher ses larmes de couler. Diesel avait tant fait pour eux au cours des huit derniers mois et il n'avait jamais demandé quoi que ce soit en retour. Il aurait continué à rester dans l'ombre si Kimmi n'avait pas souhaité le rencontrer au cours de sa fête d'adieu. Cliff faillit craquer lorsque Kimmi leva les bras pour réclamer un câlin à Diesel. Ce dernier s'assit avec précaution au bord du lit et la prit dans ses bras tandis que sa sœur lui donnait un *câlin à la Kimmi*.

Kimmi le serra comme s'il n'y aurait plus de lendemain. Peut-être parce que, pour elle, elle savait qu'il y en aurait peu. Mais les *câlins à la Kimmi* n'étaient pas des étreintes tristes, elles étaient toujours joyeuses ; le genre de câlins pleins de vie et d'amour : elle faisait les meilleurs câlins au monde. Un peu comme quand on se blottissait sous sa couverture préférée. Et ils n'étaient jamais brefs.

La plupart des gens commençaient à se tortiller dans ses bras au bout d'un moment, mais pas Diesel...

— Kimmi doit essayer de battre un record, commenta Cliff à voix haute en regardant sa montre lorsque Pyotr se glissa derrière lui en enroulant ses bras autour de la taille du jeune homme. Six minutes, et ce n'est pas fini.

Plus tard, Cliff avait repris sa place aux côtés de sa sœur, se joignant à la conversation entre elle et Diesel. Tous les trois éclatèrent de rire de temps en temps.

— Alors, de quoi pensez-vous qu'ils parlent ? demanda Dane Masters à Trenton et Pyotr en désignant Diesel.

Dane avait passé un bras possessif autour des épaules de son frère androgyne, Vince, et le menaçait à l'occasion – pour le taquiner – de verser quelques gouttes du contenu de son verre sur la chemise à frou-frou que Vince portait.

— Je parie qu'il leur raconte des histoires à propos de Walter et Ed, répondit Trenton en riant.

Dane rit également, mais presque nerveusement.

— Oui, ces histoires sont toujours divertissantes.

Vince jeta un coup d'œil à son frère.

— Qui sont Ed et Walter ?

Dane rit doucement.

— Un couple d'anciens combattants de la Seconde Guerre mondiale qui aiment passer du temps à l'armurerie de Diesel. Ce que ces deux-là peuvent inventer...

Il secoua la tête en y pensant.

— Ils font passer John et Max dans ce film *Les Grincheux*[6] pour des gars dociles. Je vous jure, si Diesel n'avait pas parrainé le dortoir où ils vivent, ils auraient probablement été jetés dehors depuis longtemps.

👁

Pavle se joignit à eux alors qu'ils discutaient tranquillement, son regard s'attardant sur l'homme qui accompagnait Dane.

— Bonjour, je suis Pavle, dit-il en tendant la main vers lui plus spécifiquement.

Dane poussa son frère et serra la main de Pavle dans une poigne ferme.

— Dane Masters, dit-il avant de faire un signe de tête en direction de Trenton et Katianna. Et voici Trenton Leos et son esclave Katianna Dumas.

Puis il arrêta là les présentations.

---

[6] Les Grincheux (Grumpy Old Men) est un film américain de Donald Petrie sorti en 1993. John Gustavson et Max Goldman sont voisins depuis leur enfance. Ils sont les meilleurs amis du monde, mais s'insultent et se bagarrent à longueur de journée. Lorsqu'Ariel, une superbe et excentrique femme d'âge mûr emménage dans leur quartier, la guerre des deux grincheux atteint.

Pavle comprit le message, mais eut du mal à détacher ses yeux de l'homme. Ses doux cheveux blonds tombaient bien au-delà de ses épaules. Sa chemise était féminine, mais il avait laissé quelques boutons détachés pour révéler sa poitrine plate. Des lèvres boudeuses et des pommettes hautes donnaient une certaine douceur à sa mâchoire masculine légèrement carrée.

— Et vous êtes ? lâcha-t-il au mépris du blocus de Dane.

— Vida Masters.

— Vince Masters, le corrigea Dane.

Vida le frappa de façon ludique, mais sourit à son frère quand ce dernier leva les yeux au ciel et se força à regarder ailleurs alors que Pavle et lui se serraient la main d'une poigne douce et persistante.

Les deux noms identiques n'avaient pas échappé à Pavle, et pour couvrir sa tentative de flirt, il entama une terne conversation sur *eux*.

— Alors, depuis combien de temps êtes-vous ensemble ?

— Oh… dit Vida en essayant de se redresser pour s'éloigner du bras de Dane. Nous ne sommes…

— Toute notre vie, l'interrompit Dane, son bras tirant à nouveau Vince contre lui pour planter un gros baiser sur le sommet de sa tête blonde.

Il desserra ensuite un peu son étreinte, juste assez pour permettre à son frère de se tenir droit.

— Vous avez l'air plutôt… proches, dit Pavle en cherchant un mot qui, il l'espérait, ne les offenserait pas, ne sachant pas lequel serait le bon.

Étaient-ils ensemble ? Ils avaient l'air d'être de la même famille. Des âmes sœurs peut-être ? Ils avaient certainement l'air heureux en tout cas – la façon dont les yeux de l'homme féminin brillaient en regardant l'autre qui le tenait dans une étreinte très possessive...

Vida ou Vince – une autre chose sur laquelle Pavle ne pouvait pas non plus se prononcer – se racla la gorge avant de répondre correctement à la question.

— Nous sommes frère et sœur.

— Frères, corrigea Dane.

Frères – frère et sœur – *d'accord, peut-être que j'ai bu trop de bières*, pensa Pavle en regardant la bouteille de bière brune dans sa main avant de relever les yeux pour les poser sur celui qui avait capturé son attention. Bon sang, il avait remarqué le superbe blond qui se tenait devant lui à la seconde où il était entré dans le jardin et il n'avait pas la moindre idée de ce qu'il devait faire.

Dane resserra encore plus son étreinte en voyant l'attention que Vida-Vince attirait, ce qui fit encore plus rayonner son visage.

Mais pour Pavle, cela remua quelque chose en lui en dépit de la proximité inhabituelle des deux hommes devant lui. *Vida-Vince* faisait durcir son sexe. Et c'était une chose qu'il n'avait ressentie pour personne depuis très longtemps et il décida que ça valait le coup de se renseigner.

— Vous êtes toujours aussi proches tous les deux ?

Et presque immédiatement, il se racla la gorge nerveusement quand non seulement Dane et Vida le regardèrent bizarrement, mais également Pyotr.

Dane pivota.

— Vous voyez ces deux, là-bas ? demanda-t-il en pointant un doigt vers Cliff et sa sœur blottis dans les bras l'un de l'autre, riant et se câlinant, oublieux du reste du monde, puis il reporta son regard sur Pavle. Vous leur poseriez la même question ?

Pavle déglutit péniblement, sachant qu'il avait fait une erreur fatale. Pyotr l'aurait frappé sur la tête s'il avait encore été un jeune garçon à ce moment-là.

— Non.

— Je ne montrerai jamais assez d'affection à mon frère, dit Dane en plantant un baiser sur la tempe de Vida.

Vince accepta volontiers la marque d'affection, même s'il se sentait un peu ridicule sous le spectacle de son frère un peu trop zélé. Mais Vince savait que son frère souffrait intérieurement. C'était quelque chose que personne, à part ses frères d'armes, ne savait. Dane ne voyait pas une jeune fille en train de mourir, il voyait un jeune homme qui allait perdre la sœur dont il s'était toujours occupé, et il le ressentait au plus profond de son cœur. Au sein des frères du dominion, ils savaient tous que Dane ne réagirait pas bien si quelque chose arrivait à Vince. Alors ce dernier restait là où il était, étouffé par les bras de son grand frère, même si cela signifiait passer à côté du possible intérêt du bel homme.

Le jour touchait à sa fin, et alors que beaucoup de monde était parti, Trenton et Diesel étaient encore là, ainsi que la plupart des frères de Pyotr qui vivaient dans le secteur. Ils étaient rassemblés dans le salon, sirotant des boissons plus corsées que les bières qu'ils avaient bues auparavant. Katianna était assise avec Kimmi, en train de lui lire ce qui ne pouvait être qu'un extrait d'une de ses romances érotiques si on en jugeait par le rouge vif qui colorait les joues de la jeune fille et ses mains qui cachaient de temps en temps son visage alors que dans son innocence juvénile, elle hoquetait et gloussait.

Pyotr regarda son ami Trenton qui regardait sa « licorne » comme un aigle surveillait sa proie. Le kidnapping de Katianna montrait toujours ses crocs dans les actions de son ami et Pyotr se demanda en quoi cela affectait leur mode de vie D/s.

— Trenton, nous sommes amis, mais je m'inquiète des retombées du kidnapping sur les relations entre Katianna et toi. Cela t'inquiète-t-il également ? Cela a-t-il engendré des doutes pour vous et votre arrangement ?

Trenton secoua la tête et une expression de pur contentement apparut sur son visage.

— Si cela a fait quelque chose, c'est de renforcer notre lien.

— Et qu'en est-il du reste ? Comment se remet-elle de cette expérience traumatisante ?

Trenton prit une profonde inspiration et reporta son regard sur elle. De toute évidence, cela avait été une des choses les plus douloureuses qu'il avait subies. La guerre et le combat étaient une chose, mais avoir été si près de perdre la personne que vous aimez – en particulier quand vos liens sont encore si frais – en était une autre et pouvait avoir des conséquences sur l'âme d'un homme.

— Les cauchemars sont de plus en plus espacés, commença à expliquer Trenton. Et je peux la calmer sans avoir besoin de la réveiller maintenant.

Il regarda Pyotr avec une expression qui se voulait confiante.

— Elle ne s'éloigne jamais de ma vue ou de celle de Diesel.

Pyotr se contenta de hocher la tête, mais il le fit avec assurance. Ces cauchemars n'étaient pas supposés disparaître du jour au lendemain et ce que Trenton avait réussi à faire avec elle était impressionnant. Cela révélait également le lien profond et l'amour que cet homme avait pour sa compagne.

CHAPITRE QUATORZE

Le lit d'hôpital resta dans la pièce familiale, maintenant transformée en « chambre de Kimmi » où elle dormait en face des portes-fenêtres, profitant du plein air à chaque fois qu'elle le voulait tout en n'étant jamais séparée du reste de la famille. Pratiquement toutes les vitres des portes qu'elle pouvait atteindre avaient été peintes par elle et par les invités et amis qui étaient venus lui dire au revoir, afin que tout soit fini à temps.

Le jour suivant, Kimmi décéda.

Cliff était blotti contre elle et Pavle avait veillé sur elle, changeant la bouteille de morphine vide contre une pleine le matin même. Assez pour la faire tenir quelques jours de plus dans un confort relatif.

Kimmi marmonnait, décrivant à Cliff sa prochaine aventure dans le monde, utilisant les choses qu'elle avait découvertes sur internet pour peindre ses rêves alors qu'elle voyageait en première classe sur le dos d'une baleine à Hawaï pour voir les éruptions volcaniques depuis l'eau, puis partait en randonnée à travers la forêt tropicale et cueillait des fleurs exotiques pour tisser une couronne pour sa tête. Sa journée se terminait avec une fête Luau remplie de nourriture et de danse. Aux premières lueurs du jour, elle repartait sur le dos de la baleine pour une prochaine destination.

La vie entière de Kimmi n'avait été que le produit de son imagination. Mais maintenant, ses voyages imaginaires étaient plus élaborés et exotiques depuis que Pyotr était entré dans leur vie. Elle n'avait jamais pu finir l'école parce qu'elle avait été trop souvent malade, alors à sa demande, Pyotr lui avait appris de nouvelles choses. Il la laissait choisir le sujet, puis remplissait sa tête d'autant de choses qu'il le pouvait, jusqu'à ce qu'elle soit prête à passer à un autre. Elle avait ainsi appris à connaître tous les animaux marins et toutes sortes d'endroits autour du globe.

Pyotr était tout le temps resté aux côtés de Cliff, comme la mère poule qu'il était, en écoutant les histoires qu'elle essayait de partager, à moitié hébétée par la morphine qu'on lui donnait pour l'aider à tenir. Il y avait fréquemment de longues pauses alors qu'elle dérivait dans le sommeil. Et chaque fois, elle réussissait à reprendre là où elle s'était arrêtée avant de s'assoupir à nouveau.

Pyotr se rappela quand il lui avait parlé du Tibet et des croyances tibétaines. Elle avait été totalement transportée quand elle avait appris qu'ils croyaient en la réincarnation et avait décidé qu'elle voulait y aller pour pouvoir faire un vœu, celui de revenir sur terre dans le corps d'une fille en bonne santé. De cette façon, elle pourrait grandir et devenir une danseuse ou peut-être qu'elle serait encore une artiste, sauf que les grands vitraux qu'elle ferait se verraient dans de grandes chapelles. Dans sa nouvelle vie, elle se marierait, aurait beaucoup d'enfants, et prendrait des vacances dans différents pays. Toutefois, elle avait confié à Pyotr un mois auparavant qu'elle voulait changer son vœu. Elle ne voulait pas revenir si cela voulait dire que sa vie serait différente de ce qu'elle était. Elle ne voulait pas vivre sans son frère ; elle ne voulait pas prendre le risque d'avoir une vie sans le temps et l'amour qu'ils avaient partagé. Donc, le seul vœu qu'elle avait maintenant, c'était qu'après qu'elle soit partie, Cliff trouve la paix et continue à vivre et soit heureux.

Lovée contre le torse de son frère, leurs doigts entrelacés dans une étreinte éternelle, Pyotr embrassait encore et encore la tête de sa fille tandis qu'elle tissait son voyage magique pour eux.

Ce fut au moment de son histoire où elle arrivait au Tibet et s'apprêtait à gravir les marches du monastère de Labrang afin qu'elle puisse tourner les roues colorées des moulins à prières que sa narration s'arrêta...

Une demi-heure plus tard, Kimmi Patterson s'en alla, et le silence dans la pièce se brisa bientôt avec les gémissements étouffés de son frère.

CHAPITRE QUINZE

Des semaines s'étaient écoulées, et comme promis, Pyotr restait aux côtés de Cliff, faisant ensemble leur deuil et se réconfortant l'un l'autre. Cependant, Cliff mettait également leurs relations sexuelles en attente, s'accrochant à la crainte qu'il puisse infecter Pyotr et le perdre lui aussi.

Cliff venait juste de sortir de la douche lorsque son amant fit irruption complètement nu et magnifiquement dur. Pyotr saisit immédiatement Cliff, le souleva et l'installa sur le comptoir avant d'arracher la serviette qui entourait la taille du jeune homme et de lui soulever les jambes pour les poser sur ses bras, l'emprisonnant dans son étreinte.

— Non, ne faites pas ça.

C'était à peine la protestation que Cliff avait eu l'intention de faire, mais il aimait le corps de Pyotr, et encore plus lorsqu'il le sentait contre le sien. Sa faim d'être soumis et possédé par son amant faisait fondre sa résistance.

— Tu as fait deux tests. Ils sont tous les deux revenus négatifs. Je ne te laisserai pas me repousser plus longtemps, grogna Pyotr avec l'intention de garder le jeune homme dans ses bras.

Une des mains de Cliff vint s'écraser contre le torse de Pyotr tandis que l'autre se posa derrière lui pour maintenir son équilibre.

— Comment êtes-vous au courant des tests ?

— J'ai demandé à Pavle de vérifier ton dossier.

— C'est de la triche.

— Oui, c'est de la triche. Mais tu ne peux pas continuer à me repousser… je t'aime trop pour te laisser partir.

La confession de Pyotr terrassa Cliff et sa main s'adoucit sous l'exigence de son amant.

Pyotr souleva plus haut les jambes de Cliff et les écarta, positionnant ses hanches entre elles jusqu'à ce que son gland repose contre le petit orifice serré.

— Si pour une raison ou une autre tu considères ça comme un viol, dis-le maintenant.

Cliff ne pipa mot, sentant le glissement humide du sexe de son amant et il lui adressa presque son sourire de sale gosse en constatant que Pyotr avait pris la peine de se préparer pour une « invasion spontanée ». Il ne fallut pas longtemps avant qu'il sente le membre de son amant le remplir lentement et Pyotr se pencha sur lui, prenant sa bouche dans le même mouvement. Ils gémirent tous les deux bien que ceux de Pyotr ressemblent plus à des grognements tandis que ses hanches commençaient leur va-et-vient contre le corps de Cliff. Le sexe dur l'étirait dans un époustouflant mélange de plaisir et de douleur.

Leurs langues s'emmêlèrent dans un baiser profond puis se relâchèrent afin qu'ils puissent reprendre leur souffle. Le dos de Cliff claquait contre le miroir, lui tordant le cou dans une position proche de l'insupportable tandis que le rythme de Pyotr devenait agressif, labourant ses parois intérieures.

— Mets tes bras autour de moi, grogna Pyotr.

Quand Cliff obéit, Pyotr fléchit les bras sous ses jambes et le souleva, emportant son jeune amant dans la chambre. Chaque pas envoyait le sexe de Pyotr un peu plus profondément en lui. Il sentit les cuisses de son amant contre ses fesses alors qu'il s'agenouillait pour le déposer sur le lit, et ils tombèrent tous les deux. Le dos de Cliff frappa le matelas et Pyotr s'allongea sur lui en remettant les jambes du jeune homme dans le berceau de ses bras, essentiellement afin de soulever ses fesses du lit pour un pilonnage plus facile.

Pyotr l'embrassa et lui lécha les lèvres entre deux halètements tandis qu'il enfonçait chaque centimètre de sa chair rigide dans le canal étroit de Cliff, les rapprochant tous les deux rapidement de la libération. La verge de Cliff – d'une couleur violacée tellement elle était engorgée et dégoulinante de liquide pré-éjaculatoire – battait contre son ventre à chaque mouvement.

— Bon sang, *dragi*, je vais bientôt jouir. Tu m'as frustré pendant si longtemps.

Pyotr mordilla les lèvres et le menton de son jeune amant entre chaque grognement.

— Tu es si étroit. Je ne pense pas que je vais pouvoir t'attendre.

Cliff tendit les bras pour croiser ses mains derrière le cou de Pyotr, l'attirant vers lui pour un baiser profond qui avait un goût de faim et de désir.

— Alors, jouissez en moi. Je ne mérite pas de jouir en même temps que mon *Glavar* après vous avoir fait attendre si longtemps, dit Cliff, essayant pour la première fois d'avoir un langage plus osé.

Cela amena un petit sourire sur les lèvres de son amant.

— Oh, tu jouiras ce soir. Je n'en ai pas encore fini avec toi.

Puis Pyotr renversa la tête en arrière et rugit. Cliff sentit une pulsation dans son canal et il contracta ses muscles autour du membre épais, récoltant un autre rugissement de l'homme au-dessus de lui.

Pyotr relâcha les jambes de Cliff et les abaissa jusqu'à ce que le jeune homme soit épinglé sur le lit par son poids. Cliff lui caressa la tête et l'embrassa, appréciant les tremblements de son amant qui se propageaient à travers son propre corps, souriant parce qu'ils lui appartenaient tous.

Le reste de la nuit se passa à profiter de leurs désirs du corps de l'autre et lorsque l'épuisement les gagna, Cliff dériva vers le sommeil enveloppé par les bras et les jambes de Pyotr. L'homme que Cliff aimait le plus au monde alors qu'il avait toujours cru que ce ne serait pas possible lui murmura à l'oreille :

— Je te tiens.

ÉPILOGUE

C'était le début de l'été ; Cliff se tenait sur le pont du bateau d'observation des baleines avec son amant à ses côtés. Pyotr avait passé un bras autour de sa taille alors qu'il tenait dans sa main la boîte en verre teinté de chez Tiffany dans laquelle ils avaient gardé les cendres de Kimmi en attendant qu'ils puissent faire ce voyage pour qu'elle repose au milieu des baleines. Maintenant, la boîte serrée contre sa poitrine était vide, mais pourtant encore pleine.

Cliff s'appuya contre Pyotr alors qu'ils fixaient l'océan, regardant les baleines s'éloigner tandis que le bateau regagnait le port. Les bras de Pyotr étaient enroulés autour de lui comme si cela avait toujours été leur place.

Laisser sa sœur s'en aller était la chose la plus difficile qu'il avait eue à faire de sa vie. Mais il n'avait pas à affronter ça tout seul ; Pyotr était avec lui et continuerait de l'être aussi longtemps qu'il le faudrait – et s'il avait son mot à dire, ce serait pour toujours et plus encore. Saisissant le bras qui serrait sa poitrine, Cliff poussa un profond soupir.

— *Dragi* ?

Cliff laissa échapper un autre soupir.

— Elle va me manquer.

Pyotr enfouit son visage dans les cheveux blonds de son amant.

— Elle nous manquera à tous les deux.

— Vous croyez qu'on pourra aller au Tibet un jour, juste pour elle ?

— Si tu veux. Oui, nous pouvons le planifier. Cependant, cette année nous avons été invités sur l'île de Diesel et Trenton.

Cliff pencha la tête et regarda Pyotr par-dessus son épaule.

— Il va rejoindre ce type, Paris, pas vrai ? demanda-t-il en parlant de Diesel.

Pyotr hocha doucement la tête.

— Oui, je crois que c'est ce qu'il a prévu.

Cliff sentit un petit sourire malicieux étirer ses lèvres tandis qu'il songeait à toutes les choses qu'il avait entendu dire au sujet de l'île réservée aux adultes.

— J'ai entendu dire qu'on pouvait avoir des rapports sexuels n'importe où sur l'île. Et ils emploient même des soumis pour servir les clients.

— Tu seras mon seul *robovati* quand nous serons là-bas, dit Pyotr, ses lèvres effleurant la tête de Cliff.

Le regard de ce dernier dériva vers l'eau et la vie qui avait été une part de lui-même disparaissant à la surface de l'horizon bleu foncé. Le trou dans son cœur était toujours là, mais il ne s'attendait pas à ce qu'il s'estompe ou disparaisse d'un coup de baguette magique. Un cadeau qu'il avait reçu de Kimmi.

— Que veut dire *robovati* ?

Pyotr tira la tête de Cliff en arrière pour croiser son regard.

— *Mon* esclave.

Cliff se retourna dans les bras de Pyotr pour lui faire face et s'appuya contre lui, se pressant contre le corps musclé et fut immédiatement entouré de deux bras possessifs. Il se rappelait un après-midi alors qu'il rentrait du travail ; il avait attiré Pyotr contre lui et avait montré son affection devant sa sœur comme si c'était la chose la plus naturelle du monde. Ce qui s'était avéré être la réalité.

Il pencha la tête pour regarder les yeux bleus qui l'attendaient déjà et balança ses hanches en avant pour lui faire sentir ce qui était en train de durcir contre Pyotr en application de leur contrat qui développait leur penchant de plus en plus commun pour l'exhibitionnisme.

— Peut-être devrions-nous nous entraîner un peu avant d'y aller, dit-il avec son sourire de sale gosse. Juste au cas où, *Glavar* ?

Pyotr laissa échapper un vigoureux grognement d'approbation et le serra dans ses bras.

— Juste au cas où, *dragi*.

FINI

Cette série se poursuit dans le prochain volume :
Attirance Brutale

À PROPOS DES JUMEAUX

Nous sommes venus— nous avons vu— puis nous avons rendu cela sexy.

C'est ainsi que les jumeaux en sont venus à écrire de la fiction érotique. Les jumeaux, Talon et Tarian de TPS Publishing, écrivent ensemble depuis leur plus tendre enfance, se défiant mutuellement tout en étant les plus grands supporters l'un de l'autre.

Pour eux, l'écriture a toujours été une question de fiction apocalyptique et de scénarios de films dans le genre action/drame et un peu de science-fiction. Ce n'est que lorsqu'ils ont commencé à écrire l'histoire d'une fiction historique que leur travail s'est orienté vers le genre érotique, qu'ils n'ont plus quitté depuis.

Après avoir passé leur vie à accumuler de l'expérience et à perfectionner leurs talents de conteurs, ils ont enfin commencé à mettre tout cela sur papier. *"Nous pensons qu'une bonne histoire doit vous faire vivre une expérience émotionnelle, vous faire vibrer et vous faire tourner en rond jusqu'à ce que vous ayez le vertige. Tout cela pour que les lecteurs puissent s'y plonger et s'évader de leur journée quand ils en ont besoin ou envie, et pour aiguiser leur appétit."*

Veillez donc à vous réserver des moments d'intimité, à vous servir un verre de vin et à vous installer confortablement, car, comme le dit toujours Talon—

" Je suis sur le point de vous exciter"

- Talon ps

SUIVANT DANS LA SÉRIE

ATTIRANCE BRUTALE

LA SÉRIE DES FRÈRES DU DOMINION: TOMES 4

MM-Romance / Romance milliardaire / Mauvais garçon avec un cœur de Besotted / Romance érotique / Quand tu es l'affaire / Brut / Collection de voitures sexy / Liens familiaux / Rangée d'hommes sexy / Smouldering & Scolding Burn Right Out the Gate / Chaleur extrême / Langage explicite

Comme le soufre et le caramel. Quand deux hommes se rencontrent avec une attirance brutale qui brûle aussi vite que du nitro dans leurs veines, il est difficile de trouver le régulateur de vitesse et de croire qu'ils peuvent faire durer cela sur le long terme.

La vie et les relations ne sont pas toujours propres et nettes, et ne se présentent pas toujours sous la forme de petits paquets parfaits. Maxum St. Laurents ne le sait que trop bien. Après quatre ans d'une relation qui ne lui apporte rien d'autre que du plaisir et de l'épanouissement, il se bat pour continuer à travailler. Le fait que l'homme qui satisfait tous ses besoins et désirs soit celui avec qui il a une liaison n'arrange pas les choses. Et pour Maxum, les liaisons ne se traduisent pas par des relations à long terme.

Darko Laszkovi n'a pas pu s'empêcher d'apercevoir le bel homme en train de se plaindre d'un pneu crevé sur le bord de la route. De plus, il ne pouvait pas être plus heureux lorsque la récompense s'est transformée en un amant insatiable qu'il espérait garder à long terme. Mais, malgré l'attirance brutale qui les attire l'un vers l'autre comme des aimants, lorsque Maxum lutte pour laisser tomber une relation qui ne fonctionne pas, la patience de Darko et sa compréhension du fait que nous ne sommes pas toujours là où nous voulons être, sont mises à l'épreuve au maximum.

5 étoiles ! ~ "Souvent, lorsque je suis à la recherche d'un nouveau livre, je me retrouve à tâtonner aveuglément sur les étagères entre les espaces de mes achats précédents, dans l'espoir de trouver la perle rare qui comblera le vide laissé par ma précédente aventure littéraire. Mais pas cette fois-ci. Ce qui n'était au départ qu'une curiosité s'est accroché à la série Dominion of Brothers avec une passion qui ne me lâche plus ! ~ Auteur Nick Hasse

EXTRAIT DU CHAPITRE UN

Darko roulait sur la nationale, restant sur la voie de droite. C'était l'heure de la circulation matinale, et il n'était pas pressé de se mettre avec sa chopper dans La Course à la mort de l'an 2000 contre la crème de New York. Ce qui était habituellement son impression quand il essayait d'esquiver les bien trop nombreux conducteurs de la ligne de gauche qui *devaient y arriver en premier* en faisant la navette habituelle du matin pour se rendre dans New York. *Qu'ils la prennent donc.* Quant à lui, il arriverait au travail quand il y arriverait et c'était tout ce que représentait la conduite du matin pour lui.

Ce matin-là n'était pas différent d'un autre. Il ne le fut que lorsqu'il aperçut l'homme spectaculaire se tenant sur le côté de la route, jurant contre un nouveau modèle de Mercedes, sur la bande d'arrêt d'urgence. Même l'expression querelleuse sur son visage, lorsque Darko le dépassa, lui fit se lécher les lèvres et son sexe le démangea pour sortir et toucher cette personne. *Bah ! dis donc.* Les deux le convainquirent instantanément que cet homme valait bien sa bonne action de la journée. Darko s'arrêta donc rapidement sur la bande d'arrêt d'urgence, fit demi-tour avec sa moto et roula jusqu'au tournant où se trouvaient la voiture et son béguin en détresse.

Il arrêta sa moto devant la Mercedes, balança une jambe par-dessus et alla tranquillement vers le côté de la voiture d'une démarche qui parlait davantage de séduction présomptueuse que de savoir-faire mécanique. Retirant un gant d'une main, Darko laissa ses doigts effleurer la peinture brillante, comme pour caresser ses courbes. La voiture était si neuve qu'il pouvait le sentir, même sur le passage d'un trafic intense et sa puanteur âcre de gaz d'échappement.

Il baissa les yeux vers la roue arrière – plate comme le torse d'un minet, cependant, l'*homme* était tout sauf ça. Grand, dépassant peut-être le mètre quatre-vingts, cela le mettrait à sa hauteur – des cheveux châtain doré, des mèches blondes, avec une touche d'ondulation. Ils avaient probablement commencé la matinée bien peignés, mais étaient maintenant ébouriffés sous son exaspération. La touche de bronzage sur son visage et ses mains le révélait comme étant un homme d'extérieur lors d'une météo favorable, et les muscles définis se cachant sous le costume gris clair à l'apparence onéreuse ainsi que la chemise blanche impeccable disaient qu'il était actif et en bonne forme. Bien sûr, en ce qui concernait l'évaluation de Darko, cela ne faisait pas du tout de mal non plus qu'il possède un joli derrière dans son pantalon sur mesure. Il retint l'envie de s'humecter les lèvres, mais le spectacle pour le plaisir des yeux que cet homme dégageait valait déjà la peine de s'être arrêté.

— On dirait que vous êtes à plat ?

Darko énonça l'évidence avec un sourire malicieux.

L'homme se retourna.

— C'est évident, non ?

Pas du tout amusé, ni ne comprenant pas très vite qu'il était sur le point d'être sauvé.

Oh et il a du feu en prime, pensa Darko et maintenant son sexe faisait plus que le démanger.

— Avez-vous besoin d'aide ?

Le ton de Darko était sincère en cet instant.

— Je sais changer mon propre pneu, si je pouvais juste trouver la putain de boîte à outils pour le faire.

L'homme mécontent tourna les talons, lançant ses mains vers le ciel avec un geste éloquent vers la voiture, plus frustré envers lui-même qu'autre chose. Il posa les mains sur ses hanches, et se retourna vers la proposition d'assistance.

— Ça ne fait qu'une demi-journée que j'ai cette voiture, elle a déjà un pneu crevé, et je ne trouve rien.

Tout ce feu, en un clin d'œil, contenu par un aveu d'échec. *Le contrôle dans toute sa splendeur chez celui-là.*

Quelques-unes des mèches de cheveux dorées étaient maintenant déplacées autour de son visage, touchant des joues lisses et rondes qui adoucissaient un regard dur. Des lèvres, qui même si elles se serraient en une grimace, semblaient un plaisir absolu pour les baisers, de l'avis de Darko. Juste à cet instant, les yeux de l'inconnu capturèrent la lumière du soleil qui se levait tardivement. Le marron ne serait pas la couleur qu'il utiliserait pour décrire ses yeux, parce que lorsqu'il le regarda, ils s'illuminèrent comme des pièces renforcées d'un mélange de cuivre et de bronze. La coloration lui faisait plutôt penser à la pierre Œil de Tigre. Il aimait la manière dont ils rayonnaient, en lui jetant un coup d'œil. De plus, si Darko apprécia la manière dont ses yeux se baissèrent pour le mater alors même que son propre regard se baissait de nouveau pour une autre appréciation du corps se tenant sous le beau visage qui venait de lui couper son souffle, eh bien… *dis donc.* Darko profita de la vue de cet homme se tenant là, lui faisant face, puis lui offrit finalement un rictus compréhensif.

— Mon frère en avait une.

Darko s'avança. Il ouvrit la portière arrière, tendit la main derrière l'appui-tête et actionna le bouton caché. Il y eut un léger déclic sous le siège arrière et quand il le souleva, il exposa le compartiment caché là. À l'intérieur, il attrapa un sac noir qui rendrait d'autant plus facile le travail pour sauver son irascible et preux chevalier en armure *étincelante.*

Il dépassa son chevalier d'un pas tranquille, ne ratant pas une occasion de l'effleurer, puis se déplaça à l'arrière de la voiture où il s'accroupit et commença à assembler la tringle à manivelle allongée.

— Vous voyez, les snobs qui ont conçu la voiture ont décidé qu'ils ne voulaient pas voir les outils ou la roue de secours. Ils pensaient que leur vue gâchait la somptueuse silhouette du design et la fiabilité de la voiture.

Darko déblatéra à voix haute alors qu'il alignait la barre d'extension avec un renfoncement juste au-dessus du pare-chocs et la glissa à l'intérieur jusqu'à ce qu'elle s'accroche au loquet invisible et commença à actionner la manivelle.

Le propriétaire *novice* de la voiture se pencha et put voir l'objet sombre s'abaisser du châssis. Sa roue de secours.

Darko se laissa tomber au sol, tendit le bras en dessous, défit le plateau de chargement et tira la roue de sous la voiture. Vingt minutes plus tard, elle était comme neuve. Il n'avait pas manqué de remarquer que durant la mission de sauvetage, cet homme l'avait regardé *lui* d'un air à peu près aussi brûlant et lourd que Darko l'avait fait.

— Vous ne savez pas à quel point j'apprécie.

Son chevalier sauvé jeta un coup d'œil à la montre sur son poignet, qui avait peut-être coûté plus cher que la voiture.

— Je vais peut-être arriver à ma réunion de ce matin, après tout.

Il regarda Darko placer la roue crevée dans le coffre avec le sac d'outils, les yeux plus posés sur ses muscles alors qu'ils se bandaient sous le mouvement que sur le pneu qui était placé dans sa voiture.

— Je ne sais pas comment vous remercier... dit-il en sortant une carte de visite de la poche de son revers. Mais, s'il y a quoi que ce soit que je puisse...

Darko se tourna, saisit le chevalier par la veste de son costume et l'attira brusquement afin que leurs corps se heurtent l'un contre l'autre, sa bouche s'écrasant instantanément sur celle de l'homme en un baiser vorace. Darko lui lécha les lèvres sollicitant l'entrée et avec à peine une touche d'hésitation, son chevalier la lui offrit. L'homme d'affaires fougueux et richement vêtu avait le goût d'un de ces cafés sophistiqués et une trace de confiture de fruits sur du pain grillé, mais ce fut sa langue qui fit gonfler Darko dans son pantalon. L'homme répondit à son baiser. La caresse de sa langue était puissante, affamée et complètement malléable contre la sienne. Comme s'il était fait pour s'assortir à lui, comme une paire de gants en cuir luxueux. Il pouvait s'imaginer cet homme baiser en en portant une paire et ce visuel apporta une fermeté à son érection imminente. Darko relâcha la veste de costume, glissant sur le bras de l'homme jusqu'à enserrer la main de son chevalier et il la déplaça pour lui faire palper son érection définie sous son jean. De plus, il balança ses hanches en avant, pour enfoncer le renflement dur de son sexe contre sa paume.

Darko laissa échapper un grognement et un sourire gêné apparut sur son visage. *Grrr...* cela avait été trop bon, de frapper quand l'homme s'y attendait le moins. Il était sur le point de chercher un autre baiser quand Darko se rendit compte de ce qu'il avait fait à son costume. Il se pencha en arrière et baissa les yeux, produisant un léger claquement de langue entre ses lèvres avant de reculer. La veste de costume et la chemise blanche étaient maintenant maculées de traînées noires de cambouis que les roues avaient laissé sur ses mains.

Les yeux de l'inconnu, brillant de la même chaleur que Darko venait lui-même de sentir, se baissèrent en réponse, découvrant l'état dans lequel le baiser l'avait précisément laissé. Rapidement, Darko attrapa la carte de visite toujours dans la main de son chevalier et sortit le stylo chic de la poche de sa chemise, créant d'autres traînées.

— On dirait que j'ai sali tes beaux vêtements.

Darko griffonna sur l'arrière de la carte puis la lui remit avec le stylo dans sa poche de chemise. Sa main s'attarda juste assez longtemps pour laisser ses doigts sentir le corps ferme sous la chemise et lui pincer le mamelon dur qui s'y cachait, laissant encore une fois davantage de preuves du contact de Darko en une empreinte palmaire de saleté.

— C'est mon adresse. Sois là pour le dîner. Ce soir. Amène le costume et je paierai le nettoyage à sec. Pose-moi un lapin, et le costume sera ton problème.

Il lui fit un large sourire, assez satisfait de lui-même. Il n'y avait aucune trace du fait qu'il pourrait se sentir confus d'avoir sali les beaux vêtements de cet homme. Puis il se retourna, et rejoignit son véhicule.

Il s'assit sur sa chopper, ferma sa veste en cuir et remit ses gants, tout en regardant l'homme devant lui qui reprenait ses esprits avant de monter dans sa voiture. Son chevalier affichait l'expression d'un homme qui avait été bien embrassé, et Darko espéra que ce serait suffisant pour le faire appeler.

DÉCOUVREZ LES AUTRES TITRE DE TALON PS & TARIAN PS

LA SÉRIE DES FRÈRES DU DOMINION – [French Edition]
Devenir Son Esclave - Partie 1 & 2
Dominer l'Héritière
Un Havre pour Cliff
Attirance Brutale

DOMINION OF BROTHERS SERIES
Becoming His Slave
Domming the Heiress
A Place for Cliff
Rough Attraction
Taking Over Trofim
Right One 4 Diesel
Touching Vida~Vince

Muse Me Only
Inspire Moi Seulement [French Edition]

QUANTUM MATES:
Pt 1~ What Torin Wants

DEAR SOLDIER SERIES:
Dear Soldier, With Love
Dear Soldier, With Love II: A Lost Soldier Named Grey

LYCOTHARIAN COLLECTION:
Bond of the Lycaon Concubine

TALON's KEEP COLLECTION:
Feral Dream by Talon ps
Danny's Dom by Nick Hasse

That's My Ethan

THE TEDDY BEAR COLLECTION:
Their Plane from Nowhere
Big Spoon & Teddy Bear
Ivan vs Ivan
TIME: Wounds All Heal
Shaggin' the Dead

THE SADOU ORDER – A Dark Taboo Series
Perfect Boy / Perfect Son

THE PENDHRAGAIN LEGENDS
A Pre-Arthurian Historical Fantasy
Anáil Dhragain (Dragon's Breath)

KEEPERS OF DESTINY SERIES
A Post-Apocalyptic Dark Fantasy
Keeping With Destiny

THREE WRONG TURNS

A Coming-of-Age Gay Fiction Saga within an Abusive Home

TOPAZ OF ARABIA AND HER FOREVER HOME JOURNEY
Un livre d'activités et de coloriage sûr pour tous les âges

THE ADVENTURES OF HUGH JORGAN
En tant que ROCK HARDING ~ Un livre de coloriage coquin
pour adultes

SE CONNECTER ET SUIVRE LES JUMEAUX :

WWW.TALON-PS.COM

Milton Keynes UK
Ingram Content Group UK Ltd.
UKHW032339150824
446941UK00010B/510